Müller und die Ambulanzexplosion

Raphael Zehnder wurde 1963 in Baden AG geboren und arbeitete als Schallplattenverkäufer, Nachtwächter und Musikjournalist, bevor er Französisch und Latein studierte und in französischer Sprach- und Literaturwissenschaft promovierte. Er arbeitet als Redaktor beim Schweizer Radio und Fernsehen SRF, ist Miterfinder und -organisator der Zürcher Kriminalnacht im Theater Rigiblick in Zürich und Autor von fünf Kriminalromanen um den Polizeimann Müller Benedikt. Für «Müller und der Mann mit Schnauz» erhielt er 2015 den Zürcher Krimipreis.

Die Ratschläge in diesem Buch sind vom Autor sorgfältig erfunden und erlogen worden. Sie bieten keinen Ersatz für kompetenten polizeilichen Rat. Alle Angaben in diesem Buch erfolgen daher ohne Gewährleistung oder Garantie seitens des Verlags, des Autors, einer auftretenden Person oder der Polizei Zürich. Eine Haftung des Autors, des Verlags, einer auftretenden Person, der Polizei Zürich oder eines oder einer Beauftragten einer der vorgenannten Partien für Personen-, Sach- und Vermögensschäden ist ebenfalls ausgeschlossen. Wer dieses Buch oder einen Teil seines Inhalts glaubt, hat dies selber zu verantworten. Nur Zürich ist real und wahr, die Polizei auch und natürlich das Verbrechen.
Folgen Sie Bucher Manfred auf Twitter: @BucherManfred

RAPHAEL ZEHNDER

Müller und die Ambulanzexplosion

Müller fünf

KRIMINALROMAN

emons:

Bibliografische Information der Deutschen Nationalbibliothek
Die Deutsche Nationalbibliothek verzeichnet diese Publikation in der Deutschen Nationalbibliografie; detaillierte bibliografische Daten sind im Internet über http://dnb.d-nb.de abrufbar.

FSC www.fsc.org
MIX
Papier aus verantwortungsvollen Quellen
FSC® C083411

Umschlagmotiv: depositphoto.com/mcarrel
Umschlaggestaltung: Tobias Doetsch
Gestaltung Innenteil: César Satz & Grafik GmbH, Köln
Lektorat: Irène Kost, Biel/Bienne (CH)
Druck und Bindung: CPI – Clausen & Bosse, Leck
Printed in Germany 2016
ISBN 978-3-7408-0011-6
Originalausgabe

To my little German rose, Lady W., et bambinibus nostris

«Wahre Männer töten keine Koyoten.»
Kiedis/Flea/Sherman/Martinez

«Make laws, not war.»
Bucher Manfred

«Der Name täuscht: Die Süsskartoffel ist botanisch mit der Tomate verwandt.»
Unbekannt

Omnis homines, qui sese student praestare ceteris animalibus, summa ope niti decet, ne vitam silentio transeant veluti pecora, quae natura prona atque ventri oboedientia finxit. Sed nostra omnis vis in animo et corpore sita est: Animi imperio, corporis servitio magis utimur magisque animi imperio utitur:

Müller Benedikt (46), Abteilung Gewaltverbrechen, Polizei Zürich

Alterum nobis cum dis, alterum cum beluis commune est. Quo mihi rectius videtur ingeni quam virium opibus gloriam quaerere et, quoniam vita ipsa, qua fruimur, brevis est, memoriam nostri quam maxume longam efficere. Memoria hominum sequentium Turicensium:

Altstetten Basterds, Ex-Rap-Crew, 8952 Schlieren

Baldinger-Kronbichler Aeneas (34), Professor für Neuralheuristik, Universität Zürich

Barmettler Dylan («Gucci», 31), Abteilung Gewaltverbrechen, Polizei Zürich

Bitterli Reto (49), «Bitterli Treuhand AG», 8002 Zürich

Blacky (56), Mitglied des «Thunderstorm MC», Zürich

Brogli Heather (28), Abteilung Gewaltverbrechen, Polizei Zürich

Bucher Manfred (46), Abteilung Gewaltverbrechen, Polizei Zürich

Buess Patrick (33), Abteilung Gewaltverbrechen, Polizei Zürich

Catanzaro Rocco (30), Abteilung Gewaltverbrechen, Polizei Zürich

Guggemos Christian (42), «Guggemos Law & Consulting», Rechtsanwalt/Unternehmer/Investor/Politiker, 8048 Zürich-Altstetten

Hächler Meinrad (32), IT-Fachmann, 8048 Zürich-Altstetten

Hartmann Reinhard (46), Dr. iur., Staatsanwaltschaft Zürich

Hauser Michael (31), Musikjournalist, 8003 Zürich

Honegger Robbie (52), Kulturunternehmer, 8005 Zürich

Hossli Janine (29), Abteilung Gewaltverbrechen, Polizei Zürich

Lombriser Lena (34), Kauffrau, 8048 Zürich-Altstetten

Marquardt Brenda, Dr. (circa 35), Pathologin, privat: 8032 Zürich

Meier Gregor (42), Leiter Kommunikation, Polizei Zürich

Mösch Jason (32), Optiker, 8803 Rüschlikon

Moosberger Michael (44), Dr. iur., Staatsanwaltschaft Zürich

Müller Doris (42), Schwester vom Müller, 4054 Basel

Oberholzer Gaudenz (37), kaufmännischer Angestellter, 8048 Zürich-Altstetten

Owen Howard John Frederick Arthur (58), Engländer, 8048 Zürich-Altstetten

Stojanovic Arnold (44), Nachtwächter, 8304 Wallisellen

Vogt Ralph (43), Hauptmann, Chef Abteilung Gewaltverbrechen, Polizei Zürich

Vukic Rosanna (34), Abteilung Gewaltverbrechen, Polizei Zürich

Weiermann Gustav (58), Abteilung Gewaltverbrechen, Polizei Zürich

Wyss Manuela (34), Mitarbeiterin Catering, 8048 Zürich-Altstetten

Et aliorum cuiuscumque sexus plures.

EINS

Das hier ist nicht Bullerbü, es ist Altstetten. Und die erste Person, von der wir erfahren, über die schreibe ich: Die Existenz spiegelt sich in ihr, merkst du, stahlhart sieht sie aus, aber gut, «attraktiv» = langweiliges Klischeewort dafür. Etwas müde, dunkle Ringe unter den Augen, Fältchen, wenn Sie genauer hinsehen. Zwei Augen blau wie Stahl. Und so existenzgehärtet, wie sie aussieht, ist sie und muss sie sein. Weil Claudio, sie hätte es seit Langem wissen müssen, wusste es schon lange, er taugte nichts. Drei Buchstaben hatte sein Lieblingswort, zuerst ein I, dann ein C und ein H. Und weg war er.

Jetzt lebt sie mit den zwei Kindern allein. Sie liebt sie, keine Frage. Die Wohnung kostet so was von, sogar hier draussen, und sie hat nur diesen Job: Nachtarbeit, Brötchen streichen für den Caterer der SBB, manchmal eine Zusatzschicht. Sandwiches mit Käse, Schinken, Salami oder Schinken-Käse. Wenn Sie im Zug eines vom Wägelchen kaufen, der Minibar, vielleicht hat sie es bestrichen und das Cornichon artgerecht aufgeschnitten, drapiert und eingeklemmt. Bringt ihr netto CHF 1700.-, nicht Vollzeit und wirklich nicht Topverdienersegment. Claudio müsste 2000.- zahlen jeden Monat. Manchmal kommt das Geld sogar. Dass es pünktlich eintrifft, ist halleluja auch schon vorgekommen. Aber es reicht nirgends hin. Nachts, wenn sie arbeitet, passt manchmal ihre Schwester Veronika auf, manchmal spitzt die Nachbarin die Ohren, die alte Frau Büttikofer, und horcht durch die Wand hindurch, falls Lea oder Cyril einen bösen Traum hätten oder Sehnsucht nach Zuspruch.

Manuela Wyss weiss, es ist nicht gut, dass die Kinder so oft so lange so allein sind, und es zerreisst ihr jedes Mal das Herz, wenn sie abends aus dem Haus muss. Obwohl schon zehn und neun und tapfer, das erwartest du nicht, Lea und Cyril. Sie geben acht, dass ihre Siebensachen nicht hopsgehen, weil wenn das Velo kaputt ist und irreparabel, wäre es kaputt und definitiv bye-bye. Die Krankenkasse kostet, trotz der kantonalen

Vergünstigung, einen schönen Ausflug sollen die Kinder mit ihr ja auch mal machen, Alpamare ist nicht drin, und die Füsse wachsen, die Schuhe, die Hosen, sechsmal geflickt, irgendwann reissen sie für immer. Trotzdem alleweil alles besser, all das, als weiterhin mit Mister Ich, der eines Tages mit seiner kompletten Manchester-United-Originalausrüstung und dem Mega-HD-Giga-Flachbildfernseherwunder die Fliege gemacht hat.

Es heisst, die Minibar in den Zügen werde bald eingestellt, was soll sie dann? Weil wenig Ausbildung, ja, sie weiss, Abschlüsse, Diplome hat sie nicht. Sie war halt jung und optimistisch und vielleicht zu … aber irgendwie … keine Ahnung, wie. Es wird sich schon was auftun. «Auf dem Mond scheint immer die Sonne» (Kopernikus).

Und die Kinder, nachts, wenn sie bei der Arbeit ist, die im Telefon einprogrammierte Nummer, da wissen sie, im Falle, dass … könnten sie sie auf dem Natel erreichen, mit ihr einige Wörter oder Worte wechseln, wenn nötig. Eine Lösung ist das nicht, weil das geht nicht, und es geht wirklich nicht, aber es muss. Und morgens, wenn die Kinder aufstehen, beide sind längst Experten im Selbstweckmanagement. Sie müssen gehauen oder gestochen um acht in der Schule sein, auch wenn ihre Mutter kaum aus dem Bett kommt, weil Brötchen bis 04:00 Uhr oder später. Stundenlohn, auf Abruf, heute Nacht mehr Stunden, weil eine Kollegin ausgefallen ist. Unten Butter, dann Fleisch oder Käse oder Schinken-Käse, die elegant aufgefächert eingeschnittene Gurke. Am Morgen, manchmal kann sie einfach nicht mehr, schon gar nicht Brote fürs Znüni parat machen. Und die Kinder manchmal knapp, spät aus der Wohnung in Richtung Schule, sicher zerzaust und vielleicht mal mit verschiedenen Socken links und rechts. Immerhin immer ein Frühstück im Bauch und mit Liebe imprägniert. Das Leben ist manchmal viel, zu viel, ohne Atempause.

Aber ist das ein Grund?

Geht das irgendwen auch nur ein Komma an hinter der Perzentile?

«Das hier hatte ich heute im Briefkasten», sagt sie und legt den Brief auf den Tresen.

Die Polizistin hinter dem Korpus, der im Polizeiposten Zürich-Altstetten den Kunden- vom Polizeibereich trennt, streckt die Hand aus und nimmt das Blatt entgegen.

«Er weiss, wo ich wohne, wann ich was mache, wer ich bin.»

Die Polizistin liest den Brief. Den Ausweis gibt sie ihr zurück. Name: Wyss, Manuela. Alter: 34. Wohnhaft, sagt sie: «Bristenstrasse».

«Und er kennt die Namen meiner Kinder: Lea und Cyril.»

Mittwoch, 29. März, 15:40 Uhr, Eröffnung eines Aktenvorgangs:

«Ich erstatte Strafanzeige. Wegen Drohung. Und vielleicht haben Sie einen Vorschlag, welche Paragrafen dieser Brief sonst noch betreffen könnte. Ich kenne mich nicht aus.»

ZWEI

«This is not beautiful», sagt bei solchen Gelegenheiten dem Müller sein Kollege Rob Levey, Detective Inspector, der sich im Perimeter Stamford Hill in N15, N16 und E5 dem Verbrechen entgegenstemmt. Sogar ein «f*****ing ugly» könnte ihm entfahren, denn Rob ist ein kerniger Mann, einfach aufgewachsen, der Vater trank das «London Pride» zu Hause direkt aus der Flasche. Rob läge richtig, aber er ist weit weg. Denn hier ist 8048. Zürich-Altstetten, Badenerstrasse, Lindenplatz, wo der 2er Richtung Farbhof fährt, die Restaurants Lindentreff, Allen-Wohl und Memo Can heissen, die Kinderkrippe Güxi, eine grosse Migros-Filiale und Geldautomaten an jeder Ecke. Alles, was du brauchst.

Heranzoomen: 670er Hausnummer, Architekturverbrechen der sechziger Jahre, Funktion ohne Form, ein Geschäftshaus, drin, dachten alle, ausschliesslich Büros bis oben hin, auf vier Etagen. Und deshalb hat's so lange gedauert, bis jemand etwas gemerkt hat. Dieser Jemand trägt einen Namen, er heisst Arnold Stojanovic, Nachtwächter der Firma «Total Control Security». Firmenbezeichnung selbsterklärend, Vorname durch Popularität von «Conan» oder «Terminator» bei seinem Vater, Familienname durch Tradition. Was hat er bemerkt? Den Geruch, und da kommt obiger Leitgedanke von Detective Inspector Levey rund ins Rollen: «not beautiful».

Am Donnerstagabend, 30. März, 23:35 Uhr, als Stojanovic erstmals den Verwesungsgeruch feststellt, denkt er sich nicht viel dabei. Ein Gedanke bloss: Durchs offene Fenster zum Hinterhof (er schliesst es) könnte der Geruch ins Treppenhaus eingedrungen sein. Dort hinten weilen die Abfallcontainer mit den Überschüssen von Privat- und Unternehmensexistenzen des frühen 21. Jahrhunderts, und die feuchteren und organischen Elemente des Containerfüllguts zersetzen sich teils unter Freisetzung von Faulgasemissionen. Stojanovic die Treppe hoch, die Eingangstüren zu den Etagen kontrollieren. Gehören zur

Verwaltung der Kantonalbank, weiss er laut Auftragsanweisungen und Notfalltelefonnummer auf seiner Liste, aber nirgendwo nichts angeschrieben, kein Wort, weder aussen am Gebäude noch auf den Türen im Treppenhaus, kein Briefkasten. Parterre: i. O. Erster Stock: alles abgeschlossen. Zweiter: ebenso. Dritter: dito. Da kehrt der Nachtwächter jeweils um, weil weiter oben ist nicht mehr sein Revier. Die Runde weiter die ganze Nacht. Von Objekt zu Objekt Fenster schliessen, Türen kontrollieren, Kontrolllämpchen bei einem Labor, Lifte überprüfen, Lichter löschen, die Personalien eines nächtlichen Büroarbeiters aufnehmen, Blick in Toiletten: Läuft ein Wasserhahn, stellt er ihn ab. Gelegentlich bei einem Automaten einen Kaffee ziehen, sich hinsetzen, die Beine fünf Minuten strecken. Und weiter. Eine ruhige Nacht heute, mild, als wäre es bald Sommer. Um 05:00 Uhr stempelt der Nachtwächter im Wachtlokal aus, Disponent Bernet macht noch einen Witz über einen gestreiften Papagei in einem Schaumbad, den Stojanovic phonetisch nicht versteht, weil Bernet Walliser ist, Stojanovic aber Walliseller. Dann ist Schluss, Feierabend. Ab nach Hause, die drei Kinder und die Frau stehen auf, wenn er gerade zu Bett geht. Manchmal kann er ihnen noch einen guten Tag wünschen.

DREI

Arnold Stojanovic ist heute einige Minuten später dran als gestern. Die Ampel bei der Grimselstrasse ewig auf Rot. Freitag, 31. März, 23:40 Uhr, lässt sich anhand der kontrollierten Posten eindeutig bestimmen, betritt er das Geschäftshaus Badenerstrasse mit der 670er Nummer. Eingangstür aufgeschlossen, Türe Parterre rechts unbeschädigt und verriegelt, drückst du immer die Türklinke hinunter, um das zu überprüfen, auf halber Treppe Fenster zum Hinterhof heute geschlossen. Die Stufen hoch: erster Stock – okay, zweiter Stock – i. O., dritter Stock: Türe verschlossen, keine Einbruchsspuren, gut. Kontrollierst du konsequent, siehst du sofort, wenn etwas wäre. Es stinkt, stellt er fest, wirklich, noch unerträglicher als gestern, hältst du nicht aus, riecht wie ein Dachs, überfahren im Hochsommer auf einer Landstrasse und gärt vor sich hin, die Haut schon prall und darunter … willst du gar nichts davon wissen. Auch wenn du das noch nie bewusst gerochen hast, kennst du den Geruch. Anthropologisch steckt das mindestens seit Jupiters Jugend im Gedächtnis des Menschen drin.

Arnold Stojanovic macht questa notte nicht auf dem Treppenabsatz kehrt, sondern steigt nach oben. Halbe Treppe höher: Der Geruch wird stärker. Nach nächster halber Treppe, er sieht die Tür, dunkelrot. Jetzt erreicht er den vierten Stock. Die Tür steht einen Spalt offen. Von da kommt der Geruch.

In der Nase hast du es jetzt, aber sehen willst du das nicht als Nachtwächter und Mensch. Du willst einfach deine Runden drehen, von 19:00 bis 05:00 Uhr, einsam, aber problemlos Türen kontrollieren, Lichter löschen, Fenster schliessen, Fenster schliessen, die Leute rennen bei Feierabend wie die Hühner einfach vom Arbeitsplatz weg, in dunkle Räume spähen, wo Geräusche sind, die du nicht kennst, Motoren, Lüftungen, elektronische, ein Piepsen, was rattert da ganz leise, dort mit mondsüchtigem Programmierer schwatzen, an einem Automaten auf die Kaffeetaste drücken und zusehen, wie der Becher unten rausploppt und gefüllt wird, während es zu duften beginnt. Du willst mal einen Igel sehen, der die Buckhauserstrasse überquert, ohne überfahren zu werden, manchmal glänzen gelb die Augen eines Fuchses, und Monat für Monat den kleinen Lohn auf dem Konto haben.

Eine warme, menschenleere Märznacht ist fast paradiesähnlich. Normalerweise.

Jetzt ruft Arnold die 117. «Ja, es stinkt im ganzen Treppenhaus, und im vierten Stock steht die Tür einige Zentimeter offen … Nein, ich bin nicht … da gehe ich nicht rein … Ja, ich bleibe vor Ort. Wie lange wird das dauern? Gut, ich warte.»

Kein Verkehr → Vier Minuten haben wir vom Grossen Polizeihaus her gebraucht. Der Müller, Bucher Manfred, Heather Brogli, Rocco Catanzaro plus Erwin Hofstetter und Ernst Kuhn als Vorausabteilung vom Wissenschaftlichen Dienst. (Wir sagen «WD».) Drei Aspiranten unter Führung von Mauchle sichern das Treppenhaus, damit niemand in den Tatort hineintrampelt.

Weil Tatort ist es. Nicht die Fernsehsendung mit dem Hashtag, sondern ein veritabler, also wirklich existent. Sie streichen sich Menthol unter die Nase. Der Müller, Bucher Manfred, Heather Brogli und Rocco Catanzaro in dieser Reihenfolge durch die dunkelrote Tür hindurch in die Dunkelheit des Raumes, jeder in der Hand die Waffe, lautlos, versuchen sie, aber sogar die Gummisohlen hallen wie der Bagger im Steinbruch. Logisch, das ist psychisch im Menschen drin. In den Ohren pocht das Blut, in der Brust das Herz, die Luft weckt Würgereiz. Ich wünsche Ihnen, nie diesen Cocktail … einatmen zu müssen. Totale Stille, ausser die Gummisohlen, und das Herz rattert wie die Harley des Rockers Blacky, sonst kein Geräusch in der Wohnung. Nein? Null, keines. Und der Müller die Waffe in der Hand, du weisst nie, was dich drin erwartet, wenn du eine Wohnung betrittst: beisslustige Kobra? Schiesswütiger Wahnsinniger? Eine Sprengfalle? Häusliche Tragödie? Ein Blutrausch? Extremisten? Das Opfer eines okkulten Kults? Kein Laut, nichts, das Haus schweigt, es ist wie tot.

Nein, hier lebt keiner mehr. Kein Mensch, meine ich. Am Boden Parkett. An der Wand im Entrée eine Garderobe, siehst du im Zwielichtstrahl vom Treppenhaus her, die mit den farbigen Kugeln in Pingpongballgrösse. Über einer der Kugeln eine Lederjacke, die anderen ragen nutzlos in die Luft. Augen noch nicht gewohnt an das Fehlen von Licht → Bucher Manfred knallt mit dem Fuss gegen eine leere Schachtel, dass die Dunkelheit noch lauter explodiert. Einfrieren! Dastehen wie eingefroren! Der Schachtelknall (Aktion) hat jedoch keine Wirkung (Reaktion). Noch immer leicht geduckt und sprungbereit, in der Rechten die Waffe, Combat-Stellung, ein Nicken vom Müller, mit Handschuhen macht Bucher Manfred hinter ihm das Licht an, auch er weiterhin in Schussbereitschaft. Fiat lux: Der Lichtschalter knackt.

Helligkeit!

Erkennst du: Maisonnette-Wohnung. Links eine offene Küche. Auch links: eine Tür: Bad? Zimmer? Der Hauptraum wie eine Halle, Fensterfront zum Hinterhof. Hinten rechts führt eine Metallwendeltreppe hoch, wohl in den ausgebauten Dachstock. Hier im vierten: fast nichts. Nur ein schwarzes Ledersofa, das teuer gewesen sein muss, als es vom Band gelaufen ist, dunkel mitten im Raum, die Rücklehne der Wohnungstür zugewandt. Die Wände der Wohnung weiss: kahl, Bilder keine. Nirgends Pflanzen keine, ein weisser Schrank. Rechts hast du noch immer die Waffe, mit der Linken (Achtung: Spurenverunklärung! Aber: Gefahr im Verzug?) öffnest du die Schranktür: Kleider drin, gefaltet, ganz unten zweimal Cowboy- und Bikerstiefel. Nichts rührt sich. Der Geruch. Wo kommt er her? Enfer et damnation! Zum Sofa hin wird sie stärker, die Pestilenz. Von da … kommt, kommt der, kommt der Verwesungsgestank, unübersehbar. Er ist überall, aber eine Quelle hat jeder Duft, weiss neben der Gastronomie auch die Kriminalistik.

Jetzt schaut der Müller über die Lehne des Sofas.

Würgt.

Er ist aufgetrieben und schwarz verfärbt, wie um sich auf dem Sofa zu tarnen. Das richten die Chemie und das Biotop im Körper an. Die Organismen, wo gedeihen, wenn der Kreislauf des Lebens für den einen endet und für die Milliarden von Kleinen weitergeht oder beginnt, bis schliesslich nur noch das Skelett übrig ist, aber hier natürlich früheres Stadium. Die Kleider spannen sich über dem Körper: schwarze Jeans, rotes T-Shirt mit Aufschrift «If you like piña coladas», Cowboystiefel, schwarze Lederhandschuhe mit Nieten. Du siehst gleich: Der Rigor mortis hat ihn längst wieder verlassen.

Vom WD trifft jetzt der Rest des Teams ein: vier Kriminaltechniker. Fehlt noch der Pathologe.

Obwohl mir das gerade einfällt, erzähle ich an dieser Stelle nicht von der Leiche, die die Polizei Zürich vor drei, vier Jahren in einem Haus im Kreis 7 gefunden hat. Villa, verwitweter Senior, Juli war's und heiss wie Frittieröl, und als wir ihn nach dem Ausmessen, Fotografieren, Abpinseln und alles, als wir ihn auf die Bahre legen und ins Pathologische Institut von Dr. Brenda Marquardt bringen wollten. Wir versuchten ihn gerade hochzuhieven, Weiermann am rechten Arm, Rocco am linken, Badertscher (jetzt bei der Flughafenpolizei) das rechte Bein und Aspirant Bader, der im Streifenwagen gerufen hat «Let's go, rodeo» und seit Längerem nicht mehr bei uns ist, das linke, da ist uns die Leiche … sagen wir's direkt: Es hat gespritzt bis an die Modigliani-Sammlung an der Wand. Haftpflichtfall und Scheissereien bis hoch zu Kommandant Nägeli. So viel Gas und Maden waren schon drin. Da kommt's dir natürlich auch hoch → Die Perser auf dem Boden, antik natürlich. Zweiter Aspekt des Rechtsstreits mit der Erbengemeinschaft.

Wir hätten es also schlimmer treffen können als heute, in dieser Nacht an der Badenerstrasse 67X. Das Menthol auf der Oberlippe hilft ein wenig. Heute ist's ausser dem Geruch nicht gar so arg wie damals im Kreis 7, weil er detoniert nicht, der Aufgefundene. Freude macht's trotzdem nicht, sagt das Understatement. Du versuchst das mit Routine zu erledigen, den professionellen Firewall um dich hochgefahren, die mentale Splitterschutzweste, damit es dir nichts ausmacht. Aber es macht dir was aus. Zum Glück bist du nicht allein. Und wenn du's gar nicht verkraftest, übergeben müssen sich manchmal auch erfahrene Leute, hinterher kannst du dich mit den Kollegen besprechen.

Jetzt bloss nicht Spuren vernichten, indem alle planlos

und dumm und leichtsinnig. Sichern musst du den Ort, falls irgendwo einer lauert oder ist. Also, die Polizeikräfte sofort in klar definierten Korridoren durch den Raum vorgestossen, nach hinten, nach rechts, links durch die Tür in das Zimmer (ein Arbeitszimmer) neben dem grossen Raum mit der Leiche reingeschaut: niemand. Dann Bucher Manfred und Rocco schnell über die Metalltreppe ins Dachgeschoss hoch. Heikel, weil wenn du hochsteigst, und oben wartet einer mit böser Absicht, dein Kopf erscheint wie ein roter Ballon in der Schiessbude auf der Chilbi → «Bang bang, bye bye» (Rupert «Love» Cartwright).

Entwarnung. Ganz oben keine Person. Hier unten nur der Tote auf dem Sofa. Masculini generis, weil a) Bekleidung, b) Haarschnitt erkennbar, c) bei Toten wächst der Bart nach dem Exitus einige Tage weiter. Der Müller weiss, dass das sein neuer Fall ist.

Neben den Umständen, die zum Tod geführt haben, willst du bei einer Ermittlung wissen, auf welchen Namen der Leichnam hört. Am Klingelschild vor der dunkelroten Tür steht «F.Y.». Ob das Opfer in vino veritas so heisst, wissen wir nicht. Und vor allem: Wer zum Teufel hat in unserer schönen Stadt Zürich einen Familiennamen mit Y am Anfang?

Und ob wir wirklich von einem Verbrechen sprechen müssen?

Die Leute vom WD, Hofstetter und Kuhn und ihre vier Kollegen, ziehen die weissen Overalls an, um ihres wissenschaftlichen Amtes zu walten, betreten die Wohnung und packen die Ausrüstung aus. Was die alles dabeihaben! Rocco und Brogli öffnen die Fenster, der Müller und Bucher Manfred sehen sich in der Wohnung um.

Erster Befund, hier zusammengefasst: Es ist leer in der Wohnung des mutmasslichen F.Y. Ausnahme: Kleider im Schrank. Weitere Ausnahmen siehe unten → «dritter Befund».

Zweiter: Es ist sauber und aufgeräumt. Nur geringe Staubflockenbildung.

Dritter: In der Wohnung steht nur wertloses Zeug. Die Pappschachtel, die vorhin geknallt hat, das durchgesessene Sofa, ein Kissen drauf, wo die Schaumstoffflockenfüllung rausguckt.

Und in der offenen Küche verbrauchtes, achtelkaputtes Geschirr, blindes Besteck, Gläser ohne Glanz, alles gespült und in die Schränke verräumt. Ein Toaster mit abgebrochenem Griff, eine Kaffeetasse ohne Henkel. Neu nur ein Sixpack einer einheimischen Biermarke, die zu einem internationalen Konzern gehört. Alles ordentlich hingestellt. «An seinem Platz» kannst du nicht sagen, weil du nicht weisst, wo der Platz ist. Aber nichts Schönes, wo sich jemand drüber freuen könnte, obwohl Bier, okay, trinkst du gerne, aber nicht so existenziell wichtige Freude, wo dich durchs Leben trägt.

«Kein Buch, kein Bild, keine Fotos», sagt der Müller.

«Nichts», sagt Bucher Manfred, «trostlos.»

Sie schauen sich das an, dieses Nichts. Die Wohnung sieht klinisch aus, gereinigt, geputzt, gescheuert, desinfiziert, «stelirisiert», wie man beim Müller zu Hause falsch sagte, blitzblank.

«Diese Inventarliste haben wir schnell geschrieben», sagt der Müller. Bitter, weil wenn ein Leben auf eine Inventarliste zusammenschnurrt, dämmert Dantes Inferno herauf. Und wenn diese Liste so tweetkurz ist, ähnlich wie bei einem Toten, den du irgendwo im Freien findest, ohne mehr persönliche Effekten als im Einkaufswagen daneben Platz finden, dann ist es Infernissimo, sofern das grammatikalisch geht. Oder kann, um Zeit zu sparen, man auch grammatisch sagen?

Und Dante hatte im Inferno einen Begleiter. Der Tote hier ist allein.

Und Rocco Catanzaro → Treppenhaus → Nachtwächter Arnold Stojanovic steht noch immer eine Etage tiefer, aus dem offenen Fenster gelehnt, saugt er die Badenerstrassenluft ein, die frische Dieselbrise der getunten Hondas, die als Ferrari verkleidet vorbeifahren. Er will den Geruch des verwesenden Opfers aus der Nase bekommen. Zuerst Personalien des Nachtwächters aufnehmen.

Rocco: «Wann haben Sie den Geruch bemerkt?»

«Gestern Nacht», sagt Stojanovic, «aber ich dachte, es ist der Abfallcontainer im Hinterhof. Bei so mildem Wetter riecht der ziemlich.»

Und Rocco: «Der Tote muss schon einige Tage dagelegen haben. Ist das Ihre übliche Runde, dieses Gebäude hier?»

Stojanovic: «Ja. Aber ich arbeite erst seit gestern wieder. Vorher war ich zehn Tage krank. Die Grippe.»

Werden wir überprüfen.

«Was ist hinter den Türen im Parterre, im ersten, zweiten und dritten Stock?»

«Gehört zur Kantonalbank», sagt Stojanovic, «Verwaltung, nehme ich an, Computer, ich weiss es nicht. Ich habe den Auftrag, zu kontrollieren, ob die Türen verschlossen und unbeschädigt sind, ob sich niemand im Treppenhaus aufhält, und ich schliesse im Treppenhaus die Fenster, wenn eines offen steht.»

«Und haben Sie hier im Treppenhaus je jemanden getroffen? Ich nehme an, Sie kommen hier jede Nacht zur selben Zeit vorbei?»

«Jeweils zwischen halb und zwanzig vor zwölf. Nein, niemanden. Ich wusste gar nicht, was im vierten Stock ist. Ich bin nie raufgegangen. Muss ich nicht. Ich bin nur für das Parterre und die Stockwerke eins bis drei zuständig. Ich habe keine Zeit, rumzuschauen. Muss weiter.»

Auch jetzt schaut er auf die Plastikuhr am Handgelenk. Bereits 00:10 Uhr. Eine halbe Stunde später als später als später als sonst. «Kann ich jetzt …»

Rocco schaut ihm in die Augen, sagt: «Ja, Sie können. Wenn wir noch etwas von Ihnen wissen wollen, melden wir uns. Nur noch eines: Wer hat Sie auf Ihrer Runde vertreten, als Sie krank waren?»

«Vermutlich der Seeholzer, der macht dieses Revier manchmal, wenn ich freihabe. Aber Sie fragen vielleicht besser im Büro nach.»

Rocco dankt dem Nachtwächter, fragt ihn noch, weil bleich wie Ziegenkäse: «Geht's?»

Stojanovic: «Sobald ich wieder an der frischen Luft bin … ich habe ja nicht gesehen, was Sie vermutlich gesehen haben …», und zeigt nach oben.

Rocco lässt ihn an die Arbeit und denkt: der Seeholzer.

Sie nehmen den Tatort auf, rufen im Grossen Polizeihaus an: überprüfen, wer der Mieter der Wohnung ist. Ob in diesem Haus je ein Vorgang gemeldet wurde. Solche Sachen. Und Prioritätenliste erstellen, der Müller. Identität des Toten? Todesursache? Todeszeitpunkt? Mögliche Hinweise, Spuren. Die Polizeiprozeduren laufen an. 00:15 Uhr am Samstagmorgen. In den Amüsiergürteln westlich der Innenstadt versuchen die Kolleginnen und Kollegen, die Exzesse der Vierundzwanzigstundengesellschaft in Schach zu halten, sich unter Laserpointern und fliegenden Flaschen hinwegzuducken, bösen Wörtern, wie zum Beispiel «Schafseckel» und [redacted] sowie [redacted], aber auch [redacted] und ganz einfach [redacted], und Messern auszuweichen, bevor sie später am Samstag oder Sonntag den Hooligans gegenüberstehen, die behaupten, ihr Unsinn mache ihnen Spass und sei Ausdruck von Fankultur. Und für den Müller und seine Equipe beginnt wieder kein Wochenende. Die fortschreitende Zersetzung des unbekannten Körpers des mutmasslichen F.Y. sagt uns zwar, dass wir mehrere Tage Rückstand auf die Marschtabelle der Wirklichkeit haben. Die Chance, dem Täter die Handschellen umzuschnallen und ihm mit dem Strafgesetzbuch zu kommen, ist in den ersten 48 Stunden nach Tatbegehung am grössten. Danach, die Spuren verwischen sich mehr und mehr, die Erinnerung allfälliger Zeugen wird löchrig, die Frage «Was haben Sie Samstag …?» wird bald nur noch mit einem «hä?» quittiert. Weil, ehrlich, was haben Sie letzten Samstag? Oder Dienstag der letzten Woche? Gesehen, meine ich, oder getan oder gehört. Das wüsstest du nur exakt, wenn du ein Alibi aufgebaut hättest, weil du gewusst hättest, du brauchst eines. «Suspicion» (USA, 1941, Regie: Alfred Hitchcock).

Der Müller muss sich alles nochmals im Detail anschauen. Lage des Toten, diese Handschuhe, die er trägt, peinlich genau gemachtes Bett im Schlafzimmer oben, Eiermann-Tisch und Horgen-Glarus-Stuhl im Arbeitszimmer, die halb kaputten Inventarbestandteile, ich habe dir davon erzählt, während Hofstetter, Kuhn und Kollegen fotografieren und ausmessen und abpinseln, pinzettieren und betrachten und notieren. Und wenn der WD fertig ist, Stunden dauert das, weiter schauen und nachdenken, zwischendurch an den vier Aspiranten im Treppenhaus vorbei hinunter an die Luft, Trottoir, Zigarette, Luft, Superautos fahren jetzt vorbei, Fastmaseratis mit Heckspoilern, Möchtegernbugattis, Mazdas in Porschetravestie, tiefergelegt, das Chassis wackelt vor lauter Bässen, die Scheiben getönt, teuflisch scharfe Radkappen, einer johlt unverständlich etwas aus dem Fenster. Die haben sicher überall irgendetwas drauftätowiert, das spätestens völlig beknackt aussehen wird, wenn sie 30 sind und mit der Familie in die Badi Letzigraben oder nach Malle gehen. Zigarette fertig. Dann gehst du wieder rauf.

Jetzt trifft Torsten Schneider ein, der Pathologe, schaut sich um, schüttelt den Kopf, schaut sich den Toten auf dem Sofa an, liest ihn akribisch und wissenschaftlich in sein Grosshirn ein, runzelt die Stirn, sagt schliesslich: «Nehmen wir mit.»

Dem Müller und seiner Equipe fällt in der Wohnung nichts auf, was den Namen Hinweis verdiente.

***

Dann geschieht, leider, was in der Geschichte der Polizei Zürich noch nie passiert ist. Schauen Sie selbst: 03:40 Uhr, die Ambulanz mit dem Toten im Leichensack drin fährt ohne Blaulicht und Horn vom Lindenplatz durch die Badenerstrasse stadteinwärts → Ziel: Pathologisches Institut, Rämistrasse. Nach hundert Metern, wo von rechts die Grimselstrasse in die Badenerstrasse mündet, stürzt unmittelbar vor dem Wagen ein Velofahrer, und zwar nach links, auf die Fahrbahn. Apollo Gränicher, Mitarbeiter von Schutz & Rettung Zürich, am Steuer der Ambulanz, reisst sofort das Steuer nach links, um den Velofahrer nicht flach und tot zu walzen. Das Fahrzeug schleudert, stellt sich quer.

Von hinten kracht jetzt das Nachttram der Linie 2 in voller Fahrt in die Ambulanz. Wie ein Pflug mitten hindurch, wo im Bodybag der Tote auf der Bahre liegt. Er wird, nehme ich an, lässt sich nicht befriedigend rekonstruieren, vom Aufprall mindestens zweigeteilt. Pardon, ich sag's klar: nochmals komplett getötet. Metaphorisch gesprochen, weil totale Spurenverunklärung. Wie will der Pathologe nun herausfinden, ob vielleicht ein Genickbruch vor dieser Kollision schon am Körper angebracht war oder der Schädel infolge Einwirkung stumpfer Gewalt geknackt?

Und kommt noch schlimmer erschwerend hinzu: Die Ambulanz ist sogar explodiert, weil von hinten Tanklastwagen voller Heizöl mitten hineingekracht. **Krawumm! Krawumm! Krawumm!** Feuerball. → 117, 118, 144! Ein Rieseninferno so voll nach dem murphyschen Chaosprinzip, sieht aus wie im Blockbuster mit Spezialeffekt, fast wie Emmerich, können Sie sich denken, und von der Badenerstrasse 67X her innert einer Minute der Müller, Bucher Manfred, Heather Brogli und Rocco Catanzaro zu diesem Tohuwabohu hinzu, vom Sihlhölzli her die Berufsfeuerwehr, vom Grossen Polizeihaus und von unterwegs die verfügbaren Patrouillenfahrzeuge, vom Triemli weitere Ambulanzen. Ein Durcheinander. Löscharbeiten, Bergungsversuche. So geht Action. Die Streifenwagen sollen schaulustige Schlaflose und Aufgewachte zurückdrängen. Am Strassenrand steht ohne Kratzer Apollo Gränicher, der Unfallambulanzfahrer, neben ihm der gestürzte Velofahrer reibt sein linkes Knie, und Tramfahrer Urs Gisiger sagt: «Das Tram war leer, die Leute steigen meist erst am Albisriederplatz ein.» Und einen, der sich durch Flucht zu Fuss der Aufklärung und allenfalls der Verantwortung entziehen wollte, fassen die Kollegen von Limmat 7 (Aufschrift: «Hier ist das Gesetz!»): Tankwagenfahrer Alain Burkhardt, der zwar Schock, aber sonst okay.

Bilanz: Sachschaden holla, Mannstunden, supplementär zerstückeltes und darüber hinaus verbranntes totes Opfer, alle DNS aus dem Fleisch sowieso und aus den pulverisierten Knochensplittern herausgebrannt, aber gloria halleluja: keine neuen Verletzten.

Da hat der Müller ein Problem: Wie behandelst du diesen Todesfall, wenn keine fundierte Diagnose mehr möglich, weil Corpus = Aschehaufen, den du hier höchstens noch in Ansätzen zusammenkrümeln kannst? Ergo Todesursache des Abtransportierten voll Nebeldickicht und Nihilismus. Möglichkeiten: Tötungsdelikt, Überdosis, Herz, Nierenversagen, Alter, Suizid, unvollständige Aufzählung, viele Optionen → Pschyrembel. Sicher nur: ungeklärter Tod.

Bald wird's hell werden, die Morgenkälte dringt durch die Kleider. Trotz schweren Augenlidern und Schock durch Heather Brogli und Rocco Catanzaro befragt: Tanklastwagenfahrer Burkhardt. Zuerst vergewissert: Alkohol und Drogen? Schnelltest negativ. Dann sagt aus, auf dem Rückweg von einer dringenden Expresslieferung gewesen zu sein. Aber hallo, Pinocchio.

Brogli deshalb: «Morgens um 4 Uhr in diesem milden Frühling eine dringende Heizöl-Expresslieferung?»

Zehn Minuten Lügen, Dreiviertellügen und Halblügen (decrescrendo) später: Tanklastwagenfahrer gesteht, nach Feierabend einen längeren privaten Termin, den Namen der Frau will er ungern nennen, aber muss!, wahrgenommen zu haben und zum Zeitpunkt der Kollision auf dem Weg zurück in die Firma gewesen zu sein, um den Lkw ordnungsgemäss fürs Wochenende auf dem Areal abzustellen. Wird den Chef nicht freuen, diese Sache da. Weil wo der Tanklastwagen war, ist jetzt ein Krater.

Polizeilich gesehen: Verkettung vieler Umstände, die man sich gar nicht ausdenken kann. Obwohl die Wahrscheinlichkeit einer solchen Sachlage, so abstrus, minim ist, ist sie eingetreten. «Buntscheckig ist und irre und fleckig, das Würfelbild deiner Laune, o Fortuna!» (Boethius).

VIER

Samstagfrüh, 06:00 Uhr. «Ja, wir behandeln das als Tötungsdelikt», sagt Hauptmann Ralph Vogt, Leiter Abteilung Gewaltverbrechen Polizei Zürich im Grossen Polizeihaus. Müller hat ihm gerade eine knappe Zusammenfassung von Leichenfund, Zustand des Toten, Situation und Inventar Auffindungsort sowie Komplikationen bei Abtransport inklusive Zerstörung Leiche durch Kollision mit Tram und Ambulanzexplosion infolge Auffahrunfall durch Tanklastwagen gegeben. Vogt runzelt die Stirn. Wie erkläre ich's dem Kommandanten und der Öffentlichkeit? 1. April zudem, aber zum Scherzen ist hier keiner aufgelegt.

Medienchef Gregor Meier bei Unterredung auch anwesend, macht sich Notizen, nickt, scheint nachzudenken, meint schliesslich: «Ich bereite etwas vor und melde mich bei dir, Ralph.»

Da weisst du als Müller, was zu tun ist: arbeiten, als sei nichts gewesen. Als habest du keine Nacht ohne Schlaf hinter dir, kein Kopfweh wegen Geruch und Anblick auf dem Sofa, wo du keinem wünschst, anblicken zu müssen. Ganz zu schweigen von der Leichenvernichtung → Höllenkomplikation! Und gleichzeitig die Maden, die sich unter der Haut des Toten bewegen, vor Augen. Den Gestank in der Nase und im Rachen bis in die Lungenbläschen hinunter, trotz doppeltem Espresso und zweimal Rauchen. Er hat sich wie ein Kontaktgift in den Nasenhärchen, auf deiner Haut und in deinen Haaren festgesetzt. All die Widrigkeiten und «Fährnisse des Schicksals» (Boethius) aus dem U-Bewussten herausdeleten, das musst du können als Polizist: zurückfinden in die Normalität. Weil mit zwanzig Dienstjahren, wie sie der Müller und Bucher Manfred durchgearbeitet haben, Himmel, in jedem Quartier kämen dir Bilder hoch, an jeder Ecke, in fast jedem Haus Situationen, Tatorte, Gerüche, Menschen in allen Verfassungen, als wärst du dauerhaft zu einem Pathologiekurs oder einem Horrorfilm verurteilt. Wie überleben nach diesen Ereignissen? Manche fangen an zu trinken, manche werden depressiv, manche zynisch. Verdrängen geht nicht, sagt dem Müller sein Psychotherapeut Andreas Borowski. Überleben durch Routine, das hat sich für den Müller bewährt. Die Straftaten technisch betrachten: Was war? Welchen attraktiven Artikel hält das Strafgesetzbuch für den Täter bereit? Wer war es? Weshalb hat er es getan? Wo hält er sich auf? Und dann festnehmen.

Prävention – Ermittlung – Fahndung – Zugriff.

Explosion und Spurenvernichtung hin oder her: Du willst den, der es getan hat, mit in den Verhörraum 419 nehmen, damit aus dem Mutmasslichen ein Angeklagter wird und er aus dem Verkehr gezogen ist. Die Routine geht in diesem Moment, am Samstagmorgen 06:20 Uhr, so: Einwohnerkontrolle, Grundbuchamt, Datenvergleich. Geht heute elektronisch, musst du nicht bis Montagmorgen warten und brauchst niemanden aus dem Bett zu klingeln.

Badenerstrasse sechshundertsiebzigsoundso: Eintrag Einwohnerkontrolle: niemand unter dieser Adresse gemeldet. Eintrag Grundbuchamt: Eigentümer: Erdgeschoss bis dritter Stock: Pensionskasse Kantonalbank. Maisonnette vierter und fünfter Stock: Owen, Howard John Frederick Arthur, 58-jährig, geboren in Manchester, Wohnsitz unbekannt. Der Tote könnte im Konjunktiv dieser Mann sein. Unwahrscheinlich jedoch, dass er seinen Namen mit «F.Y.» abkürzt, wie's auf der Türglocke steht. Ob die dunkle und aktuell totalatomisierte Masse also dieser Howard undsoweiter Owen war ... musst du gründlich abklären. Rocco lässt den Namen durch den Computer laufen, die Datenbanken – RIPOL, ViCLAS, Fahndungs- und Strafregister. «Bitte warten Sie» und auf dem Bildschirm dieses Uhrzeigerlein, das läuft und läuft, damit deine Augen verstehen, es arbeitet im digitalen Getriebe drin.

Musst du doch jemanden aus dem Bett klingeln: Samstagfrüh das Steueramt ... Schafft nur die Polizei, weil hat die nötigen Privatnummern. Zweiundzwanzigmal schellen lassen. Telefon Müller → Steueramt, weil Eigentumswohnung = Eigentum = steuerpflichtig. Die Unterchefin vom Steueramt loggt sich von privat ins System ein, schaut nach, sagt nach einer halben Minute: «Ja, das wüssten wir auch gerne, wo dieser Herr ist. Und vor allem, wo er sein Vermögen versteuert.»

06:55 Uhr. Draussen ist die Sonne aufgegangen. Auf die Wiese beim Grossen Polizeihaus fällt ein güldener Schein, die Tautröpfchen brechen das Licht in die Spektralfarben auf. Dort, violett fällt es auf ein Gänseblümchen, das dem Gestirn fröhlich zunickt. In den Bäumen singen die Meisen, auf den Dächern die Raben, und in der Kanalisation quieken die Ratten.

Parallel zu Roccos Datenbankabfrage nimmt Heather Brogli (darf ich streng genommen nicht erzählen) Zugriff auf die zentrale Datenbank der Krankenkassen, ob irgendwo in der obligatorischen Grundversicherung ein Howard Owen. «Bitte warten Sie», und wieder läuft dieses Uhrzeigerlein rundherum und rundherum.

Warum «F.Y.» auf dem Klingelschild?

Der Müller: «Weshalb stand die Wohnungstür offen? Und warum trug der Tote Handschuhe?»

Der Müller und Bucher Manfred im Büro Müller, Nummer 365, wie die Anzahl Tage pro Jahr. Das kann man sich merken. Bucher Manfred, wo hat er auch immer diese Sachen her, beisst in einen Selleriestängel und versucht vor seinem inneren Auge, was auch immer das ist, die Szenerie in der Wohnung beim Lindenplatz zu rekonstruieren. Ausser der grossen Leere, was gab es Auffälliges? Der Müller, klassische Übersprungshandlung, weil er müsste jetzt Befehle ausgeben, Leute aus dem Bett holen, gibt den Namen «Howard Owen» in die Suchmaschine ein. 44'800 Treffer in 0.57 Sekunden, Autogarage in Devon, Ex-Fünftligafussballer in Plymouth … ja, Suchergebnisse auf Schweiz beschränken … findet weniger … Produktmanager der Pharma in Basel, Sekundarlehrer in Trüllikon … gut, Müller Benedikt gibt's auch mehr als einmal. Zeitverschwendung, dass die Polizei auf Arbeitszeit so vor sich her suchmaschinelt? Nein! Das Lesen und Scrollen regt dem Müller sein Denken an.

«Wenn Roccos und Broglis Abfragen nichts ergeben, müssen

wir abwarten, bis der Rapport der Pathologen kommt, falls er aus den Überresten überhaupt etwas machen kann, und bis die Detailauswertung der Wohnung da ist. Die Spuren vom WD», sagt er zu Bucher Manfred. So eine Wohnung auszuwerten, das braucht Zeit. Auch wenn die Wohnung kahl ist. Irgendwas wird zu finden sein, das ist immer so, das lehrt die Erfahrung. Da verhältst du dich nicht vielleichtsinnig, sondern entschieden – und hängst dich rein. «Das Schlimmste in allen Dingen ist die Unentschlossenheit» (Napoleon Bonaparte).

Ergebnis von Broglis Krankenkassen-Recherche: kein Versicherter unter dieser Adresse registriert. Muss nichts bedeuten. Vielleicht hat er ein Postfach als Adresse. Sekundärergebnis: Krankenversicherte mit Initialen F. Y. schweizweit eintausendzweihundertsiebzehn, in umgekehrter Reihenfolge sechshundertachtundachtundachtundachtzig.

«Aua!», sagt der Müller. Weil bis du die alle einzeln abgeklärt hättest, hat dich das Controlling längst skalpiert.

Ergebnis von Roccos Datenbankabfragen: vor sechs Jahren ein Howard Owen wegen Steuerschulden betrieben, aber nicht in Zürich, sondern in Cudrefin.

«Wo liegt denn das?», fragt der Müller.

«Nordwestlich vom Mont Vully», sagt Bucher Manfred, und weil er dem Freund seit zwanzig gemeinsamen Polizeijahren keine Blösse ins Parkett hacken will, setzt er sofort hinzu: «Am Neuenburgersee, vis-à-vis von Neuenburg.»

«Du weisst Sachen!»

«Mont Vully, der Käse», erklärt Bucher Manfred und vertilgt das Ende der Selleriestange.

Von Interpol kommen jetzt Daten: Verurteilung eines Howard Owen wegen kleinerer Drogendelikte vor sechsundzwanzig Jahren in London («Besitz und Konsum von Marihuana»), einmal leichte Körperverletzung vor siebzehn Jahren in Lille.

«Müsste das nicht längst gelöscht sein?», fragt der Müller.

Bucher Manfred zuckt die Schultern. «Vielleicht ist der Tote ja gar nicht Howard Owen, und was sagen diese alten Urteile über einen Todesfall heute?»

«Mögliche Hinweise von Kantonalbankmitarbeitern, die im

Haus arbeiten, bekommen wir nicht vor Montagmorgen», sagt der Müller. «Geh jetzt nach Hause», sagt er zu Manfred. Dann geht er ins Gemeinschaftsbüro 364 gleich nebenan und sagt zu Rocco und Brogli: «Geht nach Hause. Um 14:00 Uhr wieder hier.»

***

07:10 Uhr. Bucher Manfred holt sein Auto vom Parkplatz hinter dem Grossen Polizeihaus, er fährt in den Kreis 7, oberhalb Toblerplatz. Dass Sie jetzt nicht meinen: «Wow, superposh, bei der Polizei ist der Wohlstand ausgebrochen!» Nein, dort oben wohnt Dr. Brenda Marquardt, die Pathologin des Herzens und Frau von Bucher Manfred. Weil «Freundin», ab einem bestimmten Alter nennst du deine Blume nicht mehr so.

Aber warum ist sie nicht im Dienst, um den Leichnam von der Badenerstrasse zu obduzieren und so? Warum ist vorhin an der Badenerstrasse 67X eine Pathologin männlichen Geschlechts aufgetaucht? Weil Dr. Brenda zurzeit vertreten wird von Dr. Torsten Schneider. Warum das? Das zu erzählen muss ich verschieben, bin nach dieser langen Nacht einfach zu müde. Will nur noch schweigen. Ich weiche den Kolleginnen und Kollegen aus, die gerade einen Kastenwagen voll mutmasslich delinquiert habender Nachtschwärmer jenseits der Grenzwerte von Testosteron und Alkohol hereinbringen, um sie in den Zellen einzuschliessen und nachher einzeln zu befragen. Bevor ich mich selbst horizontal hinlege, eine Bemerkung zum Müller: Der fährt mit dem Velo – er will wieder fitter werden – die paar Minuten nach Wiedikon zu seiner Zweizimmerwohnung mit dem halbrunden Balkon aussen um die Hausecke herum. Dort wohnt er. Obwohl, bloss *wohnen* kannst du kaum mehr, nur *exklusiv* wohnen in «wertreichem Lebensraum». So heisst heutzutage das Leben in Zürich.

Diese Werbewörter fürs zeitgenössische Leben, die wären ein Thema für eine linguistische Studie. Müller denkt dabei an Severin Eiholzer, der den Mann mit Schnauz umgebracht hat. Der Sprachwissenschaftler wohnt aktuell exklusiv in der Justizvollzugsanstalt Pöschwies. Hätte der sich strictly auf sein Metier konzentriert, wäre dem Müller ein Fall erspart geblieben und Zürich um einen Menschen zahlreicher. Aber so funktioniert die Welt nicht. Mit Logik und Empathie und Mitgefühl und Menschlichkeit kannst du der Welt nicht kommen, sie versteht es nicht.

Kalt frühmorgens. Der Müller drückt in diesem Moment seine Gutenmorgenzigarette aus und tritt vom halbrunden Balkon in seine Wohnung.

Abliegen, dösen, vielleicht sogar schlafen, das macht jetzt der Müller.

***

09:40 Uhr. Ist er das? Ja, das muss er sein. Seine Silhouette kennen wir gut, seinen noch immer elastischen Schritt, die Kraft, die in seinem Körper residiert, die 184 cm, die graublauen Augen, die breiten Schultern, die olivgrüne Freizeitjacke, eine rohe Karotte in der Hand, er muss es sein.

Doch was schiebt er mit der anderen Hand beim Toblerplatz vor sich her: einen Kinderwagen! Kann das sein? Bucher Manfred, einst als «Elefant von Aussersihl» und lebende Antithese aller Kalorienausteritätsprogramme bekannt, ist Vater geworden. Voll! Gemeinsam mit Dr. Brenda Marquardt. Also, sie ist natürlich die Mutter des Kindes. Es ist winzig, ein Mädchen und heisst Frieda. Das bedeutete schon zu Odins Zeiten «Friede» und passt sowohl zur Pathologinnen- als auch zur Polizistenarbeit, weil ist ein schöner Wunsch fürs Leben und entspricht dem Zustand der 70 Zentimeter im fliederfarbenen Strickstrampler. Das tragen die Babys heute wieder. Bucher Manfred erinnert sich an ein Foto: er selbst als Säugling, Strickstrampler in Hellblau.

46 Jahre später also Frieda. Sie ist zahnlos und zart, jedoch anatomisch mit einem inneren Megafon ausgestattet, das sich bemerkbar macht, sobald das Kind nicht schläft, Hunger hat, müde ist, Koliken, wer weiss das schon? Bucher Manfred, sagen wir's ehrlich, ist zurzeit im Polizeidienst weniger einsatzfreudig.

Wenn du Kinder hast, quillt nicht nur der Beschützerinstinkt aus deinem anthropologischen U-Bewussten im Truncus cerebri heraus und in den Alltag hinein, sondern auch Angst. Wie werden und wie sollen die Gegenwart und die Zukunft aussehen? Du gehst nicht mehr so bedenkenlos durch die Stadt Zürich und den Rest der Welt, wirfst dich zurückhaltender anbrandenden Maschinenpistolensalven und Fanatikerfäusten entgegen, trittst nicht mehr allzu heftig aufs Gaspedal, um einen Verbrecher zu fassen. Willst auch einmal zu Hause sein, um Windeln zu wechseln, Köpfchen zu streicheln und in einigen Wochen, wenn das Friedababy nicht mehr oft gesäugt wird, Brei zubereiten.

Dein Kind soll dich kennen als Mensch und nicht als der, der immer morgens vom Nachtdienst kommt, nichts von der Arbeit erzählen darf und nur seine Ruhe haben will. Willst auch nicht alles der Frau überlassen. Sonst dreht die durch. Brenda soll auch ins Institut zurück, will sie, sie braucht ihre Arbeit, wie sie sagt.

Der Müller ist – sagen wir es laut und ehrlich – mittlerweile dem Bucher Manfred sein Vorgesetzter. Er ist zwar ohne Familie und so, aber trotz Kompetenz, jeweils imperativ den «Order to move» zu erteilen, hat er grosses Verständnis für Manfreds neue Aufgabe und Funktion. Schon aus Gründen der demografischen Bevölkerungsnichtpyramide gut, wenn Kinder geboren, damit jemand die AHV äufnet. Schönes Wort: «äufnen». Hört man selten, ist vielleicht etwas altmodisch, weil heutzutage mehr verbraucht und abgewickelt wird als geäufnet.

***

10:23 Uhr. War also nichts mit Schlaf, bloss ein bisschen im Liegen die Bandscheiben entlastet und die Muskeln gelockert. Der Müller ist schon wieder auf Achse, bereits in Altstetten, Zürich 9, am Lindenplatz bei der «Total Control Security», weil der Mann vom Büro am Telefon sagte, ja, der Seeholzer habe den Stojanovic vertreten, als der krank war, positiv bestätigt, zehn Tage lang, Saugrippe. Was das unseren Arbeitsplan durcheinandergebracht hat, sogar ich musste auf Tour, sagte der Mann vom Büro, Bernet Rolf (62).

Der Müller zu dieser Stunde bei dieser Firma, weil Bernet am Telefon sagte, Seeholzer komme um halb elf zum Wachlokal. Ab zwölf Uhr mittags muss er beim Eingang dieses Supermarkts an der Altstetterstrasse stehen, damit die Ladendiebe nicht mit gefüllten Einkaufswagen voller Angus-Beef-Sonderangebote, spezielle Plastikteile, wo du nicht weisst, wofür sie gut sind, und Duftwasser für Frauen rausspazieren. Und Seeholzer Alain = schlanker, etwas blutarmer Mann von 27 (laut Ausweis), nicht besonders … aber ich meine das nicht als Vorurteil, sondern als Müllerurteil nach etlichen Takten Gespräch … hell im Gebälk. Spricht wenig und weiss vermutlich auch, warum: weil er wenig zu sagen hat. Kontakt hast du als Polizeimann mit allen möglichen Menschen. Aber das Müllerurteil ist persönlich, strafrechtlich nicht relevant und moralisch wertfrei.

«Ja, ich war an der Badenerstrasse sechshundertsiebzigundso», bestätigt Seeholzer, angerückt bereits in seiner Arbeitskleidung, polizeiähnlich, mit dunkelblauer Jacke, «Stojanovic war ja krank. Riesenstress, musste meine Tour mit der Hälfte seiner Tour kombinieren.»

Der Müller: «Wann waren Sie jeweils in diesem Haus?»

Der Wachmann schnallt sich die Koppel um: Natel, Taschenlampe, Handschuhe … zuckt etwas lahm mit den Schultern: «Fragen Sie auf dem Büro, Bernet hat meine elektronischen Protokolle.»

Der Müller: «Und heute machen Sie zusätzlich eine Nachmittagsschicht?»

Seeholzer: «Ja.»

Der Müller zickzack: «Und an der Badenerstrasse, wie weit sind Sie da jeweils raufgegangen?»

«Dritter Stock.»

«Nicht weiter?»

Schüttelt lange den Kopf, bis das «Nein» kommt.

Der Müller: «Und Sie haben nichts Besonderes festgestellt? Personen? Gegenstände? Geräusche? Einen Geruch?»

«Geruch? Ha! Ich rieche doch nichts. Seit meine Polypen

draussen sind, ist mein Geruchssinn weg. Nicht immer ein Nachteil», sagt Seeholzer, deutet aus dem Fenster des Wachlokals der «Total Control Security», wo ununterbrochen die Karawane der Kaufwilligen zum Shoppingerlebnis in die Stadt hineinfährt und das Heer der Auswärtseinkaufswilligen aus der Stadt hinaus, und jetzt lacht er auf. Er muss los zum Einkaufszentrum. Und der Mann vom Büro, Bernet, bestätigt hinterher dem Müller, «dass Seeholzer keine Nase hat».

«Und», fragt der Müller, «ich bin zwar nicht vom Arbeitsinspektorat, ist es normal, dass Sie jemanden Doppelschichten arbeiten lassen? Ich nehme an, Seeholzer arbeitet auch heute Nacht?»

«Ich … äh …», sagt der Mann vom Büro, «wir müssen sparen, deshalb haben wir Rekrutierungsschwierigkeiten …»

Er sagt wirklich «Rekrutierungsschwierigkeiten», als wäre er die Rekrutierungsstelle von Oberleutnant Schaub persönlich.

«… und wenn einer unserer Männer Geld braucht und sich fit fühlt, kann er das schon mal machen, ja. Wir kriegen nicht viele gute Leute. Die meisten, die sich bei uns bewerben, wären gern Elitepolizisten, Profikampfsportler oder Afghanistan-Kämpfer geworden. Solche Leute können wir nicht brauchen.»

Wir auch nicht, denkt der Müller, ausser denen, die wirklich zur Interventionseinheit kommen.

Auf Wiedersehen und weg und stadteinwärts, wieder mit dem Velo, ist, zugegeben, ungewöhnlich als Einsatzfahrzeug. Entwickelt der Müller einen neuen Spleen, jetzt, wo das Schusswaffentrauma in seinem Curriculum etwas nach unten rutscht? Oder spürt er ein kleines Glücksgefühl, wenn die Beine treten und treten und dazu das Geräusch des Reifengummis auf dem Asphalt?

11:25 Uhr. Er nimmt die Baslerstrasse zum Letzigrundstadion. Dort sitzt in Limmat 5 (Aufschrift seitlich: «Hey you, watch out!») ein Vorausdetachement von vier Mann, die zum Aufgebot fürs Heimspiel vom Abend gehören, um das allfällige Geschehen frühzeitig zu erfassen und zu melden und die Umgebung des Stadions genau abzusuchen. «Vier *Mann*» ist hier eine Bezeichnung, um Personen zu zählen, hat nichts mit dem Geschlecht zu tun, weil wer jetzt gerade aus dem Streifenwagen ins milde Wetter hinaussteigt, sind Cynthia Grolimund, Frank Voser, Igor Belli und Pauline Jansen. Müller, der nicht in Eile ist, spätestens 14:00 Uhr muss er ja erst im Grossen Polizeihaus sein, fährt rechts ran, ruft «Hallo, ihr da», plaudert ein bisschen mit ihnen und kriegt sogar ein Mineralwasserfläschchen von ihnen ab. Wenn du Polizist bist, ist die Polizei dein Umfeld. Da bist du unter deinesgleichen und kannst erzählen und zuhören, ohne dass du alles erklären musst oder dementieren, dass du Spass hast an Handschellen, am Mehrzweckstock und am elektrisch blauen Fitzeln des Tasers.

Wenn Sie sich jetzt fragen, wie viele Stunden denn der Müller und Bucher Manfred geschlafen haben diese Nacht, kann ich dir sagen: Viele waren es nicht, und danke, dass du an die Gesundheit der Polizei denkst.

Zu früh im Grossen Polizeihaus, der Müller sucht sich eine freie Zelle, sagt zum Kollegen: «Ich lege mich mal hin, weck mich bitte gegen halb zwei.» Aber wirklich schlafen kann er nicht: Die Mauern ächzen, der Plastiküberzug der Matratze riecht, sicher irgendwelche Weichmachermoleküle, im Korridor Schritte und das kleine Fensterchen oben, Sicherheitsglas, lässt plötzlich brutal viel Licht durch, das die dünnen Augenlider fast ungehindert durchdringt.

13:30 Uhr. Der Müller sitzt im Büro. Telefon → «Gebäudeverantwortlichen» der Kantonalbank aufgespürt. Albin Hubacher. Nein, intern keine Wahrnehmungen wahrgenommen, «sonst hätten wir Sie natürlich sofort informiert. Was ist denn vorgefallen?» Und zur Präzisierung in Sachen Badenerstrasse 67X: «Dieses Treppenhaus ist das Nottreppenhaus. Unsere Mitarbeiter betreten die Liegenschaft durchs Treppenhaus der Nachbarliegenschaft beziehungsweise nehmen den Lift jenes Hauses. Niemand von unseren Mitarbeitern begeht dieses Treppenhaus. Einzig die Firma ‹Total Control Security› kontrolliert es zweimal pro Nacht.»

Zweimal pro Nacht, denkt der Müller, smarte Rechnungsstellung: Art. 146 StGB (Betrug), und fragt: «Wann kommen Montagfrüh die Angestellten ins Büro?»

«Um acht, halb neun», sagt Hubacher, «aber ich bin fürs Gebäude zuständig, nicht für die Mitarbeiter. Ich gebe Ihnen die Nummer des Standortleiters, er heisst Ramazzotti. Ich weiss, was Sie jetzt denken, aber er hasst den Witz und heisst Antonio.»

«Ich habe gar nichts gedacht», knurrt der Müller, weil er hasst es, wenn einer der Polizei gegenüber so vertraulich tut. «Könnten Sie mir die Nummer geben?»

Er bekommt sie. Ja, als Polizeimann bist du oft und häufig ein bisschen viel Telefonmann, andererseits kannst du vieles, was einst Laufarbeit war, heute aus dem Büro heraus fernmündlich erledigen. Maigret musste jeweils durch Sturzbachregen waten und in der Stadt ein Telefon suchen und fand dann zufällig im Bistro, wo eines war, irgendeinen Zeugen oder so, aber meist völlig anstrengend die Herumrennerei, und so viel Zufall wie im Buch gibt es in der realen Wirklichkeit nicht. Der Müller hängt sich also wieder ans Telefon: Ramazzotti, im Garten in Urdorf am Reihenhausmähen, bestätigt Blockzeit 08:30–12:00 Uhr. «Wir haben an diesem Standort 47 Mitarbeiter, da ist es einfacher, wenn Sie am Montag vorbeikommen.» Und bei der Zahl denkt der Müller wieder aua, weil für den Kopf ist es überanstrengend, wenn du die halbe Bevölkerung der Stadt Zürich kennenlernen und befragen musst, bevor du das Dossier der Staatsanwaltschaft schicken kannst.

14:00 Uhr im Sitzungszimmer 112 im Grossen Polizeihaus. Anwesend: Müller, Bucher Manfred, Heather Brogli, Janine Hossli, Rocco Catanzaro, Aspirant Mauchle, Gustav Weiermann, Dylan Barmettler und Buess, Patrick heisst der, ja.

Kaffee, Mineral mit und ohne. Pappbecher.

Der Müller «sali mitenand» und sofort: «Was haben wir?»

Bucher Manfred raschelt mit dem Blatt, das er vor sich auf den Tisch gelegt hat. «Nicht viel. Erst den ersten Eindruck des Pathologen, noch aus der Wohnung … vor der Explosion. Die tote Person starb vor ungefähr einer Woche … Verfärbung,

Besiedelung durch Organismen et cetera … also ungefähr um den 23. März. Vermutlich, weil es bleiben ja nur Fotos der Leiche. Was Dr. Schneider daraus machen kann, weiss ich nicht. Ob aus den Unfalltrümmern etwas an Spuren zu holen ist, Kuhn und Hofstetter sind sehr skeptisch.»

Bucher Manfred reicht das Blatt dem Müller, der eine blaue A4-Aktenmappe aus Manilakarton vor sich liegen hat, die kaum bestückt ist. Das Zürich-Wappen darauf, die beiden Löwen links und rechts davon brüllen ihn an. Scheint ihm.

Der Müller: «Wir haben die Aussage des Nachtwächters Stojanovic. Ihm ist der Geruch erstmals am Donnerstag aufgefallen, die Nacht darauf, also letzte Nacht, hat er Meldung erstattet.»

Irgendwer rückt mit dem Stuhl.

Der Müller weiter: «Vorher war Stojanovic zehn Tage krank, und der Mann, der ihn vertreten hat, hat aufgrund eines operativen Eingriffs keinen Geruchssinn. Ob andere Personen das Treppenhaus benützt haben, wissen wir noch nicht. Das Personal der Kantonalbank – die Büros vom Parterre bis in den dritten Stock – betritt die Räumlichkeiten vom Treppenhaus beziehungsweise Lift des Nachbarhauses her. … nicht das Treppenhaus, das zur Wohnung führt, in der wir den Toten gefunden haben. Das sagt der Gebäudeverantwortliche der Kantonalbank. Mit den Bankmitarbeitern sprechen wir Montagmorgen.»

Die Zeit verstreicht zwei, drei Sekunden geräuschlos.

«Nicht viel», sagt Bucher Manfred.

«Ja», sagt der Müller, «Janine und Manfred, ihr geht das Inventar der Wohnung durch. Heather und Dylan, ihr wertet alle zugänglichen elektronischen Quellen aus: wer der Bewohner der vierten Etage der Badenerstrasse 67X sein könnte. Wer in den letzten zwei Jahren dort gewohnt hat. Ob ein Steuerzahler oder sonstwie Registrierter dort gewohnt hat.»

Vier Köpfe nicken. Trinken den Rest Kaffee aus. Rutschen auf den Stühlen nach vorn.

«Gustav, Patrick, Mauchle … ihr versucht, im Umkreis des Fundorts der Leiche Informationen zu beschaffen. Läden, Restaurants, Nachbarn ein, zwei, drei Häuser weiter. Und die Unterwelt von Altstetten.»

Nicken, drei Köpfe. Trinken den Rest Kaffee aus, ist kalt. Stehen auf.

Und angesichts der Buchstaben am Klingelschild sagt der Müller: «Jemand eine Idee, was ‹F. Y.› bedeuten könnte?»

Eine Antwort bekommt er nicht.

***

15:15 Uhr. Im Einkaufszentrum an der Altstetterstrasse überblickt Wachmann Alain Seeholzer vom Ausgang her den Kassenbereich des Supermarkts, ach, was mache ich für Eiertänze, um Schleichwerbung zu vermeiden: Es ist die Migros-Filiale. Da steht er und schaut die Leute an, die Waren aufs Förderband legen, fünf, sechs Kassen sind in Betrieb, die Scanner piepen, vereinigen ihre Geräusche zu einem unrhythmischen Piepsgewaber, dazu Stimmen, eine Flasche, die hinunterfällt, Kleingeld klimpert, Kinder, wo schreien. Würden wir vielleicht auch, schreien, wenn wir jetzt da sein müssten, schreien.

Und der Geruch nach Essig, Schnittblumen, Schweiss, Lavendel, Mottenkugeln, alten Kleidern, Ange Ou Démon – she alone knows, Zigarettenrauch tief im Gewebe, Alkoholdunst aus Poren. Wachmann Seeholzer kann froh sein, riecht er das nicht.

Und die Kundinnen und Kunden bezahlen, packen die Ware, die nach erfolgreichem Abschluss des Bezahlvorgangs nun ihnen gehört, in Einkaufstaschen, Plastiksäcke, Behälter, Wägelchen.

Seeholzer schaut.

Im Laden drin, eine laute Männerstimme sagt: «Sagst du mir noch so ein Wort, ich breche dir den Finger.»

Verkäufer sagt das zu Kunde. Delikt: Drohung nach Art. 180 StGB. Durch den Geschädigten sofort per Natel bei der Polizei angezeigt → 117 → mit rotem Kopf und geschwollener Schläfenader. Dauert nicht lange, bis Patrouille da, obwohl wegen jedem Seich brechen wir keinen anderen Einsatz ab und deswegen die Notrufnummer zu bemühen, sorry aber … Doch Patrouille eh gerade in der Gegend, wollten Brötchen holen.

Macht einen Riesenaufstand, der Anzeigenerstatter.

Aber Bumerang für den Kerl. Weil Zeugen. Sie haben gehört, was der Kunde vorher zum Verkäufer gesagt hat, weil eine Tomate am Boden lag, die den von Hand rahmengenähten Schuh des Kunden bespritzte, weil draufgetreten und Saft mit Druck aus der Frucht ausgetreten: rüde, böse, unanständige Wörter, Schlötterlinge, Tiernamen und Körperteile und Adjektive. Art. 177 StGB (Beschimpfung). Und sogar eine Faust kam geflogen in Richtung von Herrn Hoti, so der Name des Verkäufers, und weil an der Faust steckte auch ein Siegelring, das wirkte wie Schlagring → Blut am Mundwinkel, bitzeli nur, aber unzweifelhaft.

Zeugen, Zeugen, Zeugen. Sogar aussagewillige, die schön brav warteten, bis die Kollegen eingetroffen sind, die Polizei zur Abklärung.

Du kannst dir nicht vorstellen, dass der obere Mittelstand solche Wörter zur Unterklasse sagt. Und der Müller, bei dem alle diese Aussagen, aufgenommen von zwei Kollegen im Streifendienst, später auf dem Tisch landen werden, doch, ich meine, er hat ein grosses Verständnis auch für die sogenannt «einfachen Leute», weil selber einer und mag diesen Ausdruck da in Anführungszeichen ganz und gar nicht und wird wütend, wenn er ihn hört. Weil wer sind wir, dass wir sagen können: andere sind «einfache Leute»?

Aber Gesetz ist Gesetz. Und Strafe für Fingerbrech-Drohung grösser als Strafe für Schimpfwörter, klar. Doch für öffentlichen Ruf nicht besonders vorteilhaft, wenn bekannt wird, dass Anwalt, Unternehmer, Investor und Kommunalpolitiker Christian Guggemos wegen einiger Spritzer Saftes einer kanadischen Bio-Tomate den Detailhandelsfachmann in Ausbildung Besim Hoti als «faules Arschloch», «dahergelaufenen Lahmarsch» und mit anderen von der normativen Sprachwissenschaft als umgangssprachlich bis vulgär qualifizierten Worten mehr beschimpft hat, waren sogar ethnische Rüpeleien dabei, die vielleicht auch unter StGB Art. 261bis (Rassismus) fallen, das wird die Rechtswissenschaft klären müssen. Auf Youtube steht die Szene eine Dreiviertelstunde später bei 3'450 Views, einen Tag später bei 35'652 – und in der Sonntagspresse, illustriert mit Handyfotos, auf denen eigentlich nichts klar zu erkennen ist, aber der Text nennt den Namen in klaren deutschen Buchstaben → Herr Christian Guggemos 100 Prozent so was von gelackmeiert.

Klares Eigentor des Beschimpfers. Schliesslich, ich greife zeitlich vor und zusammenfassend zurück: Als das Quartiermogulsadrenalin wieder heruntergedimmt und das 3:12-Filmlein auf Youtube oben und Artikel am Folgetag in Sonntagspresse drin: Rückzug der Fingerbrechdrohungsanzeige. Aber Herr Hoti unnachgiebig, weil Beschimpfungen unschön, Ehre verletzt → erhält Anzeige aufrecht → leichte Körperverletzung, Beleidigung, ich sagte es oben, womöglich auch 261bis.

Solches machst du auch als Polizeimann, nicht nur volldrastisch Leib und Leben.

Und Wachmann Seeholzer unterdessen? Hat natürlich gesehen, dass Konflikt in Früchte- und Gemüseabteilung, darf aber nicht aktiv eingreifen, hat der herbeigerufenen Streife den Weg gewiesen, zu diesem Zweck leider für maximal 100 Sekunden den Kassenbereich im Vorfeld des Ladenausgangs verlassen müssen, was eine unbekannte Täterschaft ausgenutzt und unter Verzicht auf Cumulus-Punkte dem genossenschaftlich organisierten Detailhandelsunternehmen mit dem Kulturprozent einen Schaden in nicht bezifferbarer Höhe beschert hat. Art. 139 StGB: Diebstahl.

***

15:15 Uhr. Im Gedächtnis ist alles noch frisch: Angefangen hat es nämlich mit dieser Website. Wenn man sich genau zurückerinnert. Vorauserinnern kann man sich ja nicht.

Fitandhealthy.us. Er wollte etwas für seinen Körper tun. War in den letzten Jahren etwas aus dem Leim gegangen, das Gewebe unschön schwabbelig, vor allem die Bauchpartie. Und Hüftspeck, mein Gott, Hüftspeck, geht gar nicht. Hätte nie gedacht, dass ihm das passieren würde. Es musste etwas passieren. Das: endlich die Muskulatur stärken, wieder beweglicher werden, weil immer nur sitzen und auf den Bildschirm schauen und die Finger über die Tastatur tipp tipp oder, ehrlich gesagt, hack hack. Fitandhealthy.us also. An jenem Abend zu Hause, allein in der Wohnung, immer allein zu Hause, seit Céline vor vier Jahren ausgezogen ist, war er wie so oft müde. Diese Websitenadresse, die er irgendwo, in einem Magazin im Wartezimmer des Hausarztes vielleicht, aufgeschnappt hatte, sollte einen Schlussstrich ziehen unter die beginnende Verfettung. Doch weil vermutlich die Synapsen im Hirn Schaltfehler → unversehens nicht Bizeps, Trizeps, Abdominalis, Obliquus, Transversalis und andere so Muskeln vor Augen und Laufschuhe, Ernährungstipps, BMI, Präparate und Kurzfilme für attraktive, effiziente Sportarten auf dem Bildschirm wie erwartet.

Ein Streich des U-Bewussten?

Sondern: Haut, Körperteile, Organe, Rundungen, Haare, Münder. Zungen. Und Akte. Geschlecht. Sagen wir unverfänglicher: Action. Grossaufnahmen und unversehens poppte ein Trailer auf, der ohne sein Zutun startete. Zum Glück hatte er den Lautsprecher des Computers aus. Die Wände sind dünn wie Butterpapier. Eine Hitze steigt in ihm auf, und sein Herz schlägt schneller.

Warum statt «fitandhealthy.us» dieser Schmutz, den er nicht sehen will? «Hotandfilthy.ch» ist in Wahrheit aus seinen Fingern in die Tastatur geflossen, «ch», weil Reflex, das englische Wort davor vermutlich subkutan getriggert. Könnte Dr. Sigmund nullkommasofort deuten, dass sich sein U-Bewusstes so krass vertan und -tippt hat. Könnte selbst ich interpretieren. Ihn regte das so auf, das Zeug, das er auf dem Bildschirm sah und nicht wollte, mächtig regte es ihn fest auf. Den Puls, den Blutdruck und die Biochemie im Hirn. Als hörte er plötzlich Posaunen und Trompeten. Seither ist etwas in ihm verschoben. Manchmal stärker, manchmal fast unmerklich. Er kann nicht anders: Manchmal *muss* er die Briefe schreiben, weil er etwas gesehen hat, das nichts mit dem Internet zu tun hat, nichts mit dieser Website oder anderswo in der elektronischen Welt, wo die Niveauskala nach unten offen ist bis zum absoluten Nullpunkt und manchmal noch tiefer. Sondern im realen Leben, lebendige Menschen und ihre Taten, ihre sinnlosen, widerwärtigen Verrichtungen. Er sieht, er weiss: Sie machen es falsch, das Leben. Und er sieht viel, weil er viel Zeit hat, um Dinge zu sehen.

Gut, genau genommen *sieht* er die Dinge nicht einfach. Er tut etwas dafür, um sie zu Gesicht zu bekommen. Er beobachtet und recherchiert. Was die Leute tun. Ob sie tun, was sie tun sollen. Ob, was sie tun, in Ordnung ist.

Das ist eine Art wie sein Hobby.

Ich würde ihnen nichts antun, sagt er sich. Nein, er sagt es nicht, er weiss es. Denn darüber sprechen, das tut er nicht. Weil er keine Selbstgespräche führt und weil er weiss, dass das Verständnis für seine Zeitdiagnose in der Bevölkerung gegen null streben dürfte. Höchstens Spinner, Fundamentalisten und Extremisten können verstehen, wie er denkt, denkt er. Doch mit solchen Leuten hat er nichts zu tun. Sie sind ihm zu laut, zu lärmig, zu primitiv. Aber er hat schon ein bisschen ein Weltbild, jetzt allmählich, es kristallisiert sich aus wie das Salz in der Lösung bei der Chemie. Das sind Prozesse, wo ablaufen und unausweichlich. Zwangsläufig im wahrsten Sinne des Wortes.

***

16:25 Uhr. Weiermann, Buess und Aspirant Mauchle laufen sich die Sohlen dünn, den ganzen Samstagnachmittag lang. Wollen Nachbarn befragen. Nicht einfach, weil sind keine da: Nachbarhäuser des Fundorts der Leiche Bürohäuser, Verwaltungen, jetzt menschenleer. Hingestellt in den sechziger und siebziger Jahren, Fassaden imprägniert mit Feinstaub von Hybridmotoren und Fabrikausdünstungen, du merkst, hier ist Mega-Smogzone. Strassenverkehr, Abrieb von den Tramschienen und den Pneus. Vielleicht in der Luft auch noch massiv gespeichert: Schmutzmoleküle der industriellen Vergangenheit. Erst in den Querstrassen Wohnungen, in den Parallelstrassen Bevölkerung, erst Dutzende von Metern oder hundert, zweihundert vom Sofa mit dem schwarz aufgetriebenen Unglücklichen entfernt. In unmittelbarer Nachbarschaft zum Objekt Badenerstrasse 67X aber ist niemand, der morgens das Haus verlässt, um zur Arbeit oder zum Einkaufen zu gehen oder die Kinder über die Strasse zu begleiten. Niemand, der gemütlich vor einem Café sitzt, Zeitung liest und mitbekommt, wer aus welchem Haus tritt und in welche Richtung davonspaziert. Keiner, der Regelmässiges und Unregelmässiges im Tagesablauf von Anwohnern wahrnehmen könnte.

Wen sie auf der Strasse auch fragen, Gustav Weiermann, Patrick Buess und Aspirant Mauchle, kein Mensch erinnert sich an «einen Mann, eventuell mit englischem Akzent, circa 180 Zentimeter gross, schütteres Haar, vermutlich Lederjacke, Lederstiefel, wahrscheinlich schwarze Handschuhe», so die polizeiliche Sprachregelung. Ein Foto des Verstorbenen in nicht schockierendem Zustand haben sie nicht zur Verfügung. Können sie nichts vorzeigen. Bis 20:00 Uhr durchkämmen die drei das Quartier. Im Westen dringen sie bis zur Feldblumen- und Bachmattstrasse vor, im Osten bis zur Saumackerstrasse, im Norden berücksichtigen sie alles inklusive der Meier-Bosshard-Strasse, und im Süden wenden sie erst bei der Reformierten Kirche. Keine Seele erinnert sich an einen solchen Mann. Niemandem scheint er je aufgefallen zu sein. Niente.

FÜNF

Grosses Polizeihaus, Sitzungszimmer 112, 07:59 Uhr. Anwesend: Müller, Bucher, Hossli, Brogli, Catanzaro, Barmettler, Weiermann, Buess, Mauchle.

Ergebnisse aus elektronischen Quellen (Brogli und Barmettler): null. In den letzten fünf Jahren kein Steuerzahler am Fundort der Leiche registriert. Kein Betriebener, kein Tatverdächtiger, kein Verurteilter, kein obligatorisch Krankenversicherter. Letzteres zur Rekapitulation für alle. Der Tote, falls es sich um den Bewohner der Wohnung handelt, könnte einen anderen Hauptwohnsitz gehabt und die Maisonnette in Altstetten lediglich als Zweitwohnung genutzt haben.

Brogli: «Wenn die Identität geklärt ist, werden wir hier weiterkommen.»

Ergebnisse aus dem Inventar der Wohnung (Hossli und Bucher): Es spricht Bucher Manfred: «Eine eigenartige Wohnung … So was Leeres, Trostloses habe ich noch nie gesehen. Alles fast obsessiv sauber. Ausser der Schachtel, die im Eingangsbereich lag, alles aufgeräumt. Die Dinge hatten ihren Platz. Jedoch nur defekte Gegenstände, vernutzte Möbel. Kein Schrott, aber alles verbraucht. Das Zimmer links vom Raum mit dem Toten, das mit dem Tisch und dem Horgen-Glarus-Stuhl, war wohl als Arbeitszimmer gedacht. Aber keine Unterlagen, kein Computer, kein Telefon. Mein Eindruck: Der Bewohner hat einst bessere Zeiten gehabt. Da war nichts, das wirklich noch einen Wert hatte. Vielleicht wurde alles Brauchbare abtransportiert, verkauft oder gestohlen?»

Müller fast im philosophischen Bereich: «Oder er legte keinen Wert auf Materielles?»

Als Antwort kommt lautlos ein kollektives Hm.

Nun spricht Janine Hossli: «Aber … wir haben einen Zettel gefunden, der sich an einen ‹Howie› richtet. Das spricht für Howard Owen als Identität.»

Der Müller: «Und was steht auf dem Zettel?»

Hossli: «Du Volltrottel!»

Der Müller: «Wie bitte?»

Hossli: «Auf dem Zettel. Das stand auf dem Zettel. Auf Deutsch. ‹Howie, du Volltrottel›.»

Gelächter. Man muss es der Polizei lassen: Manchmal lacht sie, weil sie den Subtext lustig findet. Klang so, als ob Hossli auf einmal den erfahrenen Polizeimann beschimpft. Müller, den anständigen Menschen und fallführenden Offizier. Ich meine, vorstellen tust du dir das vielleicht schon, wenn auch nicht ausführen. Und zweitens ist der Müller kein solcher.

Findet Hossli, findet Bucher Manfred sowieso und ich auch.

Der Müller knochentrocken: «Unzweifelhaft eine private Botschaft. Der WD soll auch den Volltrottelzettel auf DNS-Spuren untersuchen.»

Hossli nickt. «Der Zettel lag unter den Sitzkissen des Sofas. Ist wohl dazwischengerutscht.»

Und Bucher gleich weiter: «Und dann haben wir auch das da gefunden.» Und legt ein in einen Klarsichtbeutel verpacktes Schriftstück auf den Tisch. Weisses A4-Blatt, Computerausdruck, Schrift: Arial, Schriftgrad: 12, Zeilenabstand: 1.5. Der Müller liest laut vor:

> *«Und der dritte Engel posaunte. Da fiel ein grosser Stern vom Himmel, brennend wie eine Fackel, und er fiel auf den dritten Teil der Flüsse und auf die Wasserquellen – und der Name des Sterns lautete ‹Wermut› – und der dritte Teil der Gewässer wurde zu Wermut, und viele der Menschen starben von den Gewässern, weil sie bitter geworden waren.»*

«Hä?», sagt Dylan «Gucci» Barmettler, weil in den Mode- und Designzeitschriften, die er liest und nach deren Fotostrecken er sich kleidet, steht nichts in der Art. Der Müller weiter:

> *«Schämen Sie sich, Sie Rindvieh Gottes, vor Ihrer eigenen Verkommenheit. Sie haben am Bahnhof Altstetten Drogen gekauft, am 15. Februar gegen 16 Uhr 30, am 19. um 20 Uhr 45. Beim Altglas-Container an der Altstetterstrasse ersehen wir*

Ihren Alkohol-Verbrauch, zuletzt am 26. Februar, ausserhalb der erlaubten Zeiten übrigens! Ihr Lebenswandel ist erbärmlich. Kehren Sie um und befolgen Sie die Sitten der schweigenden Mehrheit. Noch ist es nicht zu spät. Warten Sie zu lange, werden wir Ihr Verhalten korrigieren müssen.»

Der Müller: «Ist ja was, das. Wo habt ihr das gefunden?»

Hossli: «Im Abfalleimer in der Küche. Zerknüllt.»

Der Müller: «Auch ab zum WD damit. Muss nichts bedeuten, aber immerhin ein möglicher Anhaltspunkt. Und wir überprüfen, ob es in letzter Zeit ähnliche Briefe gab.»

FAQ: Treibt ein Moralist sein Unwesen?

Der Müller teilt die Mannschaft ein, sie machen sich dahinter. Go, Polizei Zürich, go! Nämlich noch eine Runde Laufarbeit im Quartier. Das interne elektronische Informationssystem durchsuchen, ob weitere Drohbriefe vorliegen. Abklären, ob wegen Drohung verurteilte Straftäter kürzlich freigelassen wurden. Den Polizeipsychologen aufbieten, damit er sich diesen Brief vornimmt.

Eruieren, ob vergleichbare Todesfälle festgestellt wurden. Und, ja, beten, dass die Identität des Toten sich endlich klärt. Leben bedeutet: 365 Chancen, einen Tag erfolgreich zu gestalten.

So geht der Sonntag für die eingesetzten Polizeibeamten flöten, dass es ein wahres Konzert ist, lauter als Verdis Schminkoper «Un ballo di mascara». Dessen muss sich bewusst sein, der du eine Illegalität vollbringst: Du hältst durch dein Verbrechen «ferro ignique», «mit Feuer und Schwert», wie der Lateiner sagt, die Polizistinnen und Polizisten von ihrem wohlverdienten Wochenende und der Grillparty mit diesen fettigen Grillschnecken fern. Denn draussen ist es so warm, dass das Wort «Winter» wirkt wie eine ferne Galaxis, und der Mensch hat Lust auf Fleisch und Feuerstelle im Freien. Und zum ersten Mal in diesem Jahr wird es heute ausser im toten Stadtzentrum in ganz Zürich nach tropfendem Fett auf Holzkohlen und nach Brandbeschleuniger für den Grill riechen … Nicht dass das Wissen um diese gekillten Wochenenden den Verbrecher von seinem Vorsatz (falls wirklich «dolus») oder seiner Gelegenheitstat (falls lediglich «culpa») abhalten könnte. Aber diese Gleichgültigkeit gegenüber dem Freizeitzeitbudget unserer Polizei und der Lohnsumme unserer staatlichen Personalabteilung lässt tief blicken: eine mutmasslich höchst egozentrische Persönlichkeitsstruktur des Täters, dem ein intaktes Familienleben und gesunde öffentliche Finanzen völlig am Podex vorbeigehen.

Gegen 15:00 Uhr hat der Müller ein Einsehen: Bringt alles nichts. Spulen wir nur leer. «Abbrechen», sagt er allen, die unterwegs sind, telefonisch, «schönen Sonntag noch.» Schickt das ganze Team zu den Amici und Rocco Catanzaro und Bucher Manfred ins Familienleben.

SECHS

Ein vergeigter Montagmorgen. Reine Zeitverschwendung auch hier. Die Polizei rückt wieder ab. Sprich: Rocco Catanzaro, Dylan «Gucci» Barmettler, Heather Brogli und Janine Hossli haben die 45 anwesenden Mitarbeiterinnen und Mitarbeiter, die an der Badenerstrasse 67X im Büro der Kantonalbank arbeiten, einzeln zum «Coffee Point» geholt, aufs Sofa gesetzt und befragt. Gehören einerseits zur Pensionskasse und schlagen sich mit Niedrigzinspolitik und Renditen herum, die das BVG-Minimum bei Weitem nicht erreichen und denen der Mindestumwandlungssatz Bauchgrimmen macht. Gehören andererseits zur Compliance-Abteilung und machen ... eben äh so Compliance-Sachen. Ganz habe ich das nicht verstanden.

Zwei Mitarbeiter in den Ferien, 45 anwesend. Hinweise: null. Die 45 wussten nicht einmal, dass ihre Büros im Haus Badenerstrasse 67X liegen, weil sie jeden Morgen, Mittag und Abend beim Betreten und Verlassen des Hauses weiss auf blauem Grund die Hausnummer 67X - 2 sehen. Und falls sie physisch Post bekommen, steht nur das Postfach drauf. Die Ergebnisse sind dürftig: Etwas gesehen? No, Sir. Und gehört? Nein, nichts, was ist denn passiert? Wirklich nichts gesehen, auch wenn es etwas scheinbar Unwichtiges war, bitte denken Sie nach. Nein! Und gerochen? Nein, geht es um die Gasversorgung? Es ist doch nicht, wäre ja wirklich gefährlich, ein Leck in der Gasleitung? Sie sind von der Kriminalpolizei, Abteilung Gewaltverbrechen? Was ist denn passiert?

«Doch nicht ...? Müssen wir evaku... evakuieren?»

Aber die Fragen stellen wir. Rocco, Dylan, Heather, Janine und ich. 08:30 bis 11:15 Uhr hier, insgesamt fast 15 Mannstunden verbraten: nichts Brauchbares.

Danke für Ihre Zeit, wir lassen Sie jetzt in Ruhe arbeiten, wenn Ihnen etwas einfallen sollte, fragen Sie Herrn Ramazzotti nach unserer Nummer. Weil Visitenkarten verteilen an

45 Personen, dafür hätte das Controlling auch überhaupt null Verständnis.

***

Und im Grossen Polizeihaus, Büro 365, der Müller. Er schaut über den Bildschirm hinweg die weisse Wand an, hat noch immer nichts hingehängt, weil er sich nicht entscheiden kann zwischen der Autogrammkarte von Hannu Tihinen, dem einstigen FCZ-Superverteidiger mit Rückennummer 30, und dem Bild des Schwergewichtsboxers Arnold «The Cobra» Gjergjaj aus Pratteln. Ginge beides zusammen? Vertragen sich Fussball und Boxen? Wäre das ein Affront gegen die Kollegen, die am Wochenende immer rausmüssen, um die Prügeleien der Hooligans einzudämmen? Vielleicht, denkt der Müller, vielleicht sollte ich diese Entscheidungsschwäche mit Herrn Borowski besprechen, dem Psychotherapeuten, denn ich habe ein Problem, wenn ich im Beruf bei so einfachen Fragen entscheidungsschwach bin.

Fussball und Boxen als Polizeibürowandmotiv – bin ich das? Und entspricht das den «Corporate Identity»-Richtlinien, die Medienchef Gregor Meier ausgegeben hat? Dieses massive sportliche Signal … wirkt nicht besonders, nun ja, geistig. Ich bin doch auch ein geistiger Mensch, Bücher und so, die ich aufschlage und von vorne bis hinten lese. So eine Bürowand spricht Bände über einen, selbst wenn sie leer ist wie jetzt. Und der Müller hat in seinem Büro auch ab und an «Kundenverkehr», wie das heute heisst. Gut, Verdächtige sind selten in seinem Büro, die kommen in Verhörraum 419, aber Vertreter der Hierarchie, sogar Polizeikommandant Oberst Nägeli, der Polizeivorstand in persona non grata, oder vielleicht eine Delegation aus Gemeinderäten verschiedener Parteien, eine Journalistin, das Lokalfernsehen oder ein Mitarbeiter eines Partnerdienstes, wie wir sagen. Welchen Eindruck machen da ein Basler Boxer und Zürcher Fussballer? Und wenn der Besucher GC-Anhänger ist und nicht FCZ? Wird dann der Polizeikredit zusammengestrichen?

Ach, denkt der Müller, ich müsste ein Torpedo sein und bin

manchmal bloss eine Tischbombe. Ich zweifle. Warum zweifle ich? Sein Selbstbewusstsein lacht sich gerade ins Fäustchen …

Auf dem Bildschirm, soeben vom Pathologen Dr. Schneider gemailt, eine Darstellung der DNS des toten Mannes von Altstetten. Hat er von der Zahnbürste und vom Ledersofa in der Wohnung isoliert, die DNS. Könnte der Tote der Wohnungsbesitzer sein? Howard John Frederick Arthur … habe ich die Reihenfolge richtig? … Owen? Deckt sich mit dem Zettel «Howie! Du Volltrottel!». Fingerabdrücke des Toten? Vom explodierten und zerpflügten Leichnam kannst du keine mehr nehmen. Musst du die Wohnung absuchen. Die häufigsten Abdrücke sind mit grosser Wahrscheinlichkeit die Abdrücke des Wohnungsbewohners. Polizeilicher Imperativ: Wir brauchen: Vergleichs-Abdrücke und Vergleichs-DNS. Die Fingerabdrücke (das Genmaterial) des Toten vergleichen mit Abdrücken (Genmaterial), die (das) er zu Lebzeiten irgendwo hinterlassen hat.

Der Müller zuerst Eingabe DNS-Darstellung in die zentrale DNS-Datenbank der Schweizer Polizeien. Während es sucht und sucht, der Müller Anruf → WD, Kollege Kuhn. «Wollte dich auch gerade anrufen, Müller.»

Frage Müller: Fingerabdrücke in Wohnung?

Kuhn: «Hast du schon mit dem Pathologen gesprochen? Ja? Dann hast du die DNS. Was die Fingerabdrücke betrifft, ist erstaunlicherweise nichts Verwertbares, nichts Klares zu erkennen. Alle Flächen, Türklinken, sogar Flaschen und die Zahnpastatube, ohne Abdrücke. Alles blank. Dabei scheint er wirklich in dieser Wohnung gelebt zu haben: Das Bett war gemacht, aber benutzt, im Kühlschrank Bier und etwas Lebensmittel, du weisst ja.»

Der Müller: «Danke. Er scheint die Handschuhe, die er als Toter getragen hat, also immer angehabt zu haben, auch beim Zähneputzen?»

Kuhn: «Ungewöhnlich, aber so sieht's aus. Ich denke auch nicht, dass jemand die Flächen sauber gewischt hat, um seine Spuren zu vernichten. Keine Wischspuren.»

Also keine Fingerabdrücke des Toten, keine eines Täters. Und jetzt Ergebnis zentrale DNS-Datenbank: null. Zielperson in der Schweiz unbekannt.

Gut, der Müller gleich die britische und die französische Polizei angemailt, ob dort von den Verurteilungen vor sechsundzwanzig Jahren in London und vor siebzehn Jahren in Lille her DNS-Material von Owen und Fingerabdrücke registriert sind. Genzeug zeitlich kritisch, weil genetischer Fingerabdruck erst 1984 vom Briten Alec John Jeffreys entdeckt und erst 1987 erste Überführung eines Mörders durch forensische DNS-Analyse, Fall Ashworth, Grafschaft Leicester, und Technologie damals ultrateuer und Proben und Analysen viel seltener als heute. Umgekehrt weniger Theater um Datenschutz damals, denkt der Müller und seufzt.

Anfragen abgeschickt → UK → France. Erfahrungsgemäss dauert das, weil uralte Daten, Archivfälle, nichts Kapitales, Archivchaos, nach Ablauf irgendwelcher Fristen vernichtete Akten, Fingerabdrücke vielleicht noch nicht digitalisiert, Personalengpass, musst du immer mit allem rechnen. Details der gesetzlichen Bestimmungen und der Polizeiarbeit in anderen Ländern, da kennst du dich ohnehin nicht aus.

Der Müller wieder Fokus → DNS. Und Geistesblitz, weil, hey: Betreibung wegen Steuerschulden in Cudrefin VD. Olé! Das muss der Owen sein, dem die Wohnung an der Badenerstrasse gehört. Da sparst du dir internationale Komplikationen, Rechtshilfesachen und solche Dinge, wo du Unterschriften brauchst die ganze Staatsanwaltschaft hinauf und womöglich bis nach Bern, obwohl's mit Schengen einfacher geworden ist. Jetzt einfach anrufen beim Betreibungsamt des Bezirks La Broye-Vully, Office des poursuites, ist in Payerne. Kennst du vielleicht vom Armeeflugplatz her? Vorwahl 026, hat der Müller in seinem Leben noch nie gewählt. Er kramt jetzt sein ganzes Französisch zusammen, konzentriert sich und wählt unter lautem Herzklopfen die Nummer.

«Office des poursuites du district de la Broye-Vully, Herrmann, bonjour. Je vous écoute», sagt eine Frauenstimme. Nicht unfreundlich, das hilft dem Müller.

Er sagt: «Muller, Police de Zurich, bonjour.» Dann wartet er. Vielleicht, wenn die Frau «Zurich» hört, wechselt sie die Sprache, weil heisst ja Herrmann, wenn er richtig verstanden hat. Es ging für eine Fremdsprache relativ schnell. Aber sie wechselt die Sprache nicht.

«Bonjour, Monsieur, qu'est-ce que je peux faire pour vous?»

«J'aurais besoin d'une ... d'un ... Auskunft ...», und das rettende Wort fällt ihm fast zutreffend, aber doch noch verständlich, ein: «information!»

«Oui ... dites, Monsieur!»

Wir fassen dieses Gespräch an dieser Stelle sinngemäss zusammen, weil über eine DNS-Probe, die sich vielleicht aus einem vor sechs Jahren von Howard Owen eigenhändig unterschriebenen Betreibungsbescheid gewinnen lässt, unterhält sich der Müller in Fremdsprachen, auch wenn es laut Art. 4 BV Landessprachen sind, normalerweise nicht, und vor äh allem nicht fliessend. Die Frage, ob, falls das entsprechende Schriftstück beim Betreibungsamt des Bezirks La Broye-Vully nicht mehr physisch, sondern nur noch in digitalisierter Form vorliegen würde, vielleicht bei der Gemeinde Cudrefin die von Herrn Owen eigenhändig unterschriebene oder sogar ausgefüllte Steuererklärung im Original vorliegen könnte, diese Frage bringt den Müller ins Schwitzen, weil hat nur alle fünf Wochen einmal drei Minuten lang Französisch zu sprechen die Gelegenheit. Nur mit Mühe und beträchtlichem Stammeln und Stottern kann er sein Anliegen in der freundeidgenössischen Landessprache vorbringen.

Doch Frau Herrmann versteht dem Müller sein Anliegen voller Verständnisvölle und sagt, ein sechs Jahre alter Betreibungsbescheid müsste physisch noch vorhanden sein, weil der Bezirk aus Budgetgründen mit dem Digitalisieren leider im Rückstand sei, zum Glück für Müller, zum Glück für die Polizei. Und er ist auch wirklich glücklich, glücklich, weil er verstanden wurde, und glücklich, weil er vermutlich alles verstanden hat, was ihm Madame Herrmann antwortete. Verstehen ist natürlich leichter als reden. Aber manchmal meint man etwas verstanden zu haben, und es ist doch ein Missverständnis. Aber das passiert einem nicht nur in Fremdsprachen.

Sie werde die Suche im Archiv veranlassen, doch der guten Form halber müsse ihr der Müller sein Ersuchen schriftlich zustellen, «elektronisch geht», sagt sie.

«Merci», sagt der Müller, «je m'occupe de cela», was grammatikalisch (oder grammatisch) natürlich nicht richtig richtig ist, aber auch nicht nichtverständlich.

Und er sagt noch: Wenn Sie das Original haben, bitte nicht berühren, sondern mit Pinzette fassen und eintüten, «empreintes digitales», sagt er nur, Fingerabdrücke. Denn «Desoxyribonukleinsäure», kurz «DNS», auf Französisch weiss er das nicht. Und «DNA», der Müller weigert sich stur, die englische Abkürzung zu verwenden.

«Empreintes digitales», sagt er noch einmal.

«Comme à la télé», quittiert Frau Herrmann und lacht. Und wir stellen fest: Der Müller kommt auch français radebrechend recht sympathisch herüber.

Weiterer Mülleranruf → Einwohnerkontrolle Cudrefin VD, Contrôle des habitants. Auskunft: Howard Owen, richtig, der wohnt seit Jahren nicht mehr in der Gemeinde. Genauer: vor fünfeinhalb Jahren «nach unbekannt» weggezogen.

Ich sage Ihnen, bei der Polizei ist es wie an der Supermarktkasse: Kaum hast du den Sellerie gescannt biip, kommt das Joghurt biip dran und biip das pampige Brot aus der Grossbäckerei und biip die Chips mit dem Krebsmacher und biip das quälerisch totgemachte Tierfleisch. Haben Sie [redacted]-Card? → Nächstes Geschäft. «Merci, au revoir!» Der Müller hat eingehängt und weiter zum nächsten Vorgang, wo du den Beweis erhältst, dass die Polizei gut organisiert ist, die Polizei mitdenkt, in der Lage ist, Querverbindungen herzustellen. Der Vorfall im Einkaufszentrum ist nämlich auf dem Müller seinem Tisch gelandet:

Der Name im Rapport der Altstetter Kollegen sagt ihm etwas, weil in der Presse liest man ihn oft und der Müller ihn jetzt in diesem Bericht. Machst du in solchen Fällen auch als Polizeimann eine Suchmaschinensuche und legst wie alle anderen auch eine elektronische Spur, in diesem Fall: Christian Guggemos, der mutmassliche Rüpel von der Migros-Filiale an der Altstetterstrasse. Der Müller findet im Netz das miserabel aufgelöste Handyvideo aus der Migros-Filiale mit mittlerweile 98'054 Views. Bei der Bildersuche im Internet stellt er fest, dass der Beschuldigte zu der Prozentzahl von Personen zählt, die am Wochenende ihre gelbe Seidenkrawatte mit feinen blauen Punkten für einmal wild und hemmungslos auf den Schlafzimmerboden werfen, um in Zürich und besonders in Zürich-West um die Häuser zu ziehen. Clubs, Restaurants mit Mützen und Sternen, Bootsanlegestelle in der Enge, Golf beim Dolder oder im Country-Club dort oben in Zumikon. An der Oldtimer-Rally nimmt er offenbar auch teil (Foto mit einem 1937er Panhard Dynamic X76 in Beige und Bordeaux). Er wird – fotografisch dokumentiert – gesehen mit dem Who Is Who In Zurich, mit dem kostenbewusstesten Unternehmer wie mit dem talentiertesten Anästhetiseur der Privatklinik, mit dem begabtesten Hedgefonds-Manager und natürlich auch mit dem Erfinder der auf dem Markt enormst erfolgreichen «Whoo-a»-Ampullen. Die machen dich so whoo-a, dass du kaum mehr schlafen willst, und das ohne zusätzliche Falten und Ringe im Augenbereich. Diese Ampullen kannst du nun als Polizeimann nicht einfach durchleuchten und chemisch analysieren lassen, auch wenn du sie dubios und einen Totalseich findest. Parce que because weil in keinem Zusammenhang mit dem Strafverfahren, an dem der Müller gerade arbeitet. Also Ampullen Ampullen sein lassen, auch wenn es dir persönlich Freude machen würde, jenen stadtbekannten roten Maserati-Fahrer mit den hellen Hosen, der verspiegelten Pilotenbrille und der Brustbehaarung, die selbst über den Krawattenknoten sich ins Bild drängt, abzuservieren.

Private Sympathien ≠ Gesetz und Rechtsstaat. So ist das nun mal. Du schikanierst keinen mit Absicht, auch wenn du gopfertori privatethisch Lust dazu hättest. Erstens StPO und Gesetz und zweitens haben die immer Beziehungen → ganz oben. Nein, erstens, als erstens muss ich sagen: Du bist als Polizist ein Profi und lässt dich nicht von deiner persönlichen Optik aufs ethische Glatteis zerren. Ethik, das hast du, beruflich und privat. Allein damit bist du denen schon überlegen. Fertig Philosophieexkurs: Doch leider ist der Fall Altstetterstrasse-Rüpel, wie ich dir vorhin gesagt habe, auf dem Müller seinem Schreibtisch gelandet, weil mittlerweile fast alle Gewaltsachen auf dem Müller seinem Schreibtisch landen. Und was machst du da als Polizeimann mit zwei Jahrzehnten Erfahrung?

Der Müller scrollt weiter und stösst in diesem Internet, von dem alle sprechen, auf eine farbige Titelgeschichte über diesen Guggemos, und zwar unter dem Titel «Der Meister der Generation Slash». Slash bedeutet /, in Worten: Schrägstrich. Aber Generation Schrägstrich? Kratzt du dich zuerst am Hinterkopf. Der Müller gräbt sich immer tiefer ins Internet, sucht «Generation Slash» und stellt fest: Der Begriff bedeutet in der Regel «Dramaturg/Blogger/Barista» oder «Studentin/Tänzerin/Serviceangestellte», und im Falle von Christian Guggemos sogar «Rechtsanwalt/Unternehmer/Politiker/Investor/Netzwerker». Mit anderen Worten: erfolgreich auf allen Feldern, the smell of success. Das Titelbild der Story mit viel Effekt und Photoshop aus dem Büro im neuen Hochhaus beim Bahnhof Altstetten mit Panoramasicht aufs Stadtentwicklungsgebiet Bahnhof Süd und hinüber nach Höngg und Guggemos mit gebleichten Zähnen und dem vollen Haar und einer 10 Zentimeter dicken, fetten Rolex lächelnd mittendrin. Erste Frage: «Herr Guggemos, ‹Chris›, wenn ich mir erlauben darf …»

«Bitte … Sie dürfen …»

«Chris, wie bringen Sie all Ihre Aktivitäten unter *einen* Sombrero?»

Der Müller seufzt wieder, das mag er nur wegklicken.

Fallrelevanter liest der Müller darauf den Bericht der uniformierten Kollegen, die Zeugenaussagen und stellt fest: Drohung hier (Strafanzeige durch Guggemos zurückgezogen); Beschimpfung, Ehrverletzung, ja sogar leichte Körperverletzung dort (Anzeige des Geschädigten Hoti aufrechterhalten). Rechtsanwalt Guggemos hin oder her, Unternehmer, Politiker und so oder so. Der Sache ihren Lauf lassen, denkt der Müller. Keine Rücksicht auf Ansehen und öffentliche Stellung nehmen, Art. 8 BV: «Alle Menschen sind vor dem Gesetz gleich.» Aber manche, das weiss der Polizeimann aus der Praxis, denken «quod licet Iovi, non licet bovi» (beinahe Terenz), sie seien gleicher, weil Freunde da und dort oben, Geld und Position. Kannst du als Polizeioffizier nicht die jungen Kolleginnen und Kollegen verheizen, wäre unfair, musst du selbst ran. Er wird die Guggemos-Sache persönlich übernehmen und wird hingehen, sobald es die Zeit erlaubt, mit Bucher Manfred.

***

Ja, seltsam wirkt er schon, etwas sehr, gebe ich zu. Vielleicht *ist* er es ja auch. Nüchtern betrachtet ziemlich, durchgeknallt, total. Natürlich eine Frage der Normalitätsdefinition, aber wir machen hier nicht Sozialkritik und Philosophie, sondern erzählen, was wir beobachten. Nämlich das: Am Bildschirm sitzt er wie zwei Drittel der nordwestlichen Hemisphäre, im Grossraumbüro wie ein Viertel der nordwestlichen Hemisphäre, unverwechselbar aber, dass er am Arbeitsplatz seit letzter Woche einen Velohelm trägt. Ja, auf dem Kopf. Der Helm einer Billardkugel nachgebildet: schwarz, darauf in weissem Kreis schwarz die Nummer 8. Wenn du diese Kugel zu früh einlochst, hast du ha ha verloren.

Hat er das? Verloren? Im Hamsterrad der Existenz? Nein, hat er nicht. Denkt er. Die Blicke der Kolleginnen und Kollegen in der Firma behaupten das Gegenteil: Den grünen Bereich hat er verlassen. Dabei, kein Zweifel, arbeitet er hart. Er programmiert den Algorithmus, nach dem die ganze Abteilung seit Monaten gesucht hat. Ein komplettes Team war einzig darauf angesetzt, und gestern Nacht hat er, und zwar er allein, die Lösung gefunden, den Fehler aus dem Programm hinausisoliert und eliminiert. Und die Lösung gefunden. Nun macht er alles neu. Der ist scheisserfolgreich, der Schrägkopf. Kein Mobbing seitens der Kollegen, bewahre, sonst gäbe es Ärger mit dem Chef. Der wusste schon vom nächtlichen Wunder der IT und hat es heute früh im Grossraumbüro verkündet und ihn vor aller Augen belobigt und gepriesen, als wäre er der Heilige Geist des Digitaluniversums.

Und der Helm? Wozu braucht ein IT-Spezialist bei der Arbeit einen Velohelm, dazu noch mit der ganzen Loser-Symbolik drauf?

Auf anfängliche Frotzeleien der Kollegen reagiert er noch:

von wegen Loser, Billardkugel Nummer 8 … ist auch eine Winner-Symbolik, weil, wenn du diese Kugel nach allen anderen versenkst und ins richtige Loch, bist *du* oben und der andere bezahlt die Runde.

Aaaber, sagt er auch: «Wozu braucht man einen Helm?»

Das fragt er – präventiver Gegenangriff! – um 10:30 Uhr auch den Chef, der ihn, warum auch immer, ins Einzelbüro zitiert.

«Um sich zu schützen», sagt der Chef, und während er es sagt, möchte er sich am liebsten in die Zunge beissen. Warum lässt er sich auf das Frage-und-Antwort-Spiel dieses nun ja auffälligen, vielleicht sogar wahnsinnigen Mitarbeiters ein? Statt alles einfach an sich abperlen zu lassen wie in all den Kursen und Kaderseminaren mit Fünfsternküche auf Geschäftskosten auf Schloss Soundso gelernt?

«Um sich zu schützen, richtig!», bekräftigt der Billardkugelmann. «Genau!»

Und macht rechtsumkehrt, marschiert aus dem Chefbüro und lässt den Chef allein zurück, unverrichteter Dinge. Was ist das für ein Casus? Belli?

Der Billardkugelmann hat sich wieder an seinen Bildschirm und seine Tastatur gesetzt. Was der Chef eben von ihm wollte, hat er nicht verstanden, und der Chef nicht, warum es ihm nicht gelungen ist, das angeknackste Genie zum Arzt zu schicken oder mindestens in die psychologische Beratung. Das geht zu weit, die Arbeitskollegen tuscheln, und wenn Kunden vorbeikommen und den mit seinem Helm am Programmieren und Sachenmachen sehen, die halten das Unternehmen für ein Asyl für Schwachsinnige. Er wollte ihn ein wenig zusammenpfeifen, je nach seiner Reaktion auf die Helmfrage. Das hat er vorgehabt. Rauswerfen ist ja nicht, dafür arbeitet er zu gut.

Wütend ist der Chef schon. Wie mit so einem Verrückten umgehen? Hat der gar keinen Respekt? Vor Umgangsformen und Menschen? Der war doch mal anders. Sonst hätten wir ihn doch gar nicht eingestellt.

Lassen wir's also weiterlaufen, denkt der Chef. Aber ich schicke ihm eine E-Mail, vielleicht versteht er schriftlich.

Rauswerfen geht wirklich nicht. Schliesslich verdient der Billardkugelmann für die Firma ein Heidengeld und macht dadurch auch für seinen Chef Bonus. Dass der Helmträger die Nuss geknackt hat, hat der Chef bei Arbeitsantritt auf seinem Bildschirm festgestellt und deswegen auch aus taktischen Gründen sein Loblied gesungen → um alle Mitarbeiterinnen und Mitarbeiter zu motivieren. «Nur wer alles gibt, kann alles fordern», hat er sich gesagt und dabei an seine eigene Beförderung gedacht. Und er verfolgt schon den ganzen Morgen an seinem Rechner, wie dieser Verrückte die Branche revolutioniert. Der Chef kann sich abteilungsintern in jeden Rechner einloggen und real in Echtzeit überprüfen, woran die Leute gerade arbeiten. Dass manche weniger erfolgreich sind, weil sie mit anderen Sachen beschäftigt sind, weiss er. Finn-Silas Baltisser kauft gerne halbtransparente schwarze Dessous, Angelina Vuilleumier besucht öfters die Seite jener Bundesratspartei da und liest zum Beispiel in diesem Augenblick auf Firmenkosten minutenlang deren unhumanistische Manifeste. Hat für die Firma Vorteile: Du bekommst einen Hebel, um die Lohnkosten niedrig zu halten und die Leute für kostenfreie Überstunden zu motivieren. Keiner kann ihm vorwerfen, er habe die Abteilung nicht im Griff. Seine Personalführung mag unorthodox sein, effizient ist sie. Der Billardkugelmann, ausser diesem Helmspleen ist er harmlos. Dem wird er nicht kündigen. Der Ertrag stimmt. Wenn der nicht mehr stimmt, wird die Lage neu beurteilt.

Sich schützen. Ja, mich schützen muss ich. Vor diesen kosmischen Kräften, Sonnenausdünstungen, planetaren Interferenzen, Elektrosmogwellen, vor der Strahlung. Er trägt den Helm seit einigen Tagen, seit ihm diese Schutznotwendigkeit bewusst wurde. In den Helm hat er aus feinen oszillationsneutralen Drähten ein Netz geknüpft, das zumindest einen Teil der Immissionen wie ein Faraday'scher Käfig um seine Schädeldecke herum ableitet. Letzte Nacht als zusätzliches Sicherheitselement eingebaut, nachdem er den Fehler im Logarithmus, nein: im Algorithmus, das darf ich nicht durcheinanderbringen, entdeckt hat. Natürlich, im Hirn denkt es immer weiter, auch ausserhalb der Bürozeiten. Der Mensch ist ein anfälliges, weil offenes System.

Die schädlichen Einflüsse überall, dafür brauchst du den Helm. Auch wenn das die Kolleginnen und Kollegen in der Firma nicht einsehen, nie einsehen werden. Wie sie mich anschauen. Denken die, ich merke das nicht? Aber wenn «sie» dich holen kommen, DIE ANDEREN, unversehens, und du bist nicht vorbereitet, hast zum Beispiel nichts auf dem Kopf, du wärst der Beschleunigung, den Turbulenzen und dem Aufprall der Elektronen hilflos ausgesetzt. Die Quarks würden dir übers Gesicht schmieren, whoaaah. Ja, Mann, vom Weltraum spreche ich, vom All. Was Philae, die Sonde auf diesem Kometen Tchoumitcheva-Stroganoff, an Bildern und Daten übermittelte, nachlesen kannst du das auf dieser Internetseite, die unter Eingeweihten eine Offenbarung ist. Dann hintersinnst du hinterher einiges. Der Mensch hat da nichts mehr im Griff. Den Lauf der Dinge, die offensichtliche Naturgesetzlichkeit des omnipotenten und -präsenten Schwach- und Wahnsinns. Nicht aufzuhalten. Die Wehrlosigkeit des Menschen angesichts dieser Phänomene, von denen wir schlicht gar nichts verstehen, ist den wenigsten bewusst. Er aber geht offenen Auges durch die Welt.

Darum der Helm.

Aber abgeschnallt, ausgetickt, durchgeknallt, verrückt, seltsam? Hey, nein. Ich stürze mich bloss nicht sehenden Auges in die Löwengrube.

***

«Auf Ihrem Tisch wird eine Anzeige wegen mutmasslicher leichter Körperverletzung und Ehrverletzung in der Migros Altstetterstrasse landen», sagt die Stimme durch die Leitung. Klingt wie eine Kreissäge. Der Müller würde am liebsten sein Ohr abschalten.

Doch er hört zu. Sagt nicht, dass diese Anzeige schon in seinem Computer.

«Sie brauchen diese Anzeige nicht zu bearbeiten», sagt die Kreissäge und fügt an: «oder.»

Der Müller fährt mit dem Zeigefinger über die Kante des Schreibtischs. Vielleicht sollte er doch endlich ein Bild aufhängen. Das Büro ist wirklich zu unpersönlich. Seine Entscheidungsschwäche macht ihm zu schaffen. Erst neulich hat er gelesen, dass, wenn der Mensch sich für schwach hält, die Schwäche mehr und mehr zu seiner zweiten Natur wird und er anfängt, sein Verhalten ständig zu unterbieten.

«Mit anderen Worten: Sie bearbeiten diese Strafanzeige nicht, sondern leiten die Akten umgehend an mich persönlich weiter.»

Gerade für solche Telefonate wäre es gut, ein Bild zum Betrachten zu haben. Ein rotes, warmes, Rothko-artiges wie der Druck in der Praxis von Herrn Borowski, dem Müller seinem Psychotherapeuten, der seit ewig und drei Tagen auf dem Müller seinen neuen Terminvorschlag wartet. Oder so ein Streifending wie der kleine Richter im Büro des Werbemoguls, dessen Tötung der Müller und sein Team kürzlich aufgeklärt haben. Vielleicht müsste er wirklich bald wieder zu Borowski. Er würde gerne mit einem Fachmann über die Schwächeproblematik sprechen und den Rothko wirken lassen.

«Hören Sie mir überhaupt zu, Müller? Sind Sie noch dran?»

«Ja.»

Und schweigt.

«Haben Sie meinen Wunsch verstanden?», sagt die Kreissäge.

«Wunsch?», macht der Müller diplomatisch auf renitent.

«Oder Anweisung, wenn das für Sie klarer ist.»

Der Müller wirft den leeren Kaffeebecher in den Papierkorb. Mit etwas Wucht, dass es knallt.

«Anweisung», sagt der Müller, «roger.»

Willkommen zurück aus den Ferien, lieber Michael Moosberger von der Staatsanwaltschaft, wir freuen uns, dass Sie wieder da sind.

***

Querstrasse zur Langstrasse, abseits von den trunksüchtigen Agglos, die jetzt um 22:40 Uhr und immer härter und härter und härter und breitbeinig ihre Eier durch die Grossstadt schaukeln und nahe am Promillerekord ihre gute Laune und Actionerwartung herausplärren und sich später in der Nacht aufs Trottoir entleeren: In seiner Lieblingsbar im Kreis 4, dem «Nino's» mit dem vom Duden legalisierten Apostroph, Reklame mache ich nicht, weil Alkohol ist schädlich und tötet dich – Warnung! –, hält sich Motorradfahrer Blacky auf. Falls Sie ihn nicht kennen, beschreibe ich ihn: lange kriminelle Laufbahn, aber seit Jahren sauber, obwohl ihn der Müller und die ganze Polizei Zürich ziemlich im Blick haben. Verum est: Keine Drogendelikte mehr, keine Körperverletzung, keine Diebstähle und Raubüberfälle, keine Angriffe auf Beamte, nicht einmal mehr Ruhestörung.

Ein bisschen ziemlich wirr ist er manchmal, Spätfolgen der durativen synthetischen Psychedelik, manchmal aber recht klar. Wohnt dort oben zwischen Triemli und Altstetten in einer Drei-Zimmer-Wohnung und fährt gerne mit seiner Lucy aus, wenn es das Wetter erlaubt. Lucys Strafregisterauszug ist deutlich kürzer, nur etwas Drogenhandel und drei, vier Verurteilungen wegen Diebstahls. Das «Nino's» ist eines der Stammlokale von Blacky (56), er Mitglied des Motorradclubs «Thunderstorm MC», den Totenkopf weiterhin hinten auf der Weste, der böse grinst, von einer Wolke aus Blitzen umkränzt ist und obendrauf einen Stahlhelm trägt, wie ihn der Grossonkel während des Unternehmens «Barbarossa» im Osten drüben aufgehabt hat. Die Haare von Blacky seit Jahrzehnten dreiviertellang, mittlerweile etwas schütter, doch der Schnauz wie Dschingis Khan und in den Augen dieses gefährliche Glimmen, das den Bürgern Muffensausen macht. Blacky hat gerade auf der Jukebox, gibt's hier noch, weil Nino, der Wirt, ist ein Sammler und Retro-Nostalgiker, einen seiner Lieblingstitel angewählt, und ein Arm im Musikautomaten legt gerade die Vinylsingle «Go, Daddy, Go (I Love U Like Hell, I Really Really Do)» auf den integrierten Plattenspieler.

Gott, du meinst, du bist in den siebziger Jahren.

Die Gitarre wah-wah setzt ein, ritschratsch radabumm woäääh woäääh ritschreieieitsch, unkonventionell, nach dem ersten Riff ritschratsch radabumm gleich ein Solo woäääh woäääh ritschreieieitsch einzubauen, noch bevor der Groove des Stücks etabliert ist. Ungewöhnlich, aber hatte Erfolg «back in the days» (Cat Power). Blacky also, im Besitz eines Registers von siebzehn Vorstrafen, wurde erst ruhiger, nachdem ihm (sagt man) auf persönliche Anweisung des Oberstaatsanwalts (sagt man) ein Teil des Hirns herausoperiert worden ist (glauben Sie nicht immer, was man sagt), bewegt seine Jeansbeine und die hinten an ihm baumelnde Chromkette und die ökonomische Haarpracht im Rhythmus, stösst kleine Schreie aus, die sich in Kenntnis der Lyrics dechiffrieren lassen als «I Really Really Really Do».

Nun ist es so, dass Rocker Blacky diesen Titel auf der Jukebox nicht zum ersten Mal angewählt hat. Einmal pro Abend ginge ja erträglich. Aber heute schon das vierte Mal. Blacky jedes Mal wilder. Zuerst nur mit dem Kopf geruckelt und den Stiefeln gewippt. Dann aufgestanden, herumgegangen, die Arme geschlenkert und gesummt, etwas mit dem Becken gerollt. Jetzt vokal und tänzerisch und lauter und wilder und brüllt auf einmal: «I Love U Like Hell, I Really Really Really Do» und «I Do I Do I Do I Do», was dann im Original übergeht in ein animalisches «Do It, Baby, Do It To Me». In diesen Text und den Inhalt dieses Texts und in dieses, ich sagte es, Animalische, Mensch, da fühlt sich Blacky so adäquat, so 100 Prozent oder sogar mehr ein. Alles lebt in ihm und er sich aus, und es kommt aus ihm heraus, als … nun ja, kann ich dieses Wort angesichts seiner stimmlichen Qualitäten wirklich benutzen? … *sänge* er über sich und nur über sich und nichts als die Wahrheit über sich.

Da fürchtest du als Nino, also als Wirt, um dein Mobiliar und um den Seelenfrieden deiner paar Gäste, weil irgendwo hat es Grenzen, wir sind hier nicht das Burghölzli, oder?

Und da fängt Blacky wie eine zweite simultane Tonspur auch an zu erzählen. Von Heineken Skywalker, dem unehelichen Sohn von Darth Vader, dem eine Protonenschleuder das Hirn transformiert und ihn ganz auf positiv umgepolt hat. Wie dieser Skywalker der Prinzessin, wie heisst sie noch, Rosen gepflückt hat, die wie Kristalle im geheimen Teil des Todessterns auf radioaktivem Kryptonit wachsen, aber von R2-D2, dem

Droidenroboter, unüberwindlich gehütet werden. Laser und so pektinhaltige Strahlen. Das weiss niemand genau, weil die CIA strenge Zensur ausübt und Kontrolle über alle Gedanken über diesen Teilbereich in «Star Wars». Wüsste die Welt davon, wäre sie noch verstörter als eh schon. Und Heineken Skywalker, dem ein Säurebad das Gesicht halb weggeätzt hat, trotzdem ist er der dunklen Seite entronnen, hat die Macht errungen. Leia heisst die Prinzessin, und Skywalker, der macht jetzt … Blacky legt an mit der imaginären Laser-MP, feuert tatatatatata eine Salve Protonen in Richtung Nino und der Gäste. Imitiert dazu täuschend echt, muss ich sagen, flapflapflap das Helikoptergeräusch der Anfangssequenz von «Apocalypse Now», zitiert den Satz dazu: «Merde, je suis toujours à Saïgon.» Alles gerät so durcheinander, dass du glaubst, GI Joe napalmt die Commies in einer fernen Galaxie. Blacky ruft auf einmal: «Kampfdroiden! Oh, Kampfdroiden! Jetzt kommen die Kampfdroiden!», und mischt das Wah-Wah mit der Vokalversion des Gitarrensolos, von dem ich oben.

«Kampfdroiden! Ich schick dir jetzt meine Kampfdroiden!», ruft eine andere Stimme. Es ist der Wirt, Himmel, Hölle, Nino, ihm wird es viel zu viel. Er ruft Blacky zu: «Blacky, es reicht» und drei Sekunden später «Blacky, jetzt ist genug» und dann «Blacky, hör auf», alles von vier Zeugen (Personalien im Anhang) bestätigt, und dann zieht der Wirt den Stecker der Jukebox aus der Dose.

In der Luft der Spirit von «Spiel mir das Lied vom Tod».

Als ein Barhocker durch die Scheibe fliegt, gehen auf der Strasse gerade zwei uniformierte Kollegen vorbei. Sie dringen sofort in Blackys Lieblingsbar ein, kriegen vom Wirt den Fingerzeig, verlangen von Blacky einen Ausweis, klären mit der Einsatzzentrale ab, ob gegen diese Person etwas vorliegt, ob zur Fahndung ausgeschrieben oder Ähnliches, fragen den Wirt, ob er Strafanzeige wegen Sachbeschädigung nach Art. 144 StGB und Hausfriedensbruch nach Art. 186 StGB erstattet, fordern einen Wagen zum Abtransport des Festgenommenen an, übergeben ihn in wenigen Minuten an die Kollegen von Limmat 7, die ihn mitnehmen, und befragen die Anwesenden, von denen immerhin einige eine Aussage machen wollen und machen, überraschend einhellig.

Nach diesem langen Satz würde ich gerne etwas trinken, am liebsten ein kühles Helles, um die Bites, die Vibrationen, die Aufregung wieder loszuwerden. Doch leider im Dienst, geht also nicht.

Wie sie Blacky ins Grosse Polizeihaus bringen, die Hände hinter dem Rücken zusammengebunden, falls er Gewalt gegen Beamte nach Art. 285 StGB anwenden wollen würde, sie beabsichtigen, ihn gerade in die Zelle zu bringen, bis der Rapport der Patrouille da ist und die Befragung beginnen kann, da treffen sie den Müller, der sich auf den Heimweg machen will.

Und Blacky: «Schau an, der Müller. Guten Abend.»

Und Müller: «Guten Abend, Blacky. Was machst du denn hier?»

Und Blacky das: «Ich lasse mir den Rest meines Hirns nicht einmal von dir herausnehmen.»

Und der Müller: «Lass das Hirnzeug. Warum bist du hier?»

Und Blacky: «Ich glaube, ich habe ein bisschen randaliert. Bei Nino's an der Brauerstrasse.»

Und Müller so: «Warum denn?»

Und Blacky: «Nino hat mir einfach den Stecker rausgezogen. Mitten im Stück. Das darf er nicht. Ich hab dafür bezahlt!»

Und Müller: «Muss wahnsinnig gute Musik gewesen sein.»

Und Blacky: «Aber sicher! ‹Go, Daddy, Go (I Love U Like Hell, I Really Really Do)›.»

Im Müllerkopf klingt sofort dieses ritschratsch radabumm woäääh woäääh ritschreieieitsch an, es poppt von innen an seine Schädeldecke, dass der Stachel des Erkennens sich wie eine Palme am Horizont der Erbauung auftürmt. Ohne Nachdenken, welch Glücksgefühl, vor allem nach einem Tag ohne nennenswerten Ermittlungserfolg. Ungefähr so verknüpft es sich in Müllers Hirn. Jedenfalls, der Müller, er weiss, wovon Blacky spricht.

Und Müller fast zärtlich: «Ich geh jetzt heim, Blacky. Die Kollegen werden dich gleich befragen. Du weisst ja, wie das läuft. Gute Nacht!»

Und Blacky: «Gute Nacht, Müller.»

Und der Müller auf dem Velo auf dem Heimweg dieses «I Do I Do I Do I Do», das im Original übergeht in ein animalisches «Do It, Baby, Do It To Me» weiter im Kopf. Zum Glück nur im Kopf und nicht auf den Lippen, weil a) einen Eindruck würde das machen, wenn die Polizei solche Lieder anstimmen würde, und b) gendermässig trifft der Song ja nicht dem Müller seine Einstellung zum Leben und zur Frau als solche. Genau da sind wir bei einem Thema, wo für den Müller weniger sagen wir Schlaraffenland à la Fellini ist, obwohl, schlecht und unsympathisch sieht er ja nicht aus. Die Philosophieprofessorin Flubacher, mit der er halbverbindlich etwas hatte, ist definitiv auf einen Lehrstuhl an der US-Ostküste entschwunden. Abgesehen davon, das Problem im Alltag lautet: Als Polizeimann begegnest du hauptsächlich 1. Kriminellen und Neurotikern. Mit denen willst du nicht. Oder 2. Polizistinnen. Und Arbeit und Beruf vermischst du besser nicht. Oder 3. mit der Polizei zusammenarbeitenden Diensten. Das verkompliziert das Berufs- und das Privatleben: Interessenskonflikte, Kumpanei, bei Trennung: Arbeitsklima ↓. Ausnahme: Polizeimann und Neovater Bucher Manfred und Pathologin und Neomutter Dr. Brenda Marquardt. Oder 4. einer Krankenschwester, die du beispielsweise kennenlernst, wenn du Vollbedröhnte zur Hafterstehungsfähigkeitsprüfung in die Notaufnahme bringst. Krankenschwestern haben völlig andere Schichtpläne als wir bei der Polizei. Du siehst sie nie, sie dich nicht. Bevor ihr das Kennenlernen richtig aufgestartet habt, seid ihr schon wieder auseinander. Lassen wir den Müller also durch die laue Frühlingsnacht radeln, heimwärts → Wiedikon.

SIEBEN

Dienstag, 4. April. Madame Herrmann vom Betreibungsamt La Broye-Vully ruft um 08:15 Uhr zurück: Das Original des Schriftstücks ist noch vorhanden! Müller dankt ihr und erteilt die Anweisung: Die Kantonspolizei Waadt soll das Schriftstück behändigen, sicherstellen und nach Zürich schicken.

Zehn Minuten danach teilt die Steuerverwaltung von Cudrefin mit, dass im Archiv die handschriftlich ausgefüllte und unterschriebene Steuererklärung von Howard Owen vorliegt. Müller dankt erneut und weist wiederum an: Die Kantonspolizei Waadt soll das Dokument behändigen, sicherstellen und nach Zürich schicken.

***

«Nur der Aufmerksame kann Freund in allen Lebenslagen sein.» Was Philippe Houdelier schon vor mehr als 200 Jahren in seinen Memoiren anmerkte, der berühmte Physiologe ging später leider an vergiftetem Genever zugrunde, ist bei der Polizei Zürich Prinzip und steht weit oben auf der Berufsethosliste. Kurz: Hilf den anderen! Die Altstetter Kollegen haben die Rapporte im internen Informationssystem aufmerksam gelesen. Sensibilisiert für das, was an kriminellen Energien gerade die Stadt heimsucht, hat die Quartierwache Altstetten, Altstetterstrasse 162, sofort reagiert und einen Brief ins Grosse Polizeihaus geliefert, eigenhändig abgegeben, leider polizeiseitig durch Fingerabdrücke kontaminiert wegen Anzeige, erstattet vor zwei Tagen. Sachverhalt: Drohung nach Art. 180 StGB, weil «in Angst und Schrecken versetzt». Adressatin: Lena Lombriser, Kauffrau, Saumackerstrasse 62.

«Hä?», fragen Sie sich jetzt. «Lena Lombriser? Die hiess doch anders?» Und Sie blättern zurück zum Anfang des Buches und stossen dort auf den Namen Manuela Wyss.

Okay, das kann passieren: Manuela Wyss' Anzeige ist aufgrund eines gelegentlich auftretenden Bugs in der Software in der Zwischenablage gelandet. Deshalb nur sichtbar für und zu bearbeiten durch die Beamtin, die diesen Vorgang aufgenommen hat, aber diese surft seit zwei Tagen auf dieser geilen Monsterwelle vor Waikiki Beach, smaragdgrünes Wasser, capisci? Sollte nicht vorkommen, gebe ich zu, das Versacken im System, meine ich, aber auch die Polizeisoftware ist nur ein Mensch und damit schadensanfällig und fehlerhaft, oder sagt man besser fehlbar?

Anyway, zurück zur Anzeige dieser anderen Frau. Lena Lombriser heisst wie gesagt ihr Name. In seinem Büro, der Müller liest den Wortlaut:

> *Und der fünfte Engel posaunte. Da sah ich einen Stern, der vom Himmel auf die Erde gefallen war, und es wurde ihm der Schlüssel zum Schlunde der Unterwelt gegeben. Und er öffnete den Schlund der Unterwelt, und aus dem Schlund stieg Rauch empor wie Rauch eines grossen Ofens, und die Sonne und die Luft wurden verfinstert von dem Rauch des Schlundes. Und aus dem Rauch kamen Heuschrecken heraus auf die Erde, und es wurde ihnen Macht gegeben, wie die Skorpione der Erde Macht haben.*
> *Dein Name ist Amoral, dein Vorname Schande, dein Atem Alkohol. Schäm dich für deinen Lebenswandel. Am Mittwoch, 29. März, gegen 23 Uhr bist du mit einem dunkelhaarigen Beau in deine Wohnung gekommen, den wir zuvor noch nie gesehen hatten. Ihr habt zu laut gesprochen und geschwankt. Was du in deinen vier Wänden treibst, wissen und verurteilen wir. Zum Beispiel am Freitag, 31. März, ab 19 Uhr. Du bist ein Spiegel dieser Welt: haltlos, zügellos, verkommen. Nimm dich zusammen. Noch ist es Zeit, dich zu bessern. Bevor wir einschreiten und dich auf den wahren Weg zurückbringen müssen.*

Lob an die Altstetter Kollegen: Die denken mit. Vorliegendes Schreiben legt nahe, dass vielleicht Drohbriefserientäter aktiv. Weil in Beschaffenheit (DIN-A4, Computerausdruck, Schrift: Arial, Schriftgrad: 12 Punkt, Zeilenabstand: 1.5) und Duktus schwer ähnlich dem Schriftstück im Abfalleimer des Toten. Und wieder dieses Engel-und-Posaune-Geraune. → Massnahme: umgehend Sofortbefragung Lena Lombriser. Glück: telefonisch erreichbar, weil liegt mit Fieber zu Hause. Hinfahren der Müller und Janine Hossli. Weil Frau befragen mit Kollegin = Vorgabe Dienstreglement. Und psychologisch besser, entspannter, vertrauensvoller.

Saumackerstrasse 62, Mietshaus fünfziger Jahre, vier Stockwerke. Klingeln, Gegensprechanlage, Identifikation, Summer, drei Etagen hoch. Wohnungstür einen Spalt offen, Müller und Hossli hinein, Lombriser nicht sichtbar.

«Hallo?», ruft Hossli.

«Ich bin hier», sagt Lombriser, «zweite Tür rechts.» Total nasal.

Schlafzimmer. Auf dem Bett, unter der Decke, nur der Kopf schaut hervor, aber welcher Kopf! Blond, aber das ist Nebensache. Die Nasenflügel rot gescheuert, die Augen glasig, die Haut bleich, weniger Falten als verquollen, die personifizierte Müdigkeit. Total Influenza. Wie aus der voll ausgetesteten pharmakologischen Medikamentenreklame. Werfen Sie doch drei, vier, fünf Paracetamol ein, trinken Sie dieses Vitaminpräparat, killen Sie das Virus mit diesem Antibiotikumhammer, pushen Sie sich auf mit Sowieso (Schutzmarke). Dahinter haufenweise !!!!!!!! Könnte man alles aus Lena Lombrisers Gesicht herauslesen.

«Bleiben Sie auf Distanz», sagt sie, «ich weiss nicht, ob ich ansteckend bin.»

(Ich schreibe das hier in dudenmässigem Wortlaut, weil ist mir zu plump, zu versuchen, orthografisch eine verschnupfte Aussprache zu simulieren, f statt s und solche Sachen, durch die Nase, kurzatmig, schwere Probleme mit Plosiv- und Labiallauten, weil bei geschlossenem Mund infolge komplett verstopfter Nase Erstickungsgefahr und unter dem koordinierten Angriff der Viren die Zielperson im Kopf ziemlich dumpf, vielleicht sogar temporär ballaballa.)

Der Müller und Janine Hossli ahnen: An jedes Sauerstoffmolekül angedockt, das in diesem Schlafzimmer schwebt, mit jedem mikroskopisch kleinen Wassermolekül, das Lena Lombrisers Atemwege passiert hat, innig vereinigt, schwärmen hundsgemeine krokodilzahnige Viren aus, um jeden Leib zu befallen, der sich ihnen darbietet. Und sind es nicht Viren, sondern Bakterien, verhalten die sich keinen Deut freundlicher. Jedenfalls Erregeralarm!

Keine falsche Scham. «Härte markierst du nur im angemessenen Fall.» (Sir Malcolm Doddle) → Die Polizei zack zwei Garnituren Mundschutz aus der Tasche gezogen, sich vors Gesicht gezurrt und gesagt: «Guten Tag, Frau Lombriser. Fühlen Sie sich imstande, uns einige Fragen zu beantworten?»

Als Antwort trompetet sie durch ein Papiertaschentuch von wegen «reissfest», wie die Werbung lügt. Der Müller sieht auf dem Spannteppich neben dem Bett eine Erregerdeponie – in Wirklichkeit weiss nur das Mikroskop, welcher Stamm sich gerade an deinem Organismus gütlich tut – in Form einer Pyramide von seufzend zerschnäuzten Papiertaschentüchern. Die Zeugin trompetet noch einmal con brio ihre hochtemperaturige Grippemelodie und sagt dann: «Fragen Sie nur, im Kopf bin ich einigermassen klar.»

Sie bleiben bei der Schlafzimmertür stehen. Sicher nichts anfassen! Der Müller, den Blick auf der verseuchten Taschentuchpyramide: «Sie haben vor zwei Tagen bei der Quartierwache Altstetten einen Drohbrief abgegeben und Anzeige erstattet.»

Lombriser: «Ja.»

Der Müller hier so: «Wann und wie haben Sie ihn erhalten?»

Lombriser: «Er lag am Sonntagmorgen im Briefkasten, als ich die Zeitung geholt habe.» Die Puste geht ihr fast aus bei diesem langen Satz.

Der Müller fürsorglich das: «Soll ich Ihnen einen Tee machen?»

Sie schüttelt den Kopf. Hossli schaut den Müller an. Was hat er vor? Fliegt er in Gegenwart einer Kollegin auf ein total erkältetes, fiebriges Stirnhöhlenentzündungsopfer? Hossli schaut die Lombriser an: Subtrahiert man von dieser Grippemonstererscheinung das Grippemonster, bleibt eine Erscheinung übrig, die durchaus als ansehnlich angesehen werden kann. Janine Hossli, selbst mit manch einer Miss auf Augenhöhe, kann das neidlos anerkennen.

Der Müller weiter: «Was könnte der Urheber dieses Briefes

mit den Wörtern ‹Amoral›, ‹Schande› und ‹Lebenswandel› gemeint haben?»

Als Antwort wieder dieses Posaunen von hinter dem Taschentuch. Unwillkürlich der Müller und Janine Hossli einen Schritt zurück. Du weisst nie, ob Mundschutz effektiv oder nur Placebo und ob deine Impfungen breitband genug sind.

Lombriser: «Ich weiss nicht.»

Und der Müller: «Kommen Sie … Wenn Sie etwas zu sagen haben, sagen Sie es. Wir ermitteln in einem Mordfall, in dem ein vergleichbarer Drohbrief eine Rolle spielt.»

Und Hossli übernimmt den väterlichen Part: «Sie würden uns vielleicht die Information liefern, die wir brauchen.»

Und Hossli wechselt in die Freundinnenstimme: «Der Schwarzhaarige vom Mittwoch, 29. März, 23 Uhr. Stimmt das mit der Wirklichkeit überein?»

Lombrisers Blick trägt einen Grippeschleier. Reaktion null.

Der Müller, ohne Ungeduld, spielt das zugewandte, sympathische Repertoire aus: «Ich koche Ihnen auch gleich den Tee!»

«Gerne», sagt sie, schliesst die Augen, und als der Müller einige Minuten danach mit einer Tasse heissen Lindenblütentees zurückkommt, verdreht Janine Hossli die Augen, weil Lena Lombriser ist eingeschlafen. Er schleicht sich durch das Trommelfeuer der Keime vier Schritte ins Innere des Grippezimmers und stellt die Tasse auf den Boden neben das Bett.

***

Müller erhält Rückmeldung vom WD in Sachen «Drohbrief an den Toten». Schinden wir keine Zeilen: «Magerquark» nennen wir so was: keine Fingerabdrücke; DNS nicht vom Toten, weil Brief wohl nur mit Handschuhen berührt; DNS auch von keinem anderen, weil Absender hat den Brief ebenfalls nur mit Handschuhen angefasst, muss er haben. Und keine Speicheltröpfchen drauf, weder vom Opfer noch andere. Schriftstück aus serienmässigem Drucker mit serienmässigem Toner auf serienmässigem Standardpapier («Repetitio est mater studiorum», Anonymus) gedruckt. Kein Abdruck Poststempel durch

Couvert hindurch → keine Beförderung durch Post, sondern vermutlich Nahdistanz, will heissen: von Hand in Briefkasten gelegt. Linguistische Expertise: erster Teil des Texts der «Offenbarung des Johannes» entnommen, die beliebt ist bei Heavy Metallern, Johnny Cash, Fundamentalisten und Mediävisten. Rest des Schriftstücks drückt Unmut, Wut, Frustration aus. Keine Rechtschreibe- oder Grammatikfehler → höheres Bildungsniveau des Verfassers oder der Verfasserin. Auffällig: Hinweis auf genaue Ortskenntnis und Wissen um Lebensverhältnisse des Briefempfängers seitens des Verfassers. Keinerlei Anhaltspunkte bezüglich seiner Identität.

Frage: Wenn der Tote die dritte Posaune erhalten hat und Lombriser die fünfte, muss es mindestens noch die erste, die zweite und die vierte geben. Sieben sind's insgesamt, schlägt der Müller im Bibel-PDF im Internet nach. Was aber wird nach der siebten passieren? Der Weltuntergang und die ewige Herrschaft Gottes, wie das Buch der Bücher verheisst?

Wie viele Ressourcen bräuchtest du als Ermittlungsleiter, um den Weltuntergang zu verhindern? Und kollidiert die ewige Herrschaft Gottes nicht im Grunde mit deiner Aufgabe, für die Aufrechterhaltung von Ruhe und Ordnung zu sorgen? Vereidigt bist du auf die Verfassung des eidgenössischen Standes Zürich, die Bundesverfassung der Schweizerischen Eidgenossenschaft und solche weltlichen Grundprinzipien. Ich meine: Polizeilich sind Weltuntergang und ewige Herrschaft Gottes wie Schokoladenpudding zu Mayonnaise: ein No-Go.

Ausserdem Rückmeldung vom WD auf «Volltrottelzettel»: handgeschrieben, daher DNS-Spuren des Zettelbeschrifters (Hautabrieb), Fingerabdrücke vorhanden, jedoch wie die DNS als unbekannt bezeichnet, weil niemandem in Datenbank zuzuordnen. Blauer Kugelschreiber. Schrift flüssig, geübt. Papier: Ausriss aus grösserem Blatt, wohl DIN-A4 80g. Sprachliche Analyse: Anrede «Howie» und Duzform sprechen für Absender in privatem Umfeld. Text zu kurz für weitere Erkenntnisse.

***

Er drückt den Finger aufs Klingeltableau, einmal, zweimal. Er wartet. Drückt nochmals, zweimal, dreimal. Ist sie weg? Hat sie sich aus dem Staub gemacht? Abgehauen? Unsichtbar gemacht, weil sie ihm ausweichen will? Weil sie ihm nicht in die Augen schauen, ihm nicht die Wahrheit sagen will? Weil sie etwas befürchtet?

Jetzt hört er die Stimme aus der Gegensprechanlage: «Ja?»

«Müller und Hossli, Polizei Zürich, wir waren heute schon einmal da.»

Gleichzeitig mit dem Summer hören sie: «Kommen Sie herauf, ich habe geschlafen.»

Wohnungstür jetzt zu, dort klopfen sie. Lena Lombriser, in einem Morgenmantel mit aufgedruckten Ananasfrüchten, sieht frisch aus, das Haar gewaschen und hinten hochgesteckt, die nackten Füsse in blutroten Lederschlappen, öffnet und Armbewegung: bittet ins Wohnzimmer.

«Setzen Sie sich. Darf ich Ihnen einen Kaffee bringen? Wasser?»

Setzen: ja. Trinken? Der Müller denkt an die Operation Virensturm, die lauern mit Sicherheit in jeder Ritze zwischen den Sofakissen, und wehrt ab mit einer Handbewegung: «Schön, dass es Ihnen besser geht.» Fängt gleich an, weil wegen der Erscheinung von Frau Lombriser und dem Angebot von Kaffee oder Mineral ist er nicht gekommen.

Der Müller also: «Ich muss mich wiederholen: Was könnte der Absender mit ‹Amoral›, ‹Schande› und ‹Lebenswandel› gemeint haben?»

Lombriser, auch sitzend: «Ich kann es mir nicht vorstellen.»

Müller: «Denken Sie nach.»

Sie sagt nichts.

Der Müller: «Ich muss Ihnen ein paar Fragen stellen, sehr persönliche Fragen.»

Lombriser: «Brauche ich einen Anwalt?»

Hossli: «Wir vernehmen Sie als Auskunftsperson, als Erstatterin einer Anzeige. Sie brauchen bestimmt keinen.»

Lombriser: «Sorry, ich bin nicht ganz klar im Kopf. Das Fieber ...»

Der Müller, locker lässt er nicht: «‹Amoral›, ‹Schande›, ‹Lebenswandel› … diese drei Wörter interessieren uns. Leben Sie irgendwie, dass jemand daran Anstoss nehmen könnte?»

Lombriser: «Das ist doch absurd!»

Der Müller: «Absurd, mag sein. Und ein ‹amoralischer Lebenswandel›, den jemand als ‹Schande› betrachtet, dürfte kaum illegal sein. Wir ermitteln nicht gegen Sie. Frau Lombriser, uns interessiert, worauf der Urheber dieses Drohbriefes zielt. Wenn wir das wissen, wissen wir mehr über ihn – und finden ihn schneller.»

In den Leitungen knackt es, eine Etage höher geht die Toilettenspülung, vor dem Fenster ein Wagen, er fährt vorbei, weit oben donnert ein Flugzeug über die Stadt in Richtung Kloten, Ferienparadies oder Turbulenzen. Dem Müller sein Blick ruht auf der genesenden Kauffrau.

Da sagt sie: «Vielleicht ist es das: Ich bin gerne nackt.»

Da schluckst du schon, weil freizügige Antwort, fragst aber sachlichst: «Wie, ‹nackt›?»

«Ohne Kleider, meine ich.»

Der Müller: «Ja, schon klar. Aber bei welcher Gelegenheit? Auf der Strasse?»

Lombriser: «Wo denken Sie hin! In der Wohnung natürlich. Wenn ich von der Arbeit komme, stelle ich mich unter die Dusche und ziehe mich nicht mehr an.»

Der Müller schaut Hossli an und denkt nach.

Nach einigen Sekunden sagt Lena Lombriser: «Wie kann er das wissen? Beobach… er muss mich beobachten, sonst wüsste er das nicht.»

Der Müller: «Oder ein Bekannter? Eine Bekannte? Ein Ex-Freund mit Rachegedanken? Jemand, der davon weiss und es jemandem erzählt hat … Es gibt viele Möglichkeiten. Beispielsweise den Beau vom 29. März, der im Brief erwähnt ist.»

Lombriser verdreht die Augen. «Der? Nein. Der würde niemandem etwas erzählen, der ist glücklich verheiratet und legt Wert auf Diskretion.»

Hossli leise, aber bestimmt: «Seinen Namen bitte.»

Lombriser: «Muss das sein?»

Müller nickt mit Nachdruck.

Lombriser ziert sich, will nicht, sagt's doch: «Rocco.»

Müller: «Und weiter?»

Sie: «Catanzaro.»

So still wird es, du hörst das Strömen der Elektrizität in den Leitungen in der Wand. Blick Hossli ↔ Müller. Sich nichts anmerken lassen. Beim Schach würde man sagen, du hast Tempo verloren, weil der Kontrahent jetzt den Lauf der Dinge bestimmt.

Lombriser weiter: «Er beobachtet mich, der Absender dieses Drohbriefs. Können Sie etwas dagegen tun?»

Der Müller: «Es liegt keine schwere Bedrohungslage vor. Woher wollen wir wissen, dass er seine Drohung ernst meint? Häufig sind solche Briefe nur Angeberei. Jemand macht sich einen Spass daraus, andere zu erschrecken.»

«Und wenn doch etwas dahintersteckt?»

«Schliessen Sie die Vorhänge, seien Sie aufmerksam, öffnen Sie die Tür lediglich bekannten Personen, halten Sie Ihre Wohnungstür ständig verschlossen. Wir werden die Kollegen von der Streife bitten, ab und zu durch Ihre Strasse zu fahren und die Augen offen zu halten.»

Jetzt ist es still in der Wohnung von Lena Lombriser, Kauffrau, im dritten Stock an der Saumackerstrasse 62 in Zürich-Altstetten, weil der Müller hat so eine Nackedeigeschichte noch nie persönlich gehört. Sie tönt wie die Phantasie eines Mannes in mittlerem Alter, der sexuellen Rationierungsmassnahmen unterworfen ist. Nicht dass es ihn stören würde, den Müller, das private Nacktsein der Kauffrau, aber du kannst natürlich jetzt mit ihr nicht einfach über den Lindenblütentee sprechen, den du ihr vor einigen Stunden gemacht hast, oder sonst etwas, es geht in diesem Moment darum, diese Befragung würdevoll und taktvoll zu beenden, weil die Auskunftsperson war wirklich kooperativ.

«Sie haben uns sehr geholfen, wirklich, gute Besserung!», sagt der Müller und steht auf und Janine Hossli auch, und Lombriser sagt: «Ich gebe Ihnen lieber nicht die Hand. Guten Abend.»

***

Der Müller ist auf dem Heimweg. Zu Fuss, weil am Morgen Regen und deshalb nicht mit dem Velo unterwegs, weil den ganzen Tag mit klammen Kleidern im Büro und unterwegs vor sich hin dampfen, so eine Unachtsamkeit kann schnell zu Unterkühlung → Fieber → krank führen. «Zieh dich warm an» (Mama Müller).

Schauplatz jetzt: gleich um die Ecke vom Grossen Polizeihaus. Kleine Quartierstrasse: Rotwandstrasse. Fast beim Laden mit den Designmöbelklassikern, genau dort, wo vor langer Zeit Russo seine Sandwiches verkaufte. Der Müller wie gesagt zu Fuss. Hellblauer Lieferwagen ohne Firmenaufschrift, Keilriemen tönt ausgeleiert, bremst neben ihm, fährt im Schritttempo neben ihm her, Beifahrer mustert ihn, kurbelt Fenster runter: «Willst du eine Lederjacke kaufen?» Der Müller schüttelt den Kopf. «Eine Lederjacke?» Jetzt zögert der Müller, der Wagen (sechsstelliges Zürcher Kennzeichen) hält an, der Müller bleibt stehen, der Beifahrer steigt aus, circa 1.75 Meter gross, dichtes, nach hinten gekämmtes dunkelblondes Haar, graue Augen, hellbraune Baumwolljacke mit grüner Aufschrift «Super» in Brusthöhe, dunkle Jeans, weisse Turnschuhe Logo springende Raubkatze, spricht Zürichdeutsch, geht zur Seitentür, öffnet sie, schiebt sie nach hinten. Der Müller sieht: zwei Mountainbikes, Kartonschachteln mit DVD-Playern, Computern, Flachbildschirmen, iPhones.

«Eine Lederjacke», sagt jetzt der Müller, «was hast du?»

Der Mann greift nach einer Kartonschachtel, will sie zur Seite schieben, weil dahinter, jetzt sieht der Müller Lederjacken, und der Mann, den Blick auf den Lederjacken …

… und die rechte Hand klick schon mit den Handschellen links am Müller festgemacht, der Mann ganz verdattert: «He!»

Das hört der Fahrer am Steuer und schaut in den Rückspiegel, sieht einen Mittvierziger mit spärlichem kurzen Haar und sportlicher Jacke und lauffreundlichen Schuhen, merkt aua! und gibt Gas vorwärts, der Müller schnell zur Seite wegen Blickfeld, den Komplizen am linken Handgelenk, mit der Rechten, ja, das tut er wirklich, holt die Waffe aus dem Schulterhalfter, legt an, zielt auf die Hinterreifen des … in diesem Moment fährt eine

Velofahrerin ins Schussfeld, Floristin auf dem Heimweg von der Arbeit, «Wrecking Ball» von Bruce Springsteen summend, gerät zwischen den Müller und den beschleunigenden Lieferwagen … und lässt die Pistole sinken … das Motorengeräusch entfernt sich … «He, spinnst du?», ruft die Velofahrerin dem Müller zu, will vermutlich weiter schreien, doch ihr Mund bleibt offen stehen, weil einen, der mit gezogener Waffe und ausgestrecktem Arm auf dem Trottoir der Rotwandstrasse steht und am anderen Arm einen mit Handschellen festgeschnallt, den schreist du nicht an, wenn du einigermassen bei Trost bist.

Rechts um die Ecke, in der Bäckerstrasse, ein lauter Knall.

Und jetzt eine Sirene, Limmat 4 (Aufschrift: «Hold On, We're Coming!») rast am Müller vorbei um diese Ecke in die Bäckerstrasse. Der Mann am Müllerhandgelenk zerrt an demselben, der Müller qua Nahkampfausbildung der Polizei der Situation gewachsen, zwingt ihn auf den Asphalt, kniet auf seinen Rücken, scheissunbequem muss er sich verrenken, und das mit, sagen wir es im Volltext: sechsundvierzig Jahren. Knackt ihm jetzt brutal der Meniskus entzwei? Rebelliert die Bandscheibe? Pistole weggesteckt, Handy raus, Zentrale angerufen: «Müller, Rotwandstrasse … äh … 53, ich brauche noch eine Streife, sofort.» Und er atmet tief und laut, schwitzt, schwitzt, Puls bumm-bumm bumm-bumm. Hey, der Müller hat die Waffe gezogen, erstmals seit jenem Vorfall im Mai, als er eine Strasse weiter einen Flüchtigen erschossen hat → Trauma → Untersuchung → juristisch entlastet, aber monatelang arbeitsunfähig und Psychotherapie bei Herrn Borowski am Rigiplatz und erst seit Anfang Jahr wieder voll und ganz im Dienst auf Kostenstelle 0800 Normalarbeitszeit.

Jetzt immerhin *fast* geschossen und zum Glück nicht geschossen, keiner tot oder verletzt. Aber die Waffe gezogen = erster Schritt zur Schussabgabe.

Limmat 7 (Aufschrift: «Hier ist das Gesetz!») kommt, darin Meyer und Widmer, schnallen den Festgenommenen vom Müller ab → Rücksitz Kastenwagen.

Der Müller zu Meyer und Widmer: «Danke! Was war das für ein Knall vorhin hier um die Ecke? Wisst ihr etwas?»

Widmer: «Ein Unfall, haben wir über Funk gehört.»

Der Müller nochmals: «Danke, ich melde mich.» Und rennt um die Ecke in die Bäckerstrasse, sieht beim Künstlereingang Volkshaus gegenüber ehemals «Music Market» kleine Ansammlung von Menschen. Blaulicht rotiert: Limmat 4 steht bei einem hellblauen Lieferwagen, der frontal in einen schwarzen Amerikanerwagen gekracht ist, der beim Künstlereingang des Volkshauses auf der Fahrbahn steht. Der Müller rennt hin.

«Festnehmen!», ruft der Müller den Streifenbeamten zu, «im Wagen ist Diebesgut. Diesen Mann festnehmen!» Aber das ist schon geschehen. Der Fahrer des Lieferwagens scheint unverletzt, wird zur Sicherheit untersucht werden müssen. Wird gefesselt und abtransportiert. Den Lieferwagen werden sie nach Aufnahme Unfallort auch abschleppen → Grosses Polizeihaus. Und der Müller statt Feierabend rechtsumkehrt und auch dorthin. Bericht schreiben. Die Befragung übernimmt Gustav Weiermann, der Aspirant Mauchle zeigt, wie das geht: Zwei Hehler festnageln, die ausgerechnet einen Polizisten für einen potenziellen Kunden hielten und auf der Flucht einen Autounfall mit beträchtlichem Sachschaden verursacht haben.

Im schwarzen Amerikanerwagen, Eigentum eines Limousinenservices, übrigens die US-amerikanische Band «Los Dead Coyotes» (Reicht das oder muss ich einen wirklich sexycoolbesseren Namen erfinden?), von deren Mitgliedern drei durch die Karambolage einen Schock von 5 auf der Richterskala erlitten, worauf das Konzert im Volkshaus, das um 20:30 Uhr hätte beginnen sollen, in letzter Sekunde vereitelt wurde. Folgen: medizinische und Rehabilitationskosten der drei Musiker, Verdienstausfall derselben, Rückerstattung der Ticketkosten an sämtliche Konzertbesucherinnen und -besucher, verlorene Saalmiete; weitere Haftungsansprüche: Totalschaden des Cadillac, Personalkosten Veranstalter, Personalkosten Tourneecrew, Werbekosten, Hotel- und Cateringausgaben, Quellensteuer, Mehrwertsteuer et cetera … Sind wir hier im Kulturmanagementbuchhaltungskursmodul? Doch es ist, wie es ist: Ein Knall verursacht so was von Schaden. Ein Sachschaden vermag unter Umständen einen Dominoeffekt auszulösen und eine ganze

Armada von Geschädigten nach sich zu ziehen. Wer ist schuld? Wer zahlt? Wer kann haftbar gemacht werden? Wenden Sie sich im Schadenfall unverzüglich an Ihren Versicherungsberater!

Zweiter Heimwegversuch: Der Müller erneut zu Fuss. Wieder Rotwandstrasse → Bäckerstrasse. Autowracks werden gerade aufgeladen. Der Müller, jetzt will er – wie er zuvor schon vorhatte – einen Zwischenstopp einlegen bei Franz Schubert. Sie erinnern sich? Nein? Keine Witze mit Namen, er heisst wirklich so. Seine Eltern hinsichtlich «Schubert Messe» und Liedern völlig unbelesen, haben dem Baby einfach den Vornamen vom Opa verpasst. Mütterlicherseits Familienname übrigens total unmusikalisch («Schweighauser»). Ist ein Freund vom Müller, neben Bucher Manfred der zweite einzige wahre Freund. Franz Schubert wie der Müller himself vor über zwei Jahrzehnten wie alle Zürcher, die nicht Innerschweizer, Bündner, Deutsche oder Jugoslawen sind, aus sweet Argovia nach roaring Zurich gezogen. Betreibt die «Internationale Clearingzentrale», prosperierendes KMU-Unternehmen im Finanzsektor, domiziliert Bäckerstrasse 40, mittlerweile zweiter und dritter Stock. Die 83 Angestellten sind gemäss Gesamtarbeitsvertrag nachts weg, nur der Primus inter impares ist noch vor Ort, wohnt nahezu am Firmensitz und widmet sich der Entwicklung eines neuen Clearingalgorithmenkonzepts, das der Nachfolger der international höchst erfolgreichen «ShooToo»-App («Schubert-Tool») werden kö… aber das interessiert Sie wahrscheinlich kaum, sondern vielmehr, was der Müller bei diesem Finanzheini und IT-Wizard will. Nun, ich meine, sie kennen sich seit der Kindheit in diesem Blauburgunderdorf im Aargau, und sie treffen sich, wenn, ich meine, ist doch in Ordnung so, wenn sie jemanden zum Reden brauchen. Menschliche Wärme, sein, wie man ist, Vertrautheit, ein Fenster in eine andere Seele hinein, «o anima» (Augustinus), die Beziehungsebene vom Modell von Schulz von Thun.

Franz Schubert, natürlich, er ist im Büro, weil er weiss sonst nicht extrem viel mit dem Leben ausserhalb anzufangen. Die Algorithmen und der Datenverkehr, viele können sich nicht vorstellen, dass das Freude und Erfüllung bereiten kann. Doch wenn du es hinkriegst, ist es uneingeschränkt schön und im Handling nie so kompliziert wie Menschen. Als Schubert die Stimme vom Müller in der Gegensprechanlage erkennt und auf dem Videomonitor des visuellen Sicherheitsmoduls sein Gesicht, drückt er auf den Türöffner: «Das ist aber eine Überraschung! Komm rauf.»

Schubert raus aus seinem Einzelbüroglaskabäuschen und mit dem Müller zum Sofa. Franz Schubert hat die «Internationale Clearingzentrale» vor einigen Wochen in eine Bürolandschaft mit Zonen umgestalten lassen. Es gibt jetzt eine «social zone», wo man Kaffee trinken, Walkers Shortbread mit dem Tartanmuster auf der Verpackung aus dem Automaten ziehen und Wasser aus dem Spender kaufen kann, wie man das aus amerikanischen Filmen kennt. Die «social zone» ist das Herzstück der firmeninternen Kommunikation. Kannst hier auch angeliefertes Sushi aus der Verpackung essen und mit den Kollegen plaudern. Zweckdienlich.

Als er sitzt, der Müller, kann er auch von seiner Überraschung berichten: «Stell dir vor, Franz, heute Abend habe ich die Waffe gezogen.»

«Hoppla», sagt Franz, dieses «sagt Franz» füge ich nach dem «Hoppla» ein, damit es eine kleine Pause gibt, bis der Dialog weitergeht, weil Franz Schubert nicht einfach lückenlos sagt «HopplaundwiefühlstdudichjetztBeni», sondern eben: «Hoppla», Erstaunen, Anerkennung, Nachdenken, Wörter suchen, Empathie entwickeln, direkte Ansprache für das Gegenüber spürbar machen, «und wie fühlst du dich jetzt, Beni?»

ACHT

Kleine Freude zum Mittwoch. «Die waren voll blind», sagt Dylan «Gucci» Barmettler und wischt eine Schuppe, oder ist es nur ein Staubkorn, von seiner grau metallisierten Helmut-Lang-Jeans, «blind und blöd, sag ich euch.» Die mit ihm am Tisch der Polizeikantine sitzen, Brogli, Hossli, Rocco und zwei, die gleich raus in die Enge müssen (Verkehrsunfall), lachen. Barmettler erzählte ihnen gerade die Geschichte vom hellblauen Lieferwagen und seinen Insassen, die er selbst von Weiermann erfahren hat, der ja Nachtdienst hatte.

«Wollten die dem Müller Diebesgut verkaufen. Und der hat sie gleich festgenommen.»

Alle richten den Blick zum Eingang und raunen und folgen dem Müller mit den Augen. Er will sich zum Dienstantritt, 07:25 Uhr, ein Gipfeli holen und als volles Luxusgefühl sogar die Alufolie mit dem Mohrenkopf drin, er nickt ihnen zu. Auf Rocco bleibt sein graublaues Auge einen Sekundenbruchteil hängen.

Im Büro findet er E-Mails und einen Briefumschlag:

1. Mitteilung aus London: Anlässlich kleinerer Drogendelikte, begangen durch Howard Owen, vor sechsundzwanzig Jahren keine DNS entnommen. Haben aber Fingerabdrücke. Die liegen eingescannt bei.

2. Mitteilung aus 75000 Paris, wo alle französischen Fäden zusammenlaufen: Anlässlich Körperverletzung in Lille, begangen durch Howard Owen, vor siebzehn Jahren keine DNS entnommen. Haben aber Fingerabdrücke. Die liegen eingescannt bei.

3. Von der Kantonspolizei Waadt treffen ein: Von Howard Owen unterschriebener Betreibungsbefehl und Original der in Cudrefin vor acht Jahren eingereichten Steuererklärung, die zur Verurteilung Howard Owens vor sechs Jahren führte.

Er ruft Hofstetter vom WD an: «Ich schicke dir elektronisch zwei Sätze von Fingerabdrücken, und Gucci bringt dir einen Umschlag mit Unterlagen. Schau, ob die Fingerabdrücke zu ein und derselben Person gehören. Und überprüf, ob auf der Steuerklärung und dem Betreibungsbefehl im Umschlag dieselben Abdrücke sind. Und vielleicht findest du irgendwo darauf DNS, die der des unbekannten Toten von der Badenerstrasse 67X entspricht.»

Hofstetter sagt, er macht sich sofort dahinter.

Eine Dreiviertelstunde später kommt er hinter dem Mikroskop hervor, und der Müller hat telefonisch die Antwort auf dem Tisch: Der Tote ist positiv identifiziert, weil übereinstimmende Fingerabdrücke London und Cudrefin. Allerdings nicht identisch die Abdrücke Frankreich, offenbar Namensvetter.

Aber Hofstetter weiter: «Trariii, traraaa. Die DNS der Zahnbürste in der Wohnung Badenerstrasse 67X und die der eingetrockneten Speicheltröpfchen auf der Steuererklärung aus dem Waadtland – unten rechts, wo er mit dem befeuchteten Finger umgeblättert hat – sind identisch.»

Im Filmsoundtrack käme jetzt eine Triumphmelodie, die dir das Herz hochpumpt und das Blut im ganzen Körper herum, dass du vor lauter Oxytocin, Dopamin, Serotonin, Noradrenalin, Endorphinen und anderen körpereigenen Happynessdrogen nicht mehr still sitzen kannst.

Denn jetzt steht der Name des Toten aus der Badenerstrasse 67X definitiv in den Fallakten: Howard Owen, britischer Staatsangehöriger, 58 Jahre alt, geboren in Manchester.

Das Opfer hat endlich einen Namen. Der Müller ruft das Team zusammen. Bucher Manfred, Heather Brogli, Janine Hossli, Gucci Barmettler, Rocco Catanzaro und Buess. Aspirant Mauchle und Weiermann schon abgetreten, hatten Nachtdienst und deshalb frei zwecks Schlafes. Obwohl, Weiermann Gustav knüpft in diesem Moment vermutlich an seiner Makrameeeulensammlung herum, das entspannt ihn, und sie gilt als die schönste Kollektion in der Stadt mit der weltweit schönsten Postleitzahl oder mindestens vom ganzen Friesenberg. Und Mauchle pimpt sicher die Muskulatur, bevor er sich hinlegt.

Im Korridor vor Sitzungszimmer 112 höre ich in diesem Augenblick weitere Schritte. Jaaa! Sie kommt herein: Rosanna

Vukic ist endlich aus den Ferien zurück, können wir jetzt wirklich brauchen.

«Hallo miteinander», sagt sie und: «Kommt's, wie's sollte?»

Der Müller kurz zu Vukic: «Tötungsdelikt Badenerstrasse 67X, männliches Opfer, soeben positiv identifiziert, holst du dir zuerst einen Kaffee, oder soll ich gleich weitermachen?» Handbewegung Vukic und setzt sich. Der Müller, deshalb resümiert er sofort die Personalien des Opfers, verteilt die Aufgaben und sagt: «Findet alles heraus, was es über Howard Owen herauszufinden gibt.»

***

«Herein!», ruft der Müller von seinem Bürostuhl aus.

Herein kommt er, Hauptmann Ralph Vogt, Chef Abteilung Gewaltverbrechen. In seiner Hand schwappt in einem Becher schwarz der Kaffee, wie ihn der Müller mag. Der Chef spricht wie ein Tirggel mit Extraportion Honig: «Beni», sagt er, «ich darf doch Beni sagen?»

Weigern kannst du dich nicht. Das Sie mag der Müller lieber, Distanz zu den höheren Dienstgraden. Weil Distanz = Respekt = Schutz = Sicherheit. Muss man nicht auf Kumpel machen, um Ergebnisse zu erzielen. Sofort keimt im Müller die Befürchtung: Wird er im Sommer mit dem Chef grillieren müssen?

«Nenn mich einfach Ralph», sagt Vogt und: «Hier.» Streckt dem Müller den Kaffeebecher hin.

Der Müller will nicht unfreundlich sein. «Danke. Was gibt's?»

Weil wenn dir der Chef in persona eigenhändig einen Kaffee ins Büro 365 bringt, ist Gefahr im Anzug.

Der Chef: «Wie ich höre, hast du gestern Abend die Waffe gezogen, an der Rotwandstrasse, um ein flüchtendes Fahrzeug zum Anhalten zu zwingen.»

Der Müller: «Das Fahrzeug ist selbst zum Stehen gekommen.»

Der Chef: «Spielt keine Rolle. Was zählt, ist, dass du die Waffe gezogen hast, gezielt hast.»

Der Müller schweigt.

Der Chef: «Dass du voll einsatzfähig bist, unter Extrembedingungen, einen Festgenommenen an dir angeschnallt! Herzlichen Glückwunsch! Super finde ich das! Das heisst: Du bist auch mental wieder voll dabei!»

Vor lauter Ausrufezeichen wird dem Müller fast schwindlig, aber vertigo. Ihm ist psychologisch nicht erschliessbar, dass er die Waffe gezogen hat. Vielleicht Automatismus, mentale Regression in die Zeit an der Polizeischule, u-bewusster Reflex dank Training, wo du Szenarien übst und übst, bis du nur noch ultraflash und hypereffizient nachdenkst und prioritär blitzschnell sofort handelst. «Schweiss in der Ausbildung spart Blut im Gefecht» (Clausewitz zugeschrieben). Dieses Antrainieren der instinktiven Verhältnismässigkeit, das ist nicht anspruchslos, muss ich sagen. Du darfst die Waffe nur ziehen, wenn du sie einzusetzen genötigt sein könntest und willens bist. Gleichzeitig findet im Kopf immer dieser Gedanke statt: Memento die Folgen! Weil Todesfall = unwiderruflich. Der Müller hat damit ja Erfahrung und deshalb gelitten: Müllerstrasse, der Flüchtige → Schuss → tot. Willst du nicht. Gerade an der Waffe gilt: «Disziplin!» (Seneca).

Hauptmann Vogt → dem Müller Schulterklopfen und: «Tipptopp, Beni, erstklassig. Männer wie dich bräuchten wir mehr.»

Und geht, ohne ein Wort vom Müller abzuwarten, durch die Tür von Büro 365 hinaus.

Der Müller murmelt ihm hinterher, nein mehr in sich hinein: «Was war denn das, *Ralph*?»

Buffalo-Bill-orientiertes Lob beim Müller falsche Adresse – Adressat verzogen, «Return to Sender» (Elvis).

Doch hoppla, aufgepasst: Der Müller jetzt per Du mit dem Chef. Beziehungsweise umgekehrt, kriegen wir uns wieder ein: Der Chef frisch per Du mit dem Müller und als Konsequenz umgekehrt halt auch. Da fragst du dich als Untergebener deines Vorgesetzten schon: Was hat er vor? Will er mir die Ermittlung im Fall der osteuropäischen Einbrechersyndikate anhängen, wo du nur verlieren kannst? Da wirst du verheizt und kannst dich demnächst bei der Gemeindepolizei in Hinterbrüttisellen bewerben, wo das Aufregendste, wo passiert, ist: am 1. August den Schulhausplatz absperren und eine Umleitung ausschildern, damit der lokale Agglomerationsvolksführer vom Verkehr unbehelligt seine Worte zum Nationalfeiertag losböllern kann.

Willst du das? Ich meine: so als Müller?

Und weil ein Unglück nur selten allein kommt, betritt in diesem Moment Medienchef Gregor Meier dem Müller sein Büro. Wie in der Zivilisation üblich zuerst Austausch von Grussformeln. Gregor: «Tolle Story, die du gestern geliefert hast. Daraus machen wir etwas Grosses. Die Gratisblätter werden uns aus der Hand fressen. 1A PR für die Budgetdiskussion im Dezember im Gemeinderat.»

«Bis dahin ist diese ‹tolle Story› doch längst vergessen.»

«Du vergisst unsere long term strategy, die setzt –»

«Ich weiss nicht recht. Ist doch Routine, so was. Gibt nichts her.»

«Oh doch, mein Lieber. Matchentscheidend ist, dass der flüchtige gestohlene Lieferwagen die Limousine einer amerikanischen Rockband gerammt hat, sodass die ihr Konzert annullieren mussten. Könnte sogar eine internationale Meldung werden: ›LOS DEAD COYOTES HELFEN BEI HEHLER-FESTNAHME‹ oder so ähnlich.»

«Eine Bagatelle das. In der Stadt wimmelt es von Hehlern, die ihre Ware loswerden wollen …»

«Aber nur wenige sind so dumm, diese Ware einem Polizisten andrehen zu wollen. Eine wunderbare Geschichte, doch, doch. Du liegst falsch. Ich sehe auch den Titel: ‹Dümmer, als die Polizei erlaubt›.»

«Ach, Gregor, das ist doch –»

«Doch, doch, du wirst sehen. Das wird eine tolle Sache, sag ich dir.»

Auch Medienchef Meier klopft dem Müller auf die Schulter. Was soll auch diese Dauerschulterklopferei heute? Das kann der Müller überhaupt nicht leiden, diese Gönnerhaftigkeit, elende. Weil der Stab und die Operativen, ehrlich, in der Praxis sind das zwei verschiedene Tierarten. Sagt der Müller noch etwas?

Nein, er schweigt, weil er einfach weiterarbeiten will. Diesen Strauss will er nicht auch noch ausflechten.

Und ist froh, als sich die Tür hinter PR-Meier geschlossen hat.

Vielleicht sollte er sich wirklich umorientieren? Sind zwei Jahrzehnte Polizei Zürich allmählich genug? Sich bewerben? Vielleicht in einer anderen Stadt? Da wirst du voll eine Prise philosophisch, dass du überhaupt daran denkst, die runde Postleitzahl 8000 ins Korn zu werfen. Und als was sich bewerben? Vielleicht als Pausenclown in der Hölle? Kann und will ich etwas anderes als Polizei?

Doch auf einmal fällt dem Müller ein: Christian Guggemos, Koryphäe und Rüpel vorgestern in der Migros Altstetten, Anruf von Moosberger von der Staatsanwaltschaft, ist unters Eis geraten, hätte er gleich den lieben Ralph angehen müssen, dessen enthusiastische Begeisterung, warum habe ich nicht daran geda… aber vom lieben Gregor eben unterbrochen, und sofort vom Stuhl aufgesprungen, ihm bleibt nichts anderes übrig, als den Du-Chef Ralph in seinem Büro aufzusuchen.

***

Besprechung Müller mit Janine Hossli: Nachbereitung Befragung Lombriser Lena. Über Rocco sagt er zu Hossli nur: «Kein Wort zu Rocco.» Und zeigt auf seine Brust. Heisst: übernehme ich.

Folgerung aus Lombriser-Besuch: Die Informationen im Drohbrief an die Kauffrau scheinen korrekt, sind von ihr bestätigt. Der Urheber der Briefe muss, wenn es denn wirklich um die Nacktheit geht, die Anzeigenerstatterin beobachtet haben. Müsste zwingend Sichtkontakt mit Wohnung Lombriser haben. Erschwernis: Wohnung liegt im dritten Stock, Einblick von Strasse aus nicht möglich. Ergo: Abklären, ob von Wohnung gegenüber oder quer durch Hinterhof die Privaträumlichkeiten von Lena Lombriser eingesehen werden können.

Hast du nun als fallführender Ermittler ein Problem, und das heisst Controlling. Weil all diese Überprüfungen, sagen wir's ehrlich, das kostet ein Heidengeld, und das Polizeibudget, ich zeichne keine Skizze davon, weil das Blatt ganz dunkel würde vor lauter roter Zahlen und schwarzer Löcher. Das Budget immer im Auge behalten. Kosten und Nutzen abwägen wie in der Privatwirtschaft, aber mit besonderer Sorgfalt, weil dir ist das Geld des Steuerzahlers anvertraut, das jeder Politiker lieber auf seine Art an seine Klientel verpulvern würde. Trotzdem. Der Müller kann nicht einfach sagen «ist ja nur ein Drohbrief», weil manchmal scheinbar Harmloses plötzlich → Kapitaldelikt. Eskalation durch Laisser-faire, das kann und will die Polizei nicht wollen.

Der Müller deshalb Entschluss: Machen wir alles gründlich. Und schickt die Leute raus: Bucher Manfred und Brogli, Hossli und Buess, Barmettler und Ester Estermann vom Verkehr, die gerade heute ihren Stage bei der Abteilung Gewaltverbrechen angefangen hat. Alle → Altstetten → Umfeld Saumackerstrasse 62. Wohnung Lombriser liegt nach hinten raus, das heisst Sichtkontakt allenfalls möglich a) selbe Strassenseite: von Haus 66 her (Wohnhaus), von der Altstetterstrasse 161 (Bürohaus); b) gegenüberliegende Strassenseite: Häuser 61 und 63 (beides Wohnhäuser).

Rocco bleibt allein mit dem Müller im Sitzungszimmer 112 zurück. Rocco fragender Blick.

Müller: «Hast du mir etwas zu sagen, Rocco?»

Rocco, ratlos: «Nein … ich … worauf willst du hinaus?»

Der Müller wartet. Röntgenblick. Rocco rutscht nicht unruhig auf dem Stuhl umher, greift sich nicht an die Nase, keine auffälligen Bewegungen mit den Augäpfeln, schluckt nicht, räuspert sich nicht, richtet den Blick nicht auf den Boden, nimmt nicht den (leeren) Kaffeebecher, um ihn an die Lippen zu führen. Hält dem Müllerblick stand.

Müller: «Sagt dir der Name Lena Lombriser etwas?»

Rocco wird rot und seufzt.

Müller: «Dass du deine Frau betrügst, kümmert mich nicht.»

Rocco rutscht nun wirklich auf dem Stuhl hin und her. «Ich … äh … ich …»

Müller: «Ich bin nicht dein Seelsorger, spar dir deine Erklärungen für Cinzia auf, so heisst deine Frau doch? Ich will wissen, was du über die Apokalypsenbriefe weisst, die Drohbriefe.»

Rocco: «Was das ganze Team weiss. Warum?»

Müller den Standardsatz: «Die Fragen stelle ich. Was weisst du über diese Briefe?»

Rocco, neuer Anlauf: «Was ich von der Arbeit weiss. Dass da einer solche Briefe schreibt und sie an Personen in Altstetten –»

«Stell dich nicht dümmer an als nötig, Rocco.»

Schweigen jetzt. Wenn dein Chef herausfindet, dass du deine Frau mit einer tollen Kauffrau betrügst, die in einem laufenden Fall eine Rolle spielt. Ich meine, ein Juwel für deine Personalakte wird das nicht mehr. Geschweige denn die Aussicht aufs zehnjährige Ehejubiläum, heisst laut Suchmaschine Rosenhochzeit.

Müller: «Als wir informiert wurden, dass auch Lombriser einen Drohbrief erhalten hat, warum hast du da nicht gesagt, dass du sie kennst?»

Rocco sucht die Begründung und die Wörter dafür und muss sie zuerst grammatikalisch nachvollziehbar in Sätze einpassen.

Er sagt: «Ich bin da in etwas hineingeraten, und ich will keine Komplikationen haben.»

Müller: «Mit Cinzia? Das geht mich nichts an.»

Rocco weiter: «Und mit dem Team. Ich habe doch nicht den Ruf, dass ich …»

Müller, streng dienstlich und muss sein, weil du dich abzusichern hast, wenn nur schon der Anschein eines Formfehlers oder von Befangenheit oder ähnlichem Allotria am Horizont auftaucht: «Ich muss dich fragen: Hast du sie bei einer dienstlichen Handlung kennengelernt?»

Rocco senkt den Kopf. Schweisstropfen auf der Stirn.

«Sag!»

Rocco: «Sie … ist die Gotte eines Mädchens, das mit Lorena in den Kindergarten geht.»

Müller: «Mit deiner Tochter?»

Rocco nickt. «An einem Besuchstag sind wir … ins Gespräch gekommen, und das eine hat das andere ergeben –»

Müller: «Also nichts Dienstliches?»

Rocco breitet die Arme aus wie der Cristo Redentor, die Jesusstatue auf dem Corcovado über Rio de Janeiro: «Nein! Ich schwöre es.»

Müller: «Sicher?» Rocco schwört erneut.

«Sonst kannst du dich beim Verkehrsdienst bewerben.»

Der Müller setzt nun eine volle Schweigeminute durch und seinen strengstmöglichen Gesichtsausdruck auf. Nun gut, «das Ideal und die gemeine Wirklichkeit müssen streng geschieden werden» (Goethe), aber trotzdem.

«Und falls du auch nur irgendetwas mit diesen Briefen zu tun hast …»

Rocco schreit fast: «Nein! Habe ich nicht!»

«… schneide ich dich persönlich in Streifen.»

Abwehrende Handbewegung Rocco, gespreizte Finger, abwinken, all das.

«Ab nach Altstetten mit dir, Saumackerstrasse, du kennst die Gegend ja», sagt der Müller. Rocco ab.

Anstrengend manchmal, die Personalführung, denkt der Müller.

Unterdessen der Rest des Teams in Altstetten. Klingeln, befragen, klingeln, befragen, Wohnungen betreten, aus dem Fenster schauen, Bilder schiessen, danke sehr, «auf Wiedersehen», sagst du, «nein, hoffentlich nicht», sagen sie, meinen es entweder ernst oder machen den Witz, den du tausendmillionensiebenundfünfzigzwölfmal gehört und den du mit einem müden Lächeln einkassierst, das in Texten manchmal «sardonisch» genannt wird, obwohl die Insel doch wie die Fische Sardinien heisst. Erfahrung zeigt: bloss nicht auf die Bemerkungen der Personen einsteigen, sondern auf Teflon machen und so schnell wie möglich hinter sich lassen.

Ergebnis der Nachforschungen: nix, nix und niente im Quadrat, ausser Marihuanageruch zweiter Stock Altstetterstrasse 161, Wohnung von A. Barone. Who cares? Die Kollegen sind per Funk längst wieder an andere Schauplätze beordert worden. Delikte gegen Leib und Leben, Hab und Gut, Ehre und was weiss ich. Riecht es halt aus der Wohnung Barone nach Gras.

Der Müller immer noch in seinem Büro 365. Zuerst noch Rocco im Kopf. Dann starrt ihn die Wand an. Kahl wie in der Wohnung des Toten. Warum ist diese Wand so leer? Warum habe ich kein Bild aufgehängt? Ein Foto, eine Postkarte, ein Diplom, einen Wimpel des Fussballclubs, eine Kinderzeichnung. Es quält ihn allmählich. Bin ich gar nicht richtig da? Wo dann? Warum hatte Howard Owen kein Bild aufgehängt? Oder hatte er und wieder abgehängt? Oder gestohlen worden? Geraubt? Raubmord? Nackte Wand … bedeutet sie psychisches Vakuum? Mangel an Beziehungen zu Menschen? Verschlossenheit in sich selbst? Wie der englische Anthropologe Daniel Miller in «Der Trost der Dinge» über die Beziehung der Menschen zu ihren Dingen und über ihre Dinge zu ihren Mitmenschen und zur Welt meint? Manchmal wird der Müller auch polizeilich fast intellektuell, so sehr kitzelt die Wirklichkeit seinen Geist.

Dann die Augen vom Müller auf der Zeitung, die er noch nicht gelesen hat. Von Drohnen ist die Rede, unbemannten Minikampfflugzeugen, elektronisch ferngesteuert, und wo sie überall eingesetzt werden. Können, sagt man, punktgenau Tötungen durchführen und Objekte fotografieren. Aber auch Post und Pizza ausliefern, TV-Reportagen filmen, erwachsenen Männern in der Freizeit Maximalfreude herbeisurren.

Einblick in Wohnung der nackten Lena Lombriser vielleicht per Drohne? Da macht mich Hauptmann Vogt – pardon: «Ralph!» – da macht mich Ralph klein wie Melide, vermutet der Müller, wenn ich ihm mit solchen Hypothesen komme und darauf die Kostenstelle 0800 Normalarbeitszeit belaste.

***

«Sie haben bitte was?», sagt Valon Salihi und hört zu, wie die Frau am Telefon ihr Anliegen wiederholt.

«Einen Moment … ich schaue mal nach … Nein, hier finde ich … Wyss, das schreiben Sie mit Ypsilon, nicht?»

«Genau», sagt Manuela Wyss, «meine Anzeige, ich wollte nachfragen, wegen dieses Drohbriefes, die habe ich bei Ihnen auf dem Posten eingereicht –»

«Erstattet», sagt der Gefreite Salihi, «erstattet … ich finde nichts … Wann war das?»

Manuela Wyss: «Vor einer Woche? … Ja, am letzten Mittwoch.»

Salihi sucht weiter im System.

«Wieder dieser Bug», sagt Salihi, «das gibt's doch nicht! Ist der noch nicht behoben?»

«Dieser was?», fragt Wyss.

«Ja, in der Software, Sie können sich nicht vorstellen, was wir … ach, wie war Ihr Vorname? … Manuela … Nein, ich finde im System wirklich nichts.»

Er fragt: «Wissen Sie noch, bei wem?»

Sie sagt: «Sie sind doch die Quartierwache Altstetten?»

«Ja. Bei welcher Person haben Sie die Anzeige erstattet? … Den Namen wissen Sie nicht? … Eine blonde Kollegin mit Pferdeschwanz? Ah, ja. Ich weiss, um wen es sich handeln dürfte. Auf dem Schichtplan … Moment …»

Gfr Salihi verweilt noch eine weitere Weile bei diesem Bug und seinen Konsequenzen. Und hat, weil er den Bug kennt, die Idee: Anzeige liegt vermutlich in Zwischenablage, geschützt durch persönliches Passwort von Kollegin Bangerter, die zurzeit irgendwo an Waikiki Beach, liegt das eigentlich in Neuseeland, zwischen Haien surft, nicht erreichbar, Natel abgestellt, recht so.

«Da muss der Superuser ran», sagt Salihi zu Anzeigenerstatterin Manuela Wyss, weil solche Wörter immer schön zu brauchen sind, und: «Der wird die Anzeige schon finden. Dann leiten wir's sofort weiter.»

Den Kurs über die bürgerfreundliche Polizeiarbeit hat er gemacht, das merkst du jetzt, weil er sich sorrymässig äussert: «Verzeihen Sie bitte die Verzögerung, ein Softwareproblem, wir werden Ihre Anzeige mit hoher Priorität behandeln.»

Superuser deblockiert sofort → Aktenvorgang aus Quartierwache Altstetten → hinüber → Zentralcomputer → freigegeben → polizeiintern potenziell kantonsweit sichtbar.

***

Ein krankes Hobby, sagen Sie? Krank? Ist das das Wort, das Sie soeben gedacht haben? Immer noch denken?

Richtig. Hotandfilthy.ch, das *ist* krank, denkt er. So was will man nicht frei verfügbar und öffentlich einsehbar, sind ja auch Menschen elektronisch unterwegs, die mit alldem nichts am Stecken haben: Kinder, Menschen mit Werten, Menschen mit Anstand, Menschen, denen nicht alles egal ist und die nicht der Ansicht sind, was möglich sei, müsse auch ausgeführt werden. Die sich nicht vor Freude freuen, wenn im Radio einer singt, er wolle meinen Körper, Körper oder «Tu's mir dreckig» oder solche, ja, Schweinereien. Die nicht denken, ein Wochenende ohne Wodkakotzen oder Tripperneuinfektion sei langweilig und spiessig und geriatrisch. Die nie im Nachtclub bei Stroboskop und debiler Hämmermusik unter Drogen jemandem an den Hintern oder zwischen die Beine fassen.

Er ist nicht für die Rückkehr ins 19. Jahrhundert, auch nicht für die Rückkehr in die Zeit vor der Antibabypille, wo der Pfarrer noch Statthalter einer höheren Macht war, deren Name heute alle vergessen haben.

Oder fast.

Nicht dass er findet, das sei der einzige Weg, richtig zu leben. Man *muss* nicht gläubig oder sogar gottesfürchtig sein. Er ist es auch nicht besonders. Ihm geht es um etwas anderes: etwas Haltung, Schneid, Anstand, Courage, Selbstachtung, Respekt, Standfestigkeit ... ja, und Moral, das dürfte man, das darf man erwarten. Sogar heutzutage. Findet er.

Deshalb kümmert er sich darum, was im Quartier vor sich geht. Wer wie lebt. Wer was tut. Oft kann er helfen: jungen Frauen, die den Kinderwagen nicht allein aus dem alten 2er heben können, weil der Ein- und Ausstieg so eng und steil ist; alten Leuten, deren Einkaufstasche zu schwer ist, hinunterfällt und aufplatzt; Ortsfremden, die irgendeine Strasse suchen. Er hilft ihnen, wann immer er sieht, dass jemand in seiner Nähe Hilfe braucht, auch Ausländern. Das ist nicht der Punkt.

Verstehen Sie ihn nicht falsch!

Einmal hat er einen Exhibitionisten festgehalten, bis die Polizei eintraf. Und ständig sammelt er PET-Flaschen, Aludosen oder Chipstüten vom Boden auf. Es wäre so einfach: Wenn jeder Einwohner von Zürich jeden Tag je zwei Gegenstände vom Boden auflesen würde, die dort nicht hingehören, brächten wir täglich 809'566 Fremdkörper von unseren Strassen und Trottoirs, aus unseren Parks und Kinderspielplätzen und vom Seeufer weg. Klar können da nicht alle mitmachen. Kleinkinder, Hochbetagte und Kranke erhalten Dispens. Aber die 31.9 Prozent ausländischer Mitbürger müssten sich zum Mitmachen ebenso animieren lassen wie die Einheimischen. Mit mehrsprachigen Piktogrammen vielleicht, wer versteht nicht das Wort «Littering»?

Und die Stadt, Herrgott, wäre die sauber und schön!

Das Gegenteil von hotandfilthy.ch.

Er spaziert oft im Quartier umher. Zur Migros. Zur Tramhaltestelle. Zum Sportplatz Buchlern, zum Bahnhof, zum Letzigrund. Er kennt jede Strasse hier, ist hier aufgewachsen, nicht weit vom Farbhof. Und er sieht einfach, wie das alles, trotz aller Renoviererei, trotz aller «Aufwertung», trotz aller Investitionen, Geschwindigkeitsbeschränkungen und Begegnungszonenprojekte, langsam zugrunde geht. Das Quartier hat die Seele verloren, die Leute die Beziehungen zueinander. Diese Gleichgültigkeit, dieser Egoismus, das geht ihm auf den Keks.

Das ist nicht das Altstetten, das er haben will. Das Altstetten, in dem er sich wohlfühlt. Sie sagen vielleicht: «Altstetten! Kein Wunder, dass der den Koller hat.» Aber auch Altstetten hat etwas Besseres verdient. Alle wollen hier die dicke Kohle machen. Aber hinschauen, wo sie hier sind, tut keiner. Augen zu und durch: Hauptsache, der Offroader hat getönte Scheiben.

Es ist ein Pfuhl. Das weiss er, weil er hinschaut. Nicht die Jalousien herunterrasseln lässt, um die Welt nicht zu sehen, wie sie ist. Vielleicht findet er eines Tages andere, die auch sehen können und nicht wegsehen wollen.

***

Rosanna Vukic → Anruf Müller: «Ich habe in den Rapporten der letzten Wochen zwei weitere Moralisten-Briefe gefunden.»

Der Müller: «Ich komme rüber.»

Im Gemeinschaftsbüro 364, gleich neben dem vom Müller, siehst du auf dem Bildschirm die Strafanzeige eines Herrn Marius Husi, Feldblumenstrasse 12, 8048 Zürich, vom 3. März gegen unbekannt: Anzeigenerstatter hat auf dem Posten Altstetten Brief vorgelegt, der Drohungen enthält:

Und der erste Engel posaunte. Da entstand Hagel und Feuer, mit Blut vermischt, und wurde auf die Erde geworfen. Und der dritte Teil der Erde verbrannte, und der dritte Teil der Bäume verbrannte, und alles grüne Gras verbrannte.
Sie sind eine Schande. Wie Sie sich aufführen, ist skandalös. Sie sollten sich schämen. Wir wissen, dass Sie oft in wechselnder Begleitung spätnachts nach Hause kommen. Am letzten Freitag um halb zwei mit einer Blondine mit grossen Brüsten. Am Samstag kurz vor drei mit einer Brünetten, die ebenso schwankte wie Sie. Sollen wir mehr aufzählen? Ausserdem parkieren Sie Ihren roten Alfa Spider mit dem Kennzeichen ZH [redacted] *häufig im Parkverbot, zuletzt am Sonntagnachmittag um 16 Uhr 10.*
Sie sehen: Wir wissen Bescheid. Lassen Sie Ihr unmoralisches Treiben ab sofort bleiben, ansonsten passiert etwas. Das ist eine anständige Stadt. Ihre Rumhurerei verstösst gegen unsere Werte. Wir wollen keine Unholde wie Sie. Gehen Sie zurück, woher Sie gekommen sind. In den Aargau. Wir haben Sie im Auge.

«Dieses dunkle Johannes-Zeugs», sagt der Müller, «was will er uns damit sagen?»

Vukic: «Uns?»

Müller: «Er muss doch damit rechnen, dass die Empfänger Anzeige erstatten.»

Vukic: «Nicht unbedingt. Owen, der auch einen Brief erhalten hat, hat nicht Anzeige erstattet. Sein Brief lag zerknüllt im Abfalleimer.»

Müller: «Das würde erklären, warum die zweite Posaune fehlt», weil er schielt schon aufs nächste Dokument, das Vukic auf dem Bildschirm geöffnet hat, «vielleicht wurde die auch einfach weggeworfen.»

Dann liest er auf Vukics 17-Zoll-Bildschirm:

Und der vierte Engel posaunte. Da wurde der dritte Teil der Sonne und der dritte Teil des Mondes und der dritte Teil der Sterne getroffen, damit ihr dritter Teil verfinstert würde und der Tag nicht schiene seinen dritten Teil und die Nacht in gleicher Weise. Und ich schaute auf. Und ich hörte einen Adler, der im Zenit flog und mit lauter Stimme sprach: Wehe, wehe, wehe denen, die auf Erden wohnen, wegen der übrigen Stimmen der Posaunen der drei Engel, die noch posaunen werden.

Du vernachlässigst deine Kinder. Letzten Donnerstag, 23.3., waren sie – wie so oft – allein auf dem Spielplatz. Zu einer Zeit, wo sie in der Schule sein müssen. Du schickst sie – siehe Freitag – zu spät zur Schule. Erst um sieben nach acht waren sie dort. Sie sind häufig ungekämmt, tragen schmutzige Kleider, verschiedene Socken. Wenn es kalt ist, musst du ihnen eine Mütze aufsetzen. Pass besser auf sie auf. Am meisten stört uns, dass du häufig die ganze Nacht wegbleibst und erst gegen fünf Uhr nach Hause kommst. Was du treibst, können wir uns vorstellen. Du machst, was du willst, und kümmerst dich einen Dreck um Richtig und Falsch. Du hast Verantwortung, übernimm sie und bessere dich, bevor es zu spät ist. Wir haben dich im Auge. Noch ist es Zeit. Sonst.

«Hm», sagt der Müller. Das bedeutet so viel wie «also», also eigentlich wenig, in der Musik maximal eine Viertelpause.

Vukic: «Adressatin ist eine Frau Manuela Wyss, die Personalien siehst du hier.»

Von draussen hören sie die Vögel.

Der Müller noch einmal «hm» und: «Adressatinnen duzt er. Bei Lombriser war es genauso. Männer dagegen siezt er: Owen und Husi … Der hat ein Problem.»

Bis dato, Zusammenfassung, in Altstetten also vier Johannes-Briefe bekannt: Husi zeigte am 3. März die erste Posaune an, Owen starb um den 23. März und erhielt die dritte Posaune zu

Lebzeiten, Wyss bekam die vierte am 29. März und Lombriser die fünfte am 2. April. Die zweite Posaune fehlt, und Johannes lässt in der Apokalypse sieben Posaunen erschallen. Sechs und sieben sind also entweder polizeilich nicht bekannt oder noch nicht abgeschickt worden.

«Gute Arbeit, Vukic», sagt der Müller, «such weiter, vielleicht findest du noch mehr davon.»

Und sagt auch: «Dieses ‹Wir› ist über Details aus dem Leben seiner Adressaten gut informiert. ‹Wir› kennt das Quartier und seine Bewohner. Er wohnt im Quartier und beobachtet, was sich in seiner Nachbarschaft abspielt. Und er hat viel Zeit. Genug, um Blödsinn zu machen.»

Rosanna Vukic lacht. Müller fragt, warum. Vukic antwortet: «Warum sagst du: ‹er›?»

Der Müller: «Ich kenne doch die Männer!» Jetzt lacht er auch. «Der Briefeschreiber muss ein frustrierter Kerl sein: Er stört sich an wechselnden Sexualpartnerinnen dieses Husi, beglotzt – auf welche Weise auch immer – Lombriser, die nackt in ihrer Wohnung herumspaziert, ärgert sich, dass sie ...» – natürlich sagt er nicht Rocco – «einen Mann mit nach Hause nimmt, dass Wyss nicht die perfekte Supermutti ist, und vermutet, du weisst schon was, weil sie häufig erst frühmorgens heimkommt. Und er beschimpft Owen wegen seines Lebenswandels: Alkohol, Drogen, Gottlosigkeit ... Ein unterbeschäftigter Frustrierter, der keinen Sex hat und auch gerne mal auf die Pauke hauen würde. Das Problem ist nur ...»

Vukic: «... ist nur was?»

Müller: «Verklemmte Frustrierte mit seltsamen Ideen gibt's jede Menge.»

***

Weitere erste Ergebnisse der Polizeiarbeit liegen vor: Wobei «weitere erste Ergebnisse» Quatsch ist, weil «erste» gibt es nur im Singular und nicht «weitere». Im Kurs «Rapporte präzise schreiben» habe ich das doch gelernt.

Also den Abschnitt nochmals von vorn, und zwar korrekt:

Weitere Ergebnisse der Polizeiarbeit: Gustav Weiermann, denken Sie nicht, sein stattliches Alter von 58 macht ihn automatisch zum Computerfeind, findet im Internet einen Artikel über einen Howard Owen und seine Band namens «Angus Dei». Und Wiki und all die anderen Sachen, musst du immer aufpassen, wer wem was richtig und wer wem was falsch abschreibt und welches Falsche vor welchem Falschen ins Netz gelangt ist.

Rocco, dem Weiermann die Treffer zeigt, meint: «Alles alte Einträge, soweit ich sehe.»

Jetzt Anruf Weiermann → Müller. Musst du machen, ich meine: anrufen, weil ein geölter Informationsfluss, das ist bei der Polizei das essenzielle Alpha und Omega. Der Müller erinnert sich an Michael Hauser, den Musikjournalisten, der weiss vielleicht etwas. Kennt ihn vom Fall Sandra Molinari, der toten Rockmusikerin, und von der Kunstaktion mit dem mannshohen Rollschinken im Stall des Hofes von Heini Angst in Oberlunkhofen. Der Müller sowieso einen Hang zu Musik, weil «Forever Young» (Alphaville) bist du schlagartig, sobald du wieder einmal die verzerrten E-Gitarren und die Synthesizer aus deiner Jugend auf dem iPod angewählt hast. Will Hauser aufsuchen, um ihn nach Owen zu befragen.

Weiermann kommt mit.

Sie fahren mit dem grauen Škoda zum Idaplatz. Altbauten aus den 1890er bis 1910er Jahren. Bertastrasse soundso. Eingangstür im Parterre nur angelehnt. Kriminalpräventiv mindestens Prädikat «leichtsinnig». Die beiden hinein, hoch in den zweiten Stock. Klingeln an der Tür. Von drinnen riecht es nach Kaffee. Hauser öffnet. Trägt jetzt einen Vollbart und ein Schottenmuster-T-Shirt, die Kopfhaare deutlich kürzer, weil Haarwuchs mittlerweile Savanne statt Dschungel.

«Ah, Herr Müller», erkennt ihn Hauser, «und …?»

«Weiermann», sagt der.

«Kommen Sie herein, wollen Sie einen Kaffee? Ich habe gerade welchen gekocht.»

Küchentischszenerie bei Hauser wirkt wie in WG, aber er wohnt allein. Küche ist nicht bloss ein Ort, um etwas Essbares zuzubereiten. Kennen Sie sicher von Besuchen bei Normalsterblichen: Die *wohnen* in der Küche, gehen nur zum Schlafen rüber oder ins Homeoffice. Auch Hauser lebt in der Küche, das merkt man. Hier stapeln sich Zeitungen und Zeitschriften, das Natel und der Klapprechner auf dem Tisch, chaotisch und gemütlich.

Der Müller nimmt einen Schluck, ist heiss, schmeckt, sagt: «Howard Owen.»

Hauser denkt nach und sagt: «Da muss ich nachdenken.» Und das tut er, ich meine, die Mimik deutet darauf hin. Der Müller sieht sich in der Küche um: keine Hardrock- und Rap-Plakate mehr, sondern eine bunt gestreifte Tapete, senkrecht, farblich auf Hausers Schotten-Karo-T-Shirt abgestimmt.

«Howard Owen», sagt Hauser jetzt, «ein Engländer mit grossen Erfolgen, liegt aber etliche Jahre zurück, zwanzig, mag sein fünfundzwanzig Jahre. Von dem hat man nichts mehr gehört.»

Der Müller: «Können Sie uns Genaueres sagen?»

Hauser: «Nur was in Wikipedia steht. Mehr weiss ich nicht. Und sicher gibt's im Netz auch irgendwelche Fanseiten. Heute geht ja leider überhaupt nichts mehr vergessen, es verschwindet bloss in der Menge aller Daten, die irgendwo gespeichert sind.»

Der Müller nickt, weil manchmal «Amnesie wäre Amnestie» (Cicero). Seine Augen spazieren durch den Raum, und auf der Ablage neben dem Küchentisch entdeckt er eines von diesen in der Filiale schnell aufgebackenen Stangenbroten, angeschnitten trocknet es vor sich hin und wird ungeniessbarer. Lebensmittelverschwendung! Irritiert ihn, steht auf, steckt das Ding in die Papiertüte mit dem Plastiksichtfenster, schlägt das überschüssige Papier am Ende um und sucht, findet aber nicht, einen Brotkasten. Legt es also wieder auf die Ablage.

Hauser mit den Augen ständig hinter ihm her, sagt jetzt: «Warum interessieren Sie sich für Howie?»

Weiermann den Standardsatz, aber nicht ohne Freundlichkeit: «Die Fragen stellen wir.»

Alle drei nehmen fast synchron einen kleinen Schluck aus der Espressotasse. Die senkrecht gestreifte Tapete gefällt dem Müller.

Er fragt: «Das kann ich Ihnen nicht sagen. Ich weiss, dass Sie gut informiert sind. Haben Sie eine Ahnung, mit wem so ein Ex-Star geschäftlich verkehrt?»

Hauser: «Geschäftlich verkehrt? Management, Plattenfirma, mit Musikern, mit denen er zusammengearbeitet hat, Produzenten. Womöglich findet sich irgendwo ein Anwalt oder ein Vermögensberater.»

Und steht jetzt auf vom Küchentisch, holt den Rechner, tippt einhändig in das Gerät und prüft, ob dieses Internet wirklich nie vergisst wie vorhin behauptet.

Während Hauser Begriffe in die Suchmaschine eingibt, fragt der Müller: «Trägt Owen Handschuhe?»

Hauser blickt vom Bildschirm auf: «Ja, das ist so ein Spleen von ihm. Freundlich gesagt: eine Reminiszenz an Michael Jackson und Billy Idol –»

Müller: «Und unfreundlich gesagt?»

«Eine Obsession. Er trägt auf jedem Foto Handschuhe, an jedem Konzert. Er hat einen Knall.»

Müller: «Und privat? Ausserhalb der Öffentlichkeit?»

Hauser: «Das weiss ich nicht. Ich kenne ihn nicht privat.»

Konzentriert sich wieder auf den Klapprechner, und nach einer Weile sagt er: «Das Management, das war zuletzt offenbar Robbie Honegger. Er hat sein Büro im Kreis 5, dort beim Viadukt. Und die Plattenfirma ...» Er tippt weiter ... «das war ... [redacted] Records? ... Gibt's die überhaupt noch? In den letzten Jahren hat eine Firma die andere geschluckt, wurde aufgeteilt, neu gegründet, wechselte den Namen, wurde aufgelöst, die Branche ist seit 2000 regelrecht implodiert.»

«[redacted] Records», sagt der Müller, und «Robbie Honegger. Danke, Herr Hauser, das war sehr freundlich von Ihnen. Auch der Kaffee.»

Bevor Hauser den Satz «Gern geschehen, das mache ich doch gerne für Sie, ich tue gerne meine Pflicht als Staatsbürger» beenden kann, hat ihm Gustav Weiermann freundlich zugewinkt, und beide Polizisten schon auf dem Treppenabsatz.

Es klickt hinter ihnen. Ein Luftzug hat hinter ihnen die Wohnungstür ins Schloss gezogen. Leicht zu öffnen übrigens, diese Schnappschlösser kriegst du mit einer Kreditkarte easy auf. In diesem Moment sagt Weiermann zum Müller: «Hast du bemerkt, dass Hauser in der Küche sofort den ‹Tages-Anzeiger› verschoben hat, der auf dem Tisch lag? Er hat etwas zugedeckt, da bin ich mir sicher.»

Und Blick Müller ↔ Weiermann → sofort anklopfen → wieder hinein → Richtung Küche, wo Hauser noch immer sitzt, die Espressotasse nachgefüllt in der Hand. Der Müller: «Keine Bewegung!» Zwar ohne Waffenziehen und SWAT-Dramatik, aber der Befehl wirkt, Hauser hebt sogar die Arme wie die Daltons, wenn ihnen Lucky Luke die «Bleispritze» (Averell) vor die Nase hält.

Weiermann hebt die Zeitung vom Tisch. Darunter liegen Fotos: ein Mann in Lederjacke und Cowboystiefeln vor einem Mini in british racing green, derselbe Mann in einem Supermarkt, derselbe Mann, der ein Haus betritt.

Dem Müller kommt der Hauseingang bekannt vor, der Mann auch.

Er trägt schwarze Lederhandschuhe mit Nieten.

«Herr Hauser, ich muss Sie bitten, uns zu begleiten.»

→ Grosses Polizeihaus → Befragung Hauser. Das Verhörzimmer 419 spielt wie immer virtuos sein Lied: Tristesse! Die rätselhaften, verwischten Muster auf dem Linoleumboden sickern ins U-Bewusste. Grausamer Zweifel, ob der abgenutzte Bodenbelag grau ist (wie Gustav Weiermann vermutet) oder hellbraun (was Heather Broglis Theorie ist, unterstützt natürlich durch «Gucci» Barmettler). Verhörraum 419, du Vorhölle der Strafe, mit abwaschbarer beiger Farbe ausgemalt, mit festgeschraubtem Tisch und Stühlen möbliert, abgewetzt von zehntausend Gesässmuskelpaaren von Zeugen und Beschuldigten. Der Boden durchgetreten von zwanzigtausend Schuhsohlen derselben und zudem der Polizeibeamten und Rechtsanwälte sowie -innen, die im Verhörzimmer gerne auch mal auf und ab gehen, um die Gedanken zu bündeln und die Anspannung kreativ in positive Energie umzuwandeln. Schmales Oberlicht, durch das die zeratmete, angsterfüllte Luft in den «Himmel über Zürich» (Wenders) entwichen ist. Aber Entweichen ist hier nicht, bisher keiner von all den Mutmasslichen.

Jetzt sitzt in 419 der Hauser Michael, Musikjournalist. Auf unserer Seite der Müller und Gustav Weiermann, Besitzer der schönsten Eulensammlung vom ganzen Friesenberg, insbesondere Makramee und Tonfiguren, und das Aufnahmegerät, wo dir den Schreibkrampf im Handgelenk verhindert. «Rec» jetzt gedrückt.

Der Müller legt die Fotos vom Hauserküchentisch auf den Verhörzimmer-419-Resopaltisch, fächert sie auf wie ein Jassblatt, drei Trümpfe. Einwandfrei zu identifizieren auf jedem: Howard Owen, der Tote von der Badenerstrasse 67X, noch zu Lebzeiten.

«Oh, oh», sagt der Müller, «sieht gar nicht gut aus, Michael Hauser.»

Und dann schweigt er voll brutal, der Müller, während Weiermann aus einem Kaffeebecher schlürft, so laut, dass die nackten Wände beinahe ein Echo zurückwerfen.

Gemein und nicht gemäss Strafprozessordnung, weil du musst den zu Befragenden immer sofort aufklären, in welcher Rolle er da sitzt, ob Zeuge, Auskunftsperson, Beschuldigter. Und in welcher Sache. Aber der Müller ist still, totenstill. Reine psychologische Kriegsführung. Vielleicht knickt der andere ein, bevor ein Wort gefallen ist. Mit Schweigen schwächst du. Da haust du auf die psychische Sollbruchstelle. Die hat jeder Mensch. Um nicht generell wahnsinnig zu werden, sondern bloss in einem abgegrenzten Bereich.

Verhörraum 419. Hauser kennt die Prozedur, obwohl bisher unbescholten, war jedoch, wie gesagt, früher als Zeuge verwickelt gewesen: die ermordete Rockband «Spitfire» inklusive Sängerin Sandra Molinari, die vergifteten Schweineeimer und die Hausfriedensbruchskunstaktion auf dem Bauernhof in Oberlunkhofen.

Und wir erzählen den Kunden in Raum 419 natürlich auch, dass «kommen Sie schon, helfen Sie uns, machen Sie nicht alles unnötig kompliziert, ist eine kleine Sache» oder «sind reine Routinefragen». Doch diese Flunkereitaktik funktioniert jetzt nicht so gut, weil drei Fotos des Toten.

Nur: Hauser weiss das noch nicht.

Dass er tot ist.

Dass Howard Owen tot ist. Und der Müller weiss nicht, dass Hauser es nicht weiss. Denn was unmöglich scheint, ist eingetroffen: Für einmal haben alle dichtgehalten. Kein Polizeikollege hat beim Feierabendbier in Hörweite eines Journalisten geplaudert oder gezielt Informationen weitergegeben, um irgendeinen Nutzen daraus zu ziehen. Kein Leserreporter hat die Polizeifahrzeuge beim Lindenplatz gesehen und auch die Ambulanzexplosion nicht personenbezogen interpretieren können, dort nachts bei der Grimselstrasse. Ging überall als normales Unglück durch, Feuerball, klar, Spektakel und Chaos und Murphygesetz, geschenkt, aber niemand hat spitzgekriegt, dass ein Toter in den Riesenfladen involviert ist und wer der Tote ist. Hauser spürt den Ernst der Lage.

«Brauche ich einen Anwalt?», fragt er den Müller. Und der nickt.

«Kennen Sie einen?», fragt der Müller den Hauser. Der schüttelt den Kopf.

Eine Stunde später begleitet Aspirant Mauchle Hauser aus der Zelle in den Verhörraum zurück. RA Kuoni ist da, Händeschütteln, Rat: «Sie sprechen nur, wenn ich es Ihnen sage.»

Den Satz mit dem Nicken von Hauser spare ich mir jetzt.

Der Müller drückt den Aufnahmeknopf, sagt: «Mittwoch, 5. April, 15:43 Uhr, Verhörraum 419, anwesend: Weiermann Gustav, Müller Benedikt, Zeuge Michael Hauser, Rechtsanwalt Martin Kuoni.»

Und dann: «Herr Hauser, diese drei Fotos, die vor uns liegen, wen zeigen die?»

RA Kuoni: «Moment, Moment! Weder ich noch mein Mandant wissen, warum er hier ist.»

Müller: «Wir kommen dazu. Wer ist das auf den Fotos?»

Hauser: «Howard Owen.»

«Von wem stammen diese Fotos?»

«Ich habe sie selbst gemacht.»

«Wann?»

Denkt nach. «Mitte Februar muss das gewesen sein. Warum?»

«Sind Sie sicher?»

RA Kuoni: «Halt! Bevor Sie mir nicht gesagt haben, was gegen meinen Mandanten vorliegt, sagt er kein Wort mehr.»

Müller: «Es liegt vor, was vor uns liegt: diese Fotos auf dem Tisch.»

RA Kuoni: «Drücken Sie sich klarer aus, Herr Müller.»

Der Müller leise: «Ein Tötungsdelikt.»

Das muss zuerst einmal sacken, wenn du wenig Erfahrung hast, und das trifft auf Hauser zu, weil war noch nie total im Fokus einer Untersuchung wegen eines Kapitalverbrechens.

Halt, falsch! Hauser! Du bist (zurzeit erst) Zeuge, Auskunftsperson, noch kein Verfahren eröffnet, erst Voruntersuchung, längst noch nicht auf Stufe Staatsanwaltschaft, rein polizeilich erst. Sogenannte Vorabklärungen, Einvernahmen. Doch als Verbrechernovize riechst du schon den fauligen Hauch der schwefelhaltigen Sümpfe, der die Pöschwies umweht. Das Adrenalin schiesst sofort in die Magengegend. Schlagartig rumort es im Gekröse.

Jetzt Hauser aufgeregt, panisch fast, als dem Müller sein letztes Wort in sein U-Bewusstsein gesackt ist. «Tötungsdelikt? Howie Owen? Ist er tot?»

Jetzt der Müller: «Was wissen Sie darüber?»

Dann Hauser: «Ich?»

Gleichzeitig RA Kuoni: «Vorsicht! Schweigen Sie!»

Aber Hauser: «Gar nichts weiss ich. Ist Howie Owen tot? Jemand hat ihn getötet?»

Der Müller, er schweigt und schaut den Musikjournalisten an. Weiermann, im Hintergrund, schaut auch und hustet in die Hand, wischt sich den Rotz mit einem Papiertaschentuch ab, schnäuzt den Blütenstaub aus der Nase, faltet die feuchte Stelle sorgfältig nach innen und steckt es in die Hosentasche. Der Müller möchte dringend einen Kaffee, Hauser bestimmt auch, aber jetzt dominiert die dramaturgische Spannungskurve dramatisch wie bei Sophokles den Augenblick. Das machst du nicht vorzeitig wegen profanem Kaffeedurst zunichte.

Hauser wiederholt: «Ich weiss gar nichts von dieser Geschichte.»

Müller: «Und warum liegen diese Fotos von Howard Owen auf Ihrem Küchentisch? Warum haben Sie die Zeitung darüber geschoben, als wir Ihre Küche betreten haben?»

Die Antwort kommt. Uns scheint: nicht zu schnell, nicht zu langsam.

«Ich war an einer Geschichte dran. ‹The Rise and Fall of Howie Owen›. Das Leben eines ehemaligen Stars. Eine Geschichte, die ich international verkaufen kann. Eine ganze Serie.»

«An einer Geschichte waren Sie also dran, für die internationale Presse. Warum sollen wir Ihnen das glauben?»

Hauser: «Weil es stimmt.»

Müller: «Es reicht nicht, dass es stimmt. Sie müssen beweisen können, dass es stimmt.»

RA Kuoni: «Aber hallo! Umkehrung der Beweislast … die Strafprozessordnung –»

Der Müller Handbewegung zu Kuoni und zu Hauser: «Sonst nehmen wir Sie in die Reihe der Verdächtigen auf.»

Hausers Stimme überschlägt sich beinahe: «Ich kann es beweisen. Die Notizen bei mir zu Hause. E-Mails mit mehreren Redaktionen, darunter eine positive Antwort mit Honorarangebot und Deadline.»

Deadline, der Müller kurz irritiert, «Todeslinie», bis der Rappen fällt.

Weiermann kennt die Müllergewohnheiten, und weil die Atmosphäre sich entspannt, schlägt er vor: «Ich hole Kaffee. Für Sie auch?» Und sogar RA Martin Kuoni sagt nicht Nein.

Hinterher wird sich schnell klären: Hauser hat die Fotos verborgen, weil er die Geschichte nicht preisgeben wollte, quasi Reflex. Journalismus heutzutage hartes Brot, aber «Hartes Brot ist nicht hart, nur kein Brot ist hart» (Henri Guisan): Berufsethos am Boden, darfst du nienienie von den Geschichten erzählen, an denen du arbeitest. Nie erzählen! Sonst schnappt sich der Kerl vom Gratisblatt die Idee und haut sie schnell raus. Weil, sagt Hauser, in Zürich vermutlich kaum einer wusste, dass der einst weltbekannte Howard Owen, Sänger und Mastermind von «Angus Dei», Millionenseller und all so was, überhaupt seit

Jahren in der Stadt wohnte. Owen ging seines Wissens nicht in Lokale, trank nirgends sein Bier, trat nicht auf, pflegte keine Kontakte in der Branche, low profile, oder.

Der Müller, er hat nicht geschlafen: «Sagten Sie ‹Angus Dei›, wie das Rind?»

Hauser: «Oder auch wie Angus Young, der AC/DC-Gitarrist. ‹Rindvieh Gottes› können Sie den Bandnamen übersetzen.»

Ich meine, denkt der Müller, Rindvieh Gottes, okay, ist das noch Postmoderne oder ewiger Blödsinn?

«Sie können gehen», sagt er zu Hauser, «Korporal Weiermann und ein Kollege von der IT werden Sie begleiten und Ihre Notizen überprüfen. Ich nehme an, Sie haben das elektronisch?»

Den Satz mit dem Nicken von Hauser lasse ich weg. Neu die Erleichterung von Hauser, der nach dieser Nervenstrapaze erschöpft ist.

Als sie auf Wiedersehen gegangen sind, Weiermann und Hayoz von den Computerspezialisten mit Hauser und RA Kuoni in Richtung Bertastrasse losgefahren sind – Streifenwagen Limmat 12 mit Aufschrift «Ihre Not – unser Einsatz» –, lehnt sich der Müller, noch immer in 419, auf dem Stuhl zurück, der im Kreuz so drückt, dass es wehtut. Er denkt sich: kein Leck bisher, das glaube ich ja nicht. Und Howard Owen, ihn scheint niemand zu vermissen. Eine Existenz, die nicht mehr existiert. Geht ohne Lift die eine Treppe in sein Büro hinunter und liest zur Entspannung die aktuellen Fahndungen im RIPOL.

Während der Müller so in Gedanken → Medienchef Gregor Meier platzt wieder prall vor Begeistertheit ins Büro 365. «Müller, du machst uns den Frühling zu Weihnachten!»

Der Müller perplex, weil gerade mit den Gedanken bei den bösen Buben, den Sadisten, Psychopathen und Extremisten. Daher fragenden Blick in Richtung Gregor.

«Warum? Was meinst du?», fragt der Müller.

Gregor breitet die Arme aus: «Dieser Superstar, dieser internationale Hitfabrikant, ‹Party Hard›, er war das Idol meines älteren Bruders. ‹Push Me To The Limit›, ‹Closer To Perfection (You Will Never Get)› und ‹Surf Nicaragua› … letzthin habe ich das als T-Shirt-Aufdruck wiedergesehen.»

«Ja, der ist tot. Wir ermitteln.»

«Verstehst du denn nicht: Ein weltberühmter Musiker stirbt in Zürich, und wir klären den Fall. Was für eine Geschichte!»

«Geklärt ist er noch längst nicht und wie der gelebt hat, wahrscheinlich niemandem mehr bekannt. Zumindest scheint ihn bisher niemand zu vermissen», sagt der Müller.

Gregor unbeirrt: «Stell dir vor, Beni, damit schafft es die Polizei Zürich international in die Schlagzeilen. Du kommst endlich auf CNN!»

«Wohl eher du oder der Kommandant oder der Justizdirektor», der Müller trocken.

Gregor: «Aber, aber, höre ich da Frustration heraus?»

Müller: «Ob es gute Reklame ist für Zürich, dass er bei uns gestorben ist, bezweifle ich. Immerhin wurde er mit sehr hoher Wahrscheinlichkeit ermordet. Und wir haben ausser diesen Apokalypsenbriefen noch nicht den leisesten Anhaltspunkt.»

Gregor: «Sei doch nicht so pessimistisch, Beni. Wie hoch ist unsere Aufklärungsquote bei Tötungsdelikten?»

Müller hält dagegen. Schon ein bisschen stur, dass er diesen Streit austragen will. «Das weisst du besser als ich. Sonst schaust du einfach beim Bundesamt für Statistik nach.»

Gregor: «War eine rhetorische Frage, rein rhetorisch.»

Müller: «Konzentrier dich doch zuerst auf die Dead-Coyotes-Hehlergeschichte, wenn du unbedingt eine Story brauchst. Oder ist die schon durch?»

Gregors Redefluss ist plötzlich ein Rinnsal und sein Enthusiasmus auf dem Rückzug wie die Gletscher in den Alpen.

Müller: «Lieber Gregor, danke für deinen Besuch in meinem Büro. Aber die Polizei Zürich muss jetzt weiterarbeiten. Sie hat Kriminalfälle zu lösen, sofern die Kommunikationsabteilung sie nicht daran hindert.»

Und er denkt noch: Was haben die auch mit ihrem plötzlichen «Beni» überall?

***

Driiing, driing. «Jaaa?» Gleichzeitig wie die Plänkelei zwischen dem Müller und Meier gerade oben klingelt es an der Tür von «Robbie Honegger Entertainment Services». Liegt an der Josefstrasse, mittendrin beim Viadukt. Genau da, wo du jetzt über die ehemalige Eisenbahnbrücke bis hinüber zum ehemaligen Bahnhof Letten joggen kannst, um im engen Laufdress mit den atmungsaktiven Synthetikmaterialien deinen Körperbau vorzuzeigen. Auf der Strasse hat gerade ein roter BMW-Motor aufgebrüllt, deshalb hat sie oben im Büro von Honegger Entertainment Services die Antwort der Männer, die geklingelt haben, nicht verstanden. Die Frauenstimme aus dem kleinen Kästchen fragt noch einmal: «Ja?» Und Dylan «Gucci» Barmettler und Rocco Catanzaro sagen: «Polizei Zürich, wir haben einige Fragen an Herrn Honegger.» Es summt und klickt, die Stimme sagt: «Erster Stock.» Als stände das nicht unten angeschrieben. Rocco und Gucci die Treppen hoch. Bei solchen Klienten schicken wir gerne jüngere Kollegen, sind näher am Puls der Urbanität und erschrecken die Bartträger mit den Laptops etwas weniger und verstehen den Showbusinesscode besser als der Müller oder Bucher Manfred. Mit Mitte 40 bist du auf einmal abgehängt, erst merkst du es gar nicht, und auf einmal ist es offensichtlich und unumkehrbar. Tut manchmal weh, wenn so krass bewusst wird, dass die Playlist eines DJs nur noch unbekannte Wörter enthält, wo du keines davon je auch nur entfernt gehört hast. Und die Jungen denken, wir haben die prähistorischen Zeiten live erlebt, Vinyl, Musikkassetten, vielleicht sogar Mammuts im Sihltal äsen sehen und was noch alles. In der Hitparade und auf dem aktuellen Konzertzirkus kennen wir keinen einzigen Namen mehr ausser Bob Dylan, Phil Collins und ähnlich alte Leute, die Geld brauchen und darum neue Stücke im alten Stil veröffentlichen. Will der Müller seit vielen Jahren nicht mehr hören. Manche Jahrgänger vielleicht schon. Hip und cool ist das schon lange nicht mehr. Fcuk!

Glastüre mit Firmenaufschrift ohne Schnörkel, aufgestossen, drin frontal gleich postindustrieller Lofteindruck und Empfangsdesk, dahinter Frau Mitte 20, brünett, lange Haare, Piercings in Nase, Wange, Unterlippe, Nägel schwarz lackiert:

«Robbie erwartet Sie schon», und weist mit den langen Fingern nach rechts in einen Sofabereich, hinter dem USM-Korpus, und vier, fünf Schritte weiter, Blick hinter den Raumtrenner, da sitzt (wohl) Robbie Honegger – Wette gewonnen: mit Bart –, hebt die linke Hand, winkt den Polizisten zu und spricht ins Telefon noch: «Also gut, einverstanden, morgen um 20 Uhr, Les Halles, tschüss.» Legt das Gerät auf den Tisch und sagt ohne Punkt und Komma: «Viel zu tun, sage ich Ihnen, sicher haben Sie davon gehört: der ‹Zurich Dungeon›, mein bis dato grösstes Projekt, eine Art Festung der Alpträume, eine Burg, das Mittelalter, nachempfunden fürs breite Publikum, mit Kammer des Schreckens, Jungfrauenverlies, satanischen Alchemisten, Kettenklirren, perversen Inquisitoren, lüsternen Mönchen, Geistertaverne, Turm der verlorenen Seelen. All das mit einer Beschallung, sage ich Ihnen, da gefriert Ihnen das Blut in den Adern, und die Eingeweide verkrampfen sich konvulsiv, eine Art Geisterbahn. Natürlich interaktiv, technisch Toplevel. Passiert in einer alten Fabrik an der Hohlstrasse, war mal ein Club drin mit Originalaccessoires aus dem Gefängnis, hat aber nicht funktioniert, jenes Konzept –»

«Herr Honegger», wirft Rocco einen Stein in die Endlossyntax von Honegger, «wir kommen nicht wegen des wie haben Sie gesagt ‹Zurich Dungeon›.»

«Nicht?», sagt Honegger, enttäuscht, weil so schön quasimedieval angewärmt, doch gleich zurück in der Realität: «Natürlich! Warum sollten Sie sich für den ‹Dungeon› interessieren? Sie sind, nehme ich an, nicht von der Baupolizei.»

Gucci, mit einem beunruhigenden Knurren am Satzende: «Nein, wir sind nicht von der Baupolizei …»

Diese Befragungstechnik nennt sich «Stafette», funktioniert nur mit gut eingespieltem Team.

Rocco: «… sondern von der Abteilung Gewaltverbrechen.»

Wort «Gewaltverbrechen» löst Schockwellen aus und sendet Signal *Angst* an die Synapsen des Gegenübers, weil es klingt nach Kammer des Schreckens und Turm der verlorenen Seelen und Folterknecht mit Kapuze. Gucci nahtlos weiter und gleich mit der Tür in medias res: «Howard Owen, der Musiker …»

Rocco: «… erzählen Sie uns alles, was Sie über ihn wissen …»

Gucci: «… Howard Owen!»

Robbie Honegger holt tief Luft und fragt: «Trinken Sie etwas? Kaffee? Mineral?» Weil das darfst du. Ein Espresso ist willkommen, kann aber gar nicht so exzellent geröstet sein, dass er dich korrumpieren täte.

«Gerne zwei Espressos nur mit Kaffee», sagt Gucci für Rocco mit. «Espressos» … klar, da haut dich vielleicht nicht der Duden auf die Finger, sondern der Respekt vor der südlichen Landessprache. Du machst es hier gerne mit ein bisschen Italianità.

Der Entertainment-Manager ruft deshalb über den Raumtrenner hinweg in Richtung Empfangsdesk: «Vanity, drei Espressi bitte, einen davon mit Milch.» Und sagt: «Was wollen Sie wissen?»

Ist voll kooperativ, weil ist mega aufregend, wenn du so am Rande mit dem Geruch von «Police And Thieves» (Lee Perry) konfrontiert wirst. Weil beruflich hast du höchstens mit illegalen Substanzwünschen durchreisender Showbusinessgrössen zu tun oder deren Frage nach einem Escortservice, was alles Routine, Routine, Routine ist. Aber hier?

Rocco: «Wann hatten Sie das letzte Mal mit Howard Owen zu tun?»

Honegger denkt nach. «Vor … das muss vor ungefähr zwei … zweieinhalb Jahren gewesen sein. Er plante ein neues Album.»

Gucci: «Und was war dabei Ihre Rolle?»

Honegger: «Das Material sichten, Kontakte spielen lassen, mögliche Partner auftun.»

Rocco: «Das Material sichten? Welches Material?»

Honegger: «Die Demoversionen der Lieder hören, mir überlegen, wer als Produzent in Frage käme … Ah, danke, Vanity.»

Espressi.

Gucci: «Ist etwas daraus geworden? Aus dem Material?»

Honegger: «Nicht wirklich. Die Songs waren äh noch nicht ausgereift. Und Howie … nun ja, er war nicht in der Verfassung, daran zu arbeiten. Er wollte nicht zuhören, als ich ihm meine Meinung sagte. Kein erfreuliches Kapitel, aber es ist nicht einfach für ihn als ehemaligen Star.»

Rocco: «Wie meinen Sie das?»

Honegger: «Als Ex-Star äh wieder unten anzufangen. Nicht einfach die Plattenfirma zu kontaktieren und denen zu sagen: ‹Ich hab neues Material. Ich will ins Studio. Wie viel Budget kriege ich?› Sondern zuerst überhaupt jemanden finden müssen, der nicht von vornherein pfff sagt. Das nagt an einem, das kann einen Künstler fertigmachen.»

Gucci: «Und Drogen? Alkohol?»

Honegger: «Weiss ich nicht. Dazu kann ich nichts sagen. Da müssen Sie ihn selbst fragen. Ich nehme an, Sie stellen diese Fragen aus einem bestimmen Grund …»

Ton bleibt oben, Fragezeichen in den Pupillen, hofft, etwas zu erfahren, Rocco und Gucci antworten nicht. Rocco klimpert mit dem Kaffeelöffelchen im Tässchen herum. Schmeckt gut, der Espresso, leider gleich zerronnen. Das Schäumchen aus der Tasse lecken geht hier nicht.

Rocco: «Das war wann? Der letzte Kontakt?»

Honegger: «Vor zweieinhalb Jahren.»

Gucci: «Und seither?»

Honegger: «Funkstille. Er ist beleidigt, nehme ich an. Ich weiss nicht einmal, ob er noch in der Stadt wohnt. Damals hatte er eine Wohnung irgendwo draussen, unhippe Gegend … Grünau? Albisrieden? So etwas … ich weiss nicht mehr. Um ehrlich zu sein: Ich hatte ihn komplett vergessen, bis Sie hergekommen sind. Aber ich bin ja nicht der Einzige –»

Rocco: «Der Einzige, der was?»

Honegger: «Ihn vergessen hat.»

Gucci: «Stand ihm damals jemand besonders nahe?»

Rocco: «Eine Freundin? Ein Freund?»

Robbie Honegger hebt die Hand als Zeichen, dass er seine Gehirnwindungen boostet und ihm ein Gedanke, vermutlich, möglicherweise, ja, jetzt drängt sich dieser Gedanke vom Langzeitgedächtnis in den präfrontalen Cortex hinein, wird in ein Sprachsignal übersetzt, in Laute, vollführt von gewissen Mund- und Kehlkopfpartien, vermischt mit Atemluft kommt das Wort heraus: «Jessica», sagt der Entertainment-Ermöglicher, «Jessica … Scetterini. So hiess seine Freundin.»

Da haben wir Glück, dass wir ausgerechnet Rocco Catanzaro zu «Robbie Honegger Entertainment Services» hingeschickt haben. Zwar ist (versteht im Korps kein Mensch!) Chelsea seine Lieblings-Champions-League-Mannschaft, aber Muttersprache Italienisch und hat das auch immer gepflegt, aber nicht Juve und Milan und AS Rom oder solche Sachen (Rocco eh eher Palermo), sondern auch Sprache. Und so landet der Name «Scetterini» nicht in annähernd phonetischer Umschrift als «Scheterieny» in der Zeugenaussage, sondern in datenbankkompatibler Form, also korrekt. Ich greife vor: Die Frau mit diesem Namen, heimatberechtigt in Corippo im Verzascatal, wo kaum mehr jemand wohnt, weil aus Armut einst alle ausgewandert, abgewandert oder sonst ausgestorben, ist nicht aktenkundig.

***

Die Kollegen im Grossen Polizeihaus, wir tauchen ein ins Umfeld des Toten. Liste von Owens Mitmusikern in Zeiten, die mit Erfolg gepflästert waren. Englische Namen – Jones, Edwards, Thompson, Gill, Smith, Walters, Harris. Gott, wenn du die googelst, hast du 1.5 Millionen Treffer je. Die Polizei Zürich hat Datenbanken bis zum Abwinken und weitgehende Zugriffsrechte, aber nicht direkt auf alle vertraulichen Informationen der Welt. Deshalb Liste ab → Metropolitan Police London, UK. Zweck: Ermittlung Aufenthaltsort und Befragung der Genannten in Sachen Howard Owen.

***

Seit gefühlt x Stunden, das kleine Ding, es schreit. Obwohl Name «Frieda», ich sagte es, bedeutet Peace, Pace, Paix und Paz. Es will nicht aufhören mit der akustischen Hyperaktivität, ganz rot ist sein Köpfchen mit dem seidigen Haar (hat es von der Mama). Mit dem Fläschchen hat es Bucher Manfred versucht, mit dem sanften Massieren des Bauches mit Kümmelöl im Uhrzeigersinn, mit leichtem Klopfen gegen den Rücken, während er die Kleine mit dem Kopf über seine linke Schulter gelegt hat.

Mit Summen hat er es probiert, mit leisem Singen, nur «What Shall We Do With A Drunken Sailor?» ist ihm eingefallen, aber macht nichts, die Kleine kann keine Fremdsprachen. Er hat es mit langsamem Wiegen versucht, Herumtragen sowieso. Dann das Fenster öffnen, frische Luft hereinlassen, aber hat weder Atmungs- noch Atemprobleme, die kleine Frieda, hat Luft in den Lungen wie ein Dampfhammer, kann schreien und brüllen und kreischen und toben, den Kopf mittlerweile feuerwehrrot, als würden ihm bald Hörner wachsen, so ein kleines Ding, gerade mal 70 Zentimeter gross. Bucher Manfred den Schnuller aus Naturkautschuk – sieht aus wie aus den Nuggianfängen: karamellbraune Scheibe mit einem Ring – hineingesteckt zwischen die feinen Lippen, die Zunge stösst ihn wieder heraus, noch einmal. Frieda nimmt ihn nicht an, weil sie schreien will, will, sie will! Sie schwitzt, in Bucher Manfreds Ohren vibriert das Trommelfell, nein, der Schneckenmuskel im Ohr, heisst so wegen seiner Form, er schwingt, vibriert, schmerzt, weil pausenlos beidseitig diese lauten Geräusche in den Gehörgang eindringen, und der Muskel zuckt und leitet damit den Reiz direkt ins Weiche des Hirns hinein, das deutet und interpretiert und sagt, was das Klangbild dieses Moments gerade bedeutet: nicht einfach, Vater zu sein. Wenn das Baby nur sagen könnte, was ihm fehlt oder was ihm zu viel ist. Wenn der Polizistenvater nur kapieren könnte, was es will.

Weil weisst du manchmal nicht «Was tun?» (W. I. Uljanow). Fühlst du leider den «Nervous Breakdown» (Eddie Cochran) herangaloppieren. Das heisst Zustände, die sich in dir breitmachen wie das schwarze Loch im Weltall. Du wirst aufgesaugt wie ein sterbender Stern. Müsstest du die Kinderärztin anrufen, den Notfall kontaktieren, gleich hinfahren, haben sie in der Bethanien-Klinik beim Toblerplatz eine Notfallabteilung für Babys, musst du ins Kinderspital nach Hottingen hinunter oder quer durch die ganze Stadt zum Triemli?

Plötzlich hört das Brüllen auf. Ist eingeschlafen, die Kleine. Bucher Manfred legt sie ins Bettchen, deckt sie zu, weil in den Schlafsack will er sie nicht stecken. Nicht dass sie wieder aufwacht und von Neuem brüllt. Liegt auf dem Rücken. So ist gut. Manfreds Herz bleibt fast stehen, weil sein Blutdruck jetzt plötzlich absackt. Er atmet schwer.

Da hört er den Schlüssel in der Wohnungstür. Brenda, zurück von einem Treffen mit einer Freundin. «Hallo, Schatz!» Und gleich: «Ah, sie schläft. Goldig! Hattet ihr einen schönen Abend?»

***

Zwei Streifenwagen und fünf Zivilfahrzeuge sind postiert. Verschiedene Marken, dunkelblau, unterschiedliche Grautöne. Zwischen der VBZ-Zentralwerkstätte, dem Lindenplatz und dem Bahnhof Altstetten. Insgesamt siebzehn Mann (sagen wir so, obwohl sind auch Frauen dabei) observieren das Zentrum von Altstetten, ich sage dir. Der Lindenplatz von mehrheitlich unsichtbaren Polizeieinheiten besetzt, die Badenerstrasse und all die Quer- und Parallel- und sonstigen Strassen, Wege, Pfade, Plätze, Schmutzecken, Passagen, alles diskret, aber massiv unter dem Blick der Polizei Zürich. Wir zirkulieren. Von Dächern aus, mit Ferngläsern und Feldstechern, aus Privatwohnungen, parkierten Autos, aus Trams, wo vorbeifahren, Kameras filmen von Helmen auf Motorradfahrerköpfen, von Dash-Cams aus Autos direkt ins Grosse Polizeihaus übermittelt. Diese alte Oma mit Kind an der Hand, in Wirklichkeit und Wahrheit ist sie eine vereidigte Mitarbeiterin der Polizei des eidgenössischen Standes Zürich, 1351 dem Bunde beigetreten. Selbst das wie ein älteres Schulkind wirkende Mädchen auf dem Trottinett, das gerade in die Grimselstrasse einbiegt, ist eine Polizeiaspirantin, die sich besonders lolitajung verkleidet hat. Ziel: die Aufmerksamkeit des Johannesbriefeschreibers erregen.

Kostenfaktor Mensch ist nur der Vorname. Kommandant Nägeli wird sich die Flusen von der Uniform schnippen, wenn er erfährt, was der Müller da angeteigt hat. Dessen direkter Vorgesetzter, Hauptmann Ralph Vogt, ist jedoch eingeweiht. Beziehungsweise Müller hat ihn informiert und es aussehen lassen, als sei es die Strategie des Chefs himself: Dieses Dispositiv ist ein Kernelement der Ermittlungen im Fall Owen.

Weil möglicherweise direkter Anknüpfungspunkt, und wenn du quasi im Vorbeigehen diese Drohbriefe aufklären … obwohl «im Vorbeigehen» ist falsch gesagt: Schweineteuer kommt das die Steuerzahlerin und ihren Gatten zu stehen, die Nierensteine des Controllings werden anschwellen. Aber Sicherheit hat einen Preis.

Geld beiseite → Fokus also: Drohbriefschreiber. Ziel: Wer beobachtet im Quartier alles, was nicht mehr in den fünfziger Jahren des 20. Jahrhunderts lebt? Grundfrage prinzipiell: Wer verhält sich seltsam? Bedenke jedoch: Kulturpessimisten sagen: Heute verhält sich fast jeder seltsam. Haben recht. Strukturalisten sagen: Das Seltsame ist ein Konstrukt. Könnte sein. Die Postmodernen sagen: Was bedeutet seltsam, auch in gesellschaftlicher Hinsicht? Sie fragen nach dem disziplinarischen Effekt des normativen Normalitätsbegriffs. Auch sie haben recht. Macht die Sache kompliziert, wenn so verschiedene Denkansätze so heftig richtigliegen. Wem glauben? Wem vertrauen? Wessen Lehre folgen? Der Müller ist ja ein grosser Zweifler, kann nicht anders, muss. Aber Zweifelbewältigungsstrategie für Notfall und Alltag: Dienstweg einhalten, Pragmatismus nicht vergessen, go, go, go! «Fight or flight», sagte Darwin, das liegt in Australien. Und Flucht und Verdrängung waren noch nie Mülleroptionen, bleibt folglich nur der Kampf. Das heisst, keinen Aufwand zu scheuen.

Über die Observationsmassnahmen hinaus: diskret herumfragen, beispielsweise in der Halbwelt von Altstetten.

***

Was würden Sie denken und auf dem Korridor und beim Kaffeeautomaten beplaudern, wenn Ihr Kollege stets mit einem Billardkugelhelm herumläuft? Er ist klar ein Thema, manchmal mehr, manchmal minus. Ich meine, man kann doch mit Fug und Recht sagen, dass der einen Zacken an der Tasse weg hat. Obwohl der Chef ihn ständig lobt, bei jeder Besprechung, auf dem Korridor, in Einzelgesprächen: Meinrad Hächler, das Vorbild … «leistungs- und lösungsorientiert, kreativ, beharrlich».

Erfolgreich. Muss ich zugeben, müssen wir alle anerkennen. Jetzt gerade sitzt er in der Zone, die sein Bereich im Grossraumbüro belegt, mit acht weiteren Kollegen. Er sitzt da mit dieser schwarzen Acht im weissen Kreis auf schwarzem Helm und friemelt an den Updates herum. Nehme ich an. Manchmal denke ich, die ganzen Updates, die lädt er absichtlich hoch, um meine persönlichen Einstellungen zu killen. Die fallen nämlich bei jedem verdammten Update raus, verschwinden durch geheimnisvolle Prozesse, die im Hintergrund ablaufen, irgendwo weit unten in den Back-up-Protokollen, die das System alle paar Minuten vornimmt, um nicht die aktuellen Daten zu verlieren, wenn das Ding wieder hängen bleibt oder ganz abstürzt. Und Updates machen die die ganze Zeit. Keiner weiss, wozu. Vielleicht, damit das System langsamer wird?

Der Billardkugelmann Hächler hat sicher auch Ihnen schon zwei- oder dreimal oder neunmal erklärt, wie Sie die Einstellungen leicht zurücksetzen können. Aber Sie haben ihm nicht richtig zugehört, weil's a) kompliziert ist, b) Sie es einfach nicht verstehen, obwohl er immer behauptet, es sei nicht kompliziert, c) diese IT-Typen bei Problemen stets verfügbar sind und wiederkommen, um d) alles in Nullkommanichts wieder herzustellen und das hängen gebliebene Programm wieder aufzustarten, bevor Sie sich zweimal Assugrin in den heissen Kaffee hätten plumpsen lassen können.

Hächler ist nicht blöd. Der merkt das. Dass Sie ihm gar nicht zuhören, wenn er mit Ihnen spricht. Und deshalb macht er absichtlich diese Updates, da bin ich mir sicher.

Grundsätzlich: Vielleicht müsste ihn der Chef strenger kontrollieren. Damit er nicht zu viel Eigendynamik entwickelt. Was dem alles einfallen könnte. Weil der Helm, ich meine, das deutet, finde ich, auf gewisse Vorgänge in seiner Persönlichkeit hin, die … sagen wir bloss «eigenartig» … ich will nicht deutlicher werden. Ehrverletzung, üble Nachrede, Ausgrenzung, Mobbing, das soll mir niemand vorwerfen können. Ich will nicht das Arbeitsklima mit Salz und Galle bestreuen. Gegen ihn persönlich habe ich nichts. Der Typ ist einfach nicht ganz sauber.

Nicht so laut! Ich habe nichts gesagt, von mir haben Sie das nicht. Gestern habe ich nämlich etwas gesehen. Er hat beim Drucker einige Seiten Papier geholt: ein hellblaues Büchlein ursprünglich vermutlich … «Simple Sabotage Field Manual» war der Titel. «Declassified» zweifach draufgestempelt und ein paar Zahlen und Buchstaben mit Filzschreiber. Ich konnte es lesen, weil er beim Kaffeeautomaten kurz mit der Allmendinger vom Marketing geplaudert hat und die Blätter vor sich gehalten hat. Den Titel habe ich natürlich sofort im Internet gesucht und herausgefunden: Es handelt sich um eine Broschüre des CIA-Vorläufers OSS aus dem Jahr 1944, eine Anleitung zur Sabotage. Je länger ich online darin lese, desto bekannter kommt mir das Verhalten mancher Leute im Betrieb vor: Bei Besprechungen so oft wie möglich und in extenso sprechen. Lange Anekdoten und persönliche Erfahrungen erzählen, um Argumente zu unterfüttern. So häufig wie möglich irrelevante Themen aufbringen. Pedantisch sein bei der exakten Formulierung von Mitteilungen, Protokollen und Weisungen. Immer wieder auf Traktanden der letzten Teamsitzung zurückkommen und eine neue Diskussion darüber anzetteln. Immer zuerst die unwichtigen Jobs erledigen und die wichtigen konsequent ineffizienten Leuten anvertrauen. Um die Moral zu senken und damit die Produktivität: unbedingt schwache Mitarbeiter belobigen und befördern. Lange Sitzungen abhalten, wenn dringendere Arbeiten anstehen. Die Arbeit lausig verrichten und die Schuld schlechtem Werkzeug, ungenügenden Maschinen und schwacher Ausrüstung geben. Sich beklagen, dass du unter diesen Umständen deinen Job nicht richtig machen kannst. Nie sein Wissen an neue oder weniger erfahrene Mitarbeiter weitergeben.

Beschäftigt sich Helmhächler mit Sabotage? Nur aus Interesse – oder hat er etwas vor? In der Firma? Kurioses Thema, seltsames Hobby. Im Unternehmen scheint er ziemlich isoliert. Taucht selten in der Kantine auf, spricht nie lange mit jemandem, sitzt einfach vor dem Bildschirm und macht dort irgendwas. Gut, ist ja sein Job. Aber was er *ganz* genau tut, weiss ich nicht. Und ich will ihm wirklich nichts unterstellen. Ich meine nur.

Blöd nur, dass in diesen Grossraumbüros kein Platz mehr ist für private Dinge. Keine Fotos, Talismänner, Zeichnungen der eigenen Kinder oder von Gottenkindern. Keine Ahnung deshalb, ob der verheiratet ist, ob er Kinder hat, in einer Beziehung lebt. Wofür er sich ausserhalb des Büros interessiert. Es wird aber erzählt, dass er am Abend oft länger bleibt und er gerne einen Teil des Wochenendes im Büro verbringt. Hoffentlich funktionieren die internen Kontrollmechanismen.

Wie gesagt: Der Chef frisst ihm aus der Hand. Und selbst der Generaldirektor ist an seinem Arbeitsplatz aufgetaucht und hat mit ihm ein paar Worte gewechselt. Dann sind sie zusammen im Besprechungsraum verschwunden und erst nach einer Stunde wieder herausgekommen. Hächler nicht zusammengefaltet oder kleingemacht. Irgendwas muss mit ihm sein. Solche Sonderbehandlungen sind nicht gut fürs Betriebsklima. Wo kämen wir hin, wenn jeder am Arbeitsplatz seine Macken so ungebremst ausleben würde?

***

Er geht über den Lindenplatz, dort steht ein Polizeiauto, sicher wieder etwas mit Ausländern, eine Messerstecherei, Rauschgifthandel oder so, irgendwas ist ja immer. Eine Oma mit Einkaufstasche in der einen und einem Kind an der anderen Hand, so spät noch unterwegs. Sicher das Kind in einem zerrütteten Haushalt abgeholt, vom Vater weg zur Mutter hin oder umgekehrt oder beide völlig betrunken oder von Drogen ausgeknockt, und die Oma von einer besorgten Nachbarin alarmiert und herbeigeeilt, letzte Bastion der Normalität. Zum Glück existieren noch Leute, denen nicht alles egal ist. Die sich kümmern. Die nicht einfach zuschauen, wie alles den Bach hinuntergeht. Die etwas tun. Aber es werden immer weniger, und diese wenigen werden immer älter, wie an dieser Oma zu sehen ist. Und eines Tages sind sie alle weggestorben.

Er muss dagegenhalten, er hat keine Wahl. Draussen Sodom und Gomorrha, Postleitzahl 8048.

Schon gut, so ein kleines Hundilein, sagt er sich, bleibt

stehen, streichelt dem Chihuahua-Schäfer-Mischling seines Nachbarn über den Kopf. Er leiht ihn regelmässig aus, um spazieren zu gehen. Der Nachbar, über 85 und nicht mehr gut mit den Augen, ist froh, wenn er abends mit Mimi nicht mehr rausmuss. Auch wegen der Sicherheit. Und für ihn ist es auch gut – und zweckmässig. Fällt weniger auf, wenn er im Quartier seine Runde dreht und ab und zu stehen bleibt und sich umschaut, während der Hund sein kleines Geschäft verrichtet an einer ohnehin schon verdreckten Ecke. Die Kegel aber, im Gegensatz zu anderen sammelt er die auf, in der Tasche immer einige Beutel bereit, weil das ist sein Quartier, er will nicht selbst aktiv dazu beitragen, dass es noch weiter herunterkommt.

Herunterkommt.

Der Typ da vorn, das muss der sein, der häufig den roten Alfa Spider im Parkverbot abstellt und immer diese wechselnden Frauengeschichten anschleppt? Der in seiner Wohnung das Schlafzimmerfenster offen lässt, worauf du dir auf dem Trottoir vor dem Haus all die – ich sag jetzt nicht – Geräusche anhören musst. Hotandfilthy live, denkt er. Es war ein Wink des Schicksals, dass er auf diese Seite gestossen ist und dass er immer wieder den Drang verspürt, diese Seite aufzurufen. Der Kerl mit dem Alfa, Marius Husi heisst er, na, da staunst du, was. Dieses Namensgedächtnis! Er vergisst keinen, der ihm mal aufgefallen ist und dessen Identität er ermittelt hat. Husi. Jetzt steht der Alfa Spider zwar richtig auf dem Parkfeld, Blaue Zone. Parkberechtigung hat er vorne ins Auto gelegt, ist abgestempelt, gültig. Dort hinten geht er. Wen hat er diesmal dabei? Die Dunkelhaarige in den engen schwarzen Satinhosen, damit die langen Beine und der knackige Hintern noch sichtbarer sind, als hätte sie gar nichts an? Ja, heute ist sie es wieder einmal.

Er hat eine Liste zusammengestellt, wen Husi jeweils mitbringt. Aktuell sind es drei im Wechsel, im Herbst war's noch eine mehr, aber die Kurvige mit dem Lockenkopf, die mit der Oberweite, die hat er lange nicht mehr gesehen. Vielleicht trifft er sie woanders? Vielleicht ist sie weggezogen? Oder doch wieder einzig und allein zu ihrem Mann? Hat sie den rechten Weg wiedergefunden? Alles kann er ja nicht wissen.

Halt! Die Blonde da drüben, die kennt er auch, die wohnt dort hinten in der Luggwegstrasse. Hat die dieses iPhone, es ist das allerneueste, funkelt wie mit Edelsteinen besetzt, hat sie es wirklich gekauft? Die bekommt doch Post vom RAV, dem Regionalen Arbeitsvermittlungszentrum, die hat doch nicht wirklich Geld für Topelektronik. Auf ehrlichem Weg kann sie das nicht erstanden haben. Oder arbeitet sie schwarz? Soll er ihr, er könnte ihr nachgehen.

Dort jetzt: ein junges Mädchen auf einem Trottinett. Zu dieser Zeit noch auf den Beinen? Draussen in der grossen Stadt? Holen die Eltern ihre Kinder heute nicht mehr ins Haus, wenn Schlafenszeit ist? Kein Wunder, wenn die am nächsten Tag zu spät in die Schule kommen wie Lea und Cyril von dieser Wyss, dazu noch ungekämmt, im Winter manchmal sogar ohne Kappe. Kam auch schon vor, dass sie sie die Schule schwänzen liess und stattdessen mit ihnen mit dem Tram in die Stadt fuhr. Ja, hat er leider feststellen müssen. Jeder macht, was er will, und kümmert sich keinen Dreck um Richtig und Falsch. Das ist der Anfang von Verwahrlosung und Untergang. Wie wollen die Kinder sich je an eine Ordnung gewöhnen?

Die Blondine ist jetzt weg. Macht nichts, er weiss ja, wo sie wohnt.

Jetzt muss er selber Robidog. – «Komm, Mimi, wir gehen weiter.»

Er weiss nicht, wohin das führen soll. Seine Mittel sind begrenzt, er kann die Stadt nicht im Alleingang retten. Er müsste und wird Gleichgesinnte finden, die mit ihm sein Anliegen weiterverfolgen. Er weiss noch nicht, wie. Immerhin kann er diese Briefe schreiben und die Leute darauf aufmerksam machen, wie sie sich verhalten. Dass das so nicht geht. Dass sie sich ändern müssen. Weil wenn alle sich so aufführen … Ohne übertreiben zu wollen, ganz sachlich meint er das, und er ist weder ein Ewiggestriger noch ein Fundamentalist: Ihm geht das wirklich an die Nieren, was er täglich sieht, bricht ihm das Herz. Er hat wirklich nicht die Wahl. Was richtig ist, ist richtig!

Briefe schreiben, das bringt doch nichts, meinen Sie? Vielleicht haben Sie recht. Er hat je länger, je mehr auch seine

Zweifel. Er merkt, dass ihn die Briefe nicht mehr voll befriedigen. Letztgenanntes Wort meint er nicht, wie die Leute dieses Wort seit den Rolling Stones verstehen. «Zufriedenstellen» könnte er auch sagen. In ihm kribbelt es, er ist unruhig, kann sich nur noch schlecht konzentrieren.

Ich glaube, ich muss mir eine andere Strategie einfallen lassen, denkt es in ihm. Etwas Richtiges.

***

Der Müller unterdessen, er schläft in seinem Bett im dritten Stock in Wiedikon. Er ist müde, weil Arbeitstag und nachher in der Wohnung ein Selbstversuch: sich zum Lachen bringen einzig durch Konzentration, ohne Hilfsmittel. Hat davon im Wartezimmer von Herrn Borowski gelesen, dass diese Technik, wenn man sie mal beherrscht, die total hundertprozentige Entspannung bringt. Lachen → glücklich. Aber Lachen meist nur in Gesellschaft möglich. Mit Bucher Manfred hat er oft gelacht, doch der ist nun anderweitig eingespannt und meist erledigt, seit es Frieda gibt.

Probieren Sie das mal aus, Lachen durch Konzentration, ist anstrengend körperlich. Deshalb der Müller jetzt eingefaltet zwischen Bettwäsche weiss, so mag er's am liebsten. Wenn wir hinhören: Er schnarcht sogar. Macht nichts, weil er niemanden stört. Vielleicht träumt er. Aber plötzlich jäh unversehens auf einmal driiing, driiing, driiing, neuerdings hat er diesen altmodischen Klingelton auf dem Natel, erinnert ihn an den schwarzen Wandapparat mit der Wählscheibe, zu Hause im Blauburgunderdorf im Reusstal. Oh nein, nun auch noch der Müller mit diesem Klingelton? Aber ist Ihnen schon aufgefallen, ist nicht mehr so en vogue und deshalb gerade richtig für den Müller. Gilt das Driiingdriiing ihm? Der Müller komplett schlaftrunken, hört jetzt im Hörer eine Stimme, erkennt sie nicht, weil mit Schluchzen vermischt und chaotischem Atmen und versteht nicht, was sie sagt, weil immer wieder unterbrochen und sinnentstellt.

Auf einmal macht es klick: ist seine Schwester. Wohnt in

Basel, seit Monaten nicht Kontakt, eigentlich seit Jahren nur so Weihnachten, Ostern, runder Geburtstag, mal eine Ansichtskarte aus den Sommerferien. Mehr nicht, weil wenn du viel arbeitest und zwischendurch ein wenig psychisch bist wie der Müller. Also die Schwester, machen wir es persönlicher: Doris, glückliches Familienleben mit Mann und zwei Kindern, sagen wir ihre Namen: Noah (8) und Maurice (10). Aber, merkt der Müller, wach nun, dass von glücklich wohl keine Spur und Familie ab sofort Klartext: Scherbenhaufen.

«Ist er noch in der Wohnung?», fragt Müller.

«Nein», antwortet Doris, «jetzt ist er weg.»

«Bist du verletzt? Oder die Kinder?»

«Nicht wirklich.»

«Was heisst das?»

«Wahrscheinlich ein paar blaue Flecke. Die Schulter, die Arme, die Hände.»

Abwehrbewegungen.

«Und die Kinder?»

«Die hat er in Ruhe gelassen. Aber sie haben Angst. Sind ganz durcheinander.»

«Schliess alles ab, lass den Schlüssel von innen stecken und lass ihn nicht mehr in die Wohnung, auch wenn er betteln und drohen sollte.»

«Habe ich schon gemacht.»

«Und ruf die 117 an. Sofort.»

Stille.

«Ruf die 117 an. Ich fahre jetzt los. In einer Stunde bin ich bei euch.»

NEUN

08:00 Uhr, Grosses Polizeihaus, Sitzungszimmer 112, Rapport Müller und Team, diesmal ohne Chefaufsicht. Kaffee und Mineral mit und ohne. Aus den bisher ermittelten Puzzlestücken rekonstruieren der Müller (übernächtigt, aber pünktlich) und seine Mannschaft folgendes Bild des Toten: Howard John Frederick Arthur Owen, Musiker, einst äusserst erfolgreich als Sänger/Texter/Komponist und Leader der Gruppe «Angus Dei», aus steuerlichen Gründen in die Schweiz (Cudrefin VD) gezogen vor 15 Jahren, vor fünf Jahren Umzug nach Zürich, Erwerb der Wohnung Badenerstrasse 67X, unnatürlich verstorben vermutlich um den 25. März, seit Langem geschäftlich erfolglos. Alkohol- und/oder Drogenproblem ist nicht auszuschliessen. Leere der Wohnung deutet auf Leere der Agenda und im Portemonnaie. Metadaten Telekommunikationsverbindungen: in den vergangenen sechs Monaten auffallend wenige Anrufe auf Festnetzanschluss. Fast alle von Callcentern: Werbung, «Umfragen», Marktforschung; einmal falsch verbunden. Kein Handy auffindbar, kein Computer zu ermitteln, ein E-Mail-Account ohne Aktivität seitens Owen. Befund Ordnungsfimmel, gestützt auf Tragen von Handschuhen selbst zu Hause. Vermutlich Bakterienphobie → Hinweis auf sagen wir auffälliges Verhältnis zu Menschen und Dingen.

Grundloses Töten – davon ist nicht auszugehen. Klar: Psychopathen, das existiert. Hier in dolce Zurigo aber statistisch nicht relevant. Deshalb psychologisch konservative, im Glauben an die Vernunft der Menschen verhaftete Methode angebracht, sprich: → Frage nach Motiv: «Warum tötet jemand einen ehemaligen Rockstar?» In der Regel zwei Optionen: Zuerst suchst du bei Beziehungen, also im persönlichen Umfeld, dann beim Geld.

Zusammenfassung Stichwort «Beziehungen»: ausser Existenz Drohbriefschreiber bisher kein Befund. Ungefähr zehn Tage nach Tod Owen keine einzige Person aufgespürt, die in den letzten Wochen oder Monaten Kontakt zu ihm hatte. Weder privat noch geschäftlich. Diese Jessica Scetterini, von der Entertainmentunternehmer Honegger sprach, ihre Beziehung zu Owen zeitlich und qualitativ noch ungeklärt, Wohnort zwar ermittelt, Gutstrasse, Wiedikon, aber dort bisher nicht angetroffen. Scetterini sei vor einigen Tagen in die Berge gefahren, sagte eine Nachbarin (Personalien im Anhang). Bündnerland? Vorarlberg? Keine Ahnung. Wie sie erreichen? Nein, ihre Handynummer kenne sie nicht. Scetterini bei keinem Mobilfunkanbieter im Inland registriert. Eine Grossfahndung löst du aber nicht aus. Ist vorerst Zeugin, nicht Verdächtige. Brogli und Buess legen einen Zettel in Scetterinis Briefkasten: bitte umgehend die Polizei anrufen, Direktwahl Müller Benedikt.

Und Stichwort «Beziehungen» weiter: Drohbriefschreiber, der offenbar über das eine oder andere Detail im Leben des Toten Bescheid weiss: Identität weiterhin unbekannt.

Zusammenfassung Stichwort «Geld»: bisher Information Owen = Besitzer Wohnung Badenerstrasse 67X. In Wohnung an Bargeld Fr. 73.45. Keine Kontokarten. Keine Wertgegenstände. Nichts. → Ermittlungen hier verstärken.

Frage Müller an sich selbst: Brauchen wir mehr Personal an diesem Fall? Wenn ja, wie soll er das seinen Chefs klarmachen? Er merkt, ihm geht die Luft aus. Kann zwar wieder die Waffe ziehen, aber die Entschlossenheit und Puste von früher hat er einfach nicht mehr. Werde ich alt? Nicht schlappmachen jetzt.

Müller Benedikt, 20 Jahre Polizeidienst, weiss, dass es jetzt nicht gut wäre, um zusätzliche Mittel und Verstärkung – an das Wort «Ressourcen» hat er sich nicht gewöhnen können – zu bitten. Einfach weitermachen, weitermachen, weitermachen. Weil den Chefs eingestehen, dass du's nicht hinkriegst, ist nicht mehr weit davon entfernt, dir selber zu sagen: Du Pfeife bringst es nicht mehr. «Widrigkeiten wecken den Verstand» (Ovid), dieser Stachel bohrt tief in dem Müller umher. Und du willst auch nicht dem Chef eine Trumpfkarte in den Ärmel spielen, die er nach seinem Gusto hervorziehen kann, sobald er eines Tages das Organigramm verschlanken muss, er dich nicht mehr mag oder die Politik direkt auf die Personalplanung zugreifen sollte. Also: Hier musst du durch. Tiefer als bis zum Tiefpunkt kann die Kurve nicht sinken, sagt die Algebra. Bloss weisst du erst hinterher, wann er erreicht war.

Beginnt «hinterher» jetzt?

Im Rahmen der Operation Apokalypsenbriefe in der Baslerstrasse aufgefallen wegen äusserer Verschmutzung durch schwefelgelbe Pollenkörner: parkiertes Fahrzeug. Mitglieder Observationsteam Perimeter Lindenplatz stellen fest, dass es aufgebrochen wurde. Ist älterer Mini in british racing green. Am Auto zwar kein Kennzeichen mehr, vielleicht gestohlen, aber Meldung Nummer am Motorblock an Strassenverkehrsamt → Besitzer identifiziert: Howard Owen → sofort Meldung an Müller. Wagen sichergestellt. Durchsuchung ergibt: Musikanlage des Autos weg, Handschuhfach leer, ausser angebrochenem Papiertaschentuchpaket und eingetrockneter Kugelschreibermine keine persönlichen Gegenstände. Doch trarii traraa unter Fussmatte, schau her, ein Schlüssel. Wozu passt er? Der Wissenschaftliche Dienst wird avisiert.

***

Im Grossen Polizeihaus, Gemeinschaftsbüro 364, sitzt die Mannschaft über dem Material vom Lindenplatz. Sichtung des Videomaterials, teils Schnellvorlauf, teils anhalten, zurückspulen, sich nochmals ansehen, wie ein Mann mit einem seltsamen Mischlingshund über den Platz spaziert, wie ein Paar vorbeigeht (Schnellvorlauf), am Bildrand eine Autokollision mit vermutlich nur kleinem Lackschaden, weil nach kurzer Diskussion (wieder Schnellvorlauf) fahren sie weiter, zwei, drei Zivilbeamte, eine (Schnellvorlauf) Familie, «hey, das ist Josef», sagt plötzlich Weiermann, an den anderen Bildschirmen schauen sie auf, «mein Bruder Josef … pardon», sagt Weiermann, hat ihn eben seit Monaten nicht mehr ge… Rosanna Vukic die Aufnahmen des Polizeimotorradfahrers in Zivil, Dylan Barmettler die aus den Wagen, die zirkuliert haben, Heather Brogli sichtet schriftliche Berichte, Buess holt für alle Kaffee und macht sich ebenfalls wieder hinter die Observationsberichte der verkleideten Lolita, der als Oma getarnten Kollegin, eines Kollegen, der mit dem Fernglas im Obergeschoss des Hotels Spirgarten postiert war, Rocco und Hossli, das ganze Team. Beim Müller laufen die Fäden zusammen, aber … Ein Filmregisseur würde das krass raffen: ein langsamer Schwenk nur übers Gemeinschaftsbüro mit all diesen Bildschirmen und Polizistinnen und Polizisten, das Computerlicht färbt ihre Gesichter kränklich, als Symbol vielleicht eine dicke Stubenfliege, die blöde durch den Raum summt und nicht weiss, wohin. Würde er raffen, weil auf der DVD wählen sonst alle das nächste Kapitel an. Ist nicht die prickelnde Actionszene, so eine Auswertung von Videomaterial und Observation.

→ Ergebnis: nichts. Die Postmodernen haben recht: Alles ist normal, nichts ist normal, der Normalitätsbegriff ist … aber das lassen wir jetzt wirklich.

Natürlich machen wir weiter mit der Ermittlung, glauben Sie mir. Könnte Ihnen hier natürlich die Mannstunden vorrechnen, aber in Excel bin ich nicht so stark. Muss hervorheben: Wir haben bekanntlich weder rechtlich noch technisch den Totalzugriff auf den Gehirninhalt und das Emotionsverzeichnis von Bevölkerung und potenziellen Straftätern, was gewisse Schnittmenge. Ich meine, wenn man da eindringen könnte, ins Hirn und ins Herz, das alles abrufen, in Wörter übersetzen und auf strafrechtliche Relevanz hin untersuchen … das wäre was. Obwohl, zugegeben, rechtsstaatlich problematisch, weil in den Grundrechten steht, dass die Gedanken frei sind, auch wenn sie zu erraten nun für uns so was von nützlich wäre, um die Sicherheit der Bevölkerung zu verbessern. Garantieren oder hundertprozentig voll gewährleisten können wir sie nicht ganz, das wissen Sie. Beweis: sonst gäbe es keine Kriminalität. Gäbe es Möglichkeiten, alles voraus- und nicht erst hinterherzuwissen, würden wir jetzt sofort einschreiten und jegliche Illegalitäten stante pede präventiv vereiteln → Kriminalitätsrate null, Fallzahl null, Ferien für das gesamte Korps der Polizei Zürich. Aber eben: Menschenrechtskonvention, Rechtsstaatlichkeit, Grundrechte, individuelle Freiheit,

Strafgesetzbuch, Strafprozessordnung, Dienstreglemente, gut so.

Kurz und gut: trotz Grossaufwand in Sachen Drohbriefe Ertrag = unterirdisch. Risiko jetzt: dass ein Leserreporter spitzkriegt, dass massive Polizeipräsenz in Altstetten. Sie werden irgendwas daraus folgern: Hund einer Ex-Miss-Schweiz schwer erkrankt oder verschwunden, Bodybuilding-Studio als Outlet einer internationalen Anabolikabande, irgend so etwas, ganzganzganz nah an der Realität dieses Falles. Als Polizei Zürich willst du aber kein Aufhebens, sondern in aller Ruhe weitermachen. Auch wenn du an Ort trittst. «Im Westen [von Zürich; d. Erz.] nichts Neues» (Remarque).

Kürzer und besser: Drohbriefe Ertrag = zero. Brauchen wir einen Zufall, der uns weiterbringt? Das Gerede von «Kommissar Zufall» ist natürlich Quatsch, weil der Müller glaubt nicht an Zufall, ebenso wenig wie sein Lieblingsphilosoph Diodoros. Klar hilft er dir manchmal, der Zufall, aber damit rechnen? Ein Polizist, der darauf baut, ist ein fauler Sack. Zufall bei der Ermittlungsarbeit ist wohl ungefähr gleich zuverlässig wie Polizeikarma. Hare, hare. Polizeikarma manchmal gut, manchmal hundsmiserabel schlecht. «Die luftigen Fäden der Bestimmung spinnt bisweilen eine Seidenraupe aus nichts» (Fisi Ma Thanthan).

***

Mittagessen im Hotel-Restaurant mit den vielen Punkten und Kochmützen. Vom See, dem See der Seen, trennen es nur eine gepflegte Gartenanlage mit in Mustern gefangen gehaltenen und nach Farben zur Sesshaftigkeit gezwungenen Blumen, eine Hecke und der General-Guisan-Quai. Dicke Teppiche, Lüster, teure Bodenvasen aus einer Dynastie, die bis zur Hüfte reichen. Blick auf die sanften Wogen, Selfie-Eignung *****, besonders effektvoll die Silberware des Geschirrs und Bestecks, das einen umgibt. Draussen schaukeln die Schwäne, weiss wie die Unschuld und die heraldisch schräg geteilte linke obere Seite des Wappens der Stadt, die Stockentenmännchen mit Köpfen grün wie der Neid, der Himmel blau wie die heraldisch schräg geteilte rechte untere Seite des Wappens. Die Albiskette rechts des Lacus und der Pfannenstiel links dahingestreckt sehen aus wie zwei leblose Leichen. All das sehen und hören Christian Guggemos und sein Lunchpartner nicht.

Der/die/das (wie sagt man richtig?) Tournedos Rossini schmeckt 1A, zwar schwere Sache mit den Trüffeln und der grosszügigen Schicht Gänseleber. Die Nieren und die Menschenleber blinken auf Alarmstufe, der Pommard Louis Jadot voll entwickelt, rubinrot und vielleicht ein Spürchen übertrinkreif. Aber Christian Guggemos, Anwalt und Lokalpolitiker, Unternehmer und Investor, stört sich nicht daran. Zu seinen kleinen Extravaganzen gehört es, dass er den Wein knapp nach seinem Zenit zu verkosten beliebt, wegen der chemischen Eigenschaften. Und Aeneas Baldinger-Kronbichler, Professor für Neuralheuristik an der hiesigen Universität, sogar einem breiten Publikum bekannt geworden durch seinen Bestseller «Die Akkusativität: Fluch oder Segen? Eine Kulturgeschichte der Neuralheuristik», trinkt ohnehin lieber Wasser, weil es aussieht wie Wodka, aber besser schmeckt.

Sie besprechen. Guggemos hat aus seinem Interessennetzwerk von Parteifreunden, Mitunternehmern und Co-Stakeholdern Herrn Baldinger-Kronbichler ein «Angebot, das Sie nicht ablehnen können» (Vito Corleone) vorzuschlagen: einen Fonds für den sogenannten Super-Prime-Property-Lehrstuhl am neu zu gründenden Institut für Neuralheuristik. Als Institutsdirektor und Lehrstuhlinhaber ist Aeneas Baldinger-Kronbichler vorgesehen. Sie diskutieren die Rahmenbedingungen. Das Institut wäre wissenschaftlich völlig frei, versteht sich, verstehen Sie mich nicht falsch, seine Stossrichtung liesse sich jedoch vorteilhaft für Guggemos und sein Netzwerk orientieren. Als Einfallstor für deren Ideen in die akademische Welt, in der diese Gedanken erst marginal Fuss fassen konnten. Und für Gutachten und Studien, freundliche … Wenn du mit Cash winkst, kann dein Lehrstuhlinhaber nicht dein Gegner sein. «Lassen Sie sich das in aller Ruhe durch den Kopf gehen. Bis übermorgen 9 Uhr», lächelt Rechtsanwalt Guggemos. Wenn der

Professor die Konditionen akzeptiert, kann ihm der Netzwerker privat interessante Investitionsmöglichkeiten im Immobilienbereich skizzieren, zu denen er seinem Gast exklusiven Zugang verschaffen könnte. Verdichtung, Umnutzung, Aufwertung, Hochhausprojekte mit ansehnlicher Rendite. Guggemos hat Zugang zu Informationen aus der Verwaltung und weiss, welche – nur zum Beispiel – grossen öffentlichen Infrastrukturprojekte langfristig anstehen. Da ist etwas zu machen. Und frisches Kapital braucht man immer. Bei einem späteren Treffen werden sie, stellt Guggemos in Aussicht, detailliert Finanzen besprechen und Budget. Äusserst lukrativ, verspricht er mit Diagrammen und Zahlen, die er auswendig rezitiert.

Doch sie werden gesehen.

Der Müller und Bucher Manfred zufällig vor Ort. (Ja, existiert Freund Zufall doch?) Mit dem Hoteldirex einen Vorfall mit Gast am Vortag besprechen. Streit wegen Diebstahlverdächtigung → Körperverletzung.

Sehen also Guggemos und den anderen, die trinken gerade das Glas aus, wischen sich mit der weissen Serviette den Mund ab und rücken mit den Stühlen. Blick des Mächtigeren auf die Uhr, und die Polizisten sagen sich: Sparen wir uns Arbeitszeit, Guggemos befragen wir gleich, wenn er das Restaurant verlässt. Nicht drinnen, weil discrétion oblige, siehe Festnahme dieser FIFA-Dons einst an diesem Ort. Ein Leintuch zur Abschirmung und einen Fotografen haben der Müller und Bucher Manfred jedoch nicht dabei. Warten also beim Eingang.

Mit schnellem Schritt, er kommt: Christian Guggemos, durch die Drehtür heraus. Der Müller den Ausweis gezeigt: «Polizei Zürich, wir haben einige Fragen.»

Und Guggemos, dass der so schnell sein kann, erstaunlich, rennt sofort nach rechts davon in Richtung Strasse. Will er zum Arboretum, sich auf den Bäumen verstecken? Bucher Manfred stolpert über die losen Schuhbändel und fällt hin, der Müller, sagen wir es wahrheitlich, nicht mehr die Gazelle des Grossen Polizeihauses, trotzdem hinterher. Ein Keuchen und Rennen über – Autos hupen, Reifen kreischen, der 5er steigt auf die Klingel – den General-Guisan-Quai, der Müller behindert durch Lexusse, Mercedesse, Jaguare, Bentleys und, das glaubst du nicht, einen Bugatti Veron, und Guggemos durch eine Lücke quer durch die Menge von Spaziergängern und Velofahrern → Arboretum. Schlägt sich in die Büsche hinter diesem Denkmal dort? Der Müller jetzt ratlos, schnappt nach Luft → gesundheitlicher Hinweis, gopfertori, einen Eindruck wird das intern machen, der lahme Polizeioffizier, aber wer hätte auch vermutet, dass ein Anwalt/Lokalpolitiker/Unternehmer/Investor wie der geölte Blitz abzischen kann.

Er ist weg.

Was machst du da? Klar, Anruf bei der Zentrale, oder? Fahndung auslösen, weil Flucht, ehrlich, verdächtig ist das ziemlich, wenn auch Grund unklar. Immerhin hat der Müller den Atemrhythmus wieder zurückerkämpft und Bucher Manfred mit ruinierter Hose zu ihm aufgeschlossen, als schon die Nachricht kommt: Patrouille hat Guggemos bei der Sukkulentensammlung gefasst.

Am liebsten liesse Müller ihn sich in eine mit gendermässig heiklem Namen, nämlich «Schwiegermuttersessel» (Echinocactus grusonii), ausgestattete Sukkulente setzen. Weil er uns so Stress gemacht hat. Rrrrraaaah! Nein, machen wir nicht. Aber kleine Rache ist menschlich: «Bringt ihn ins Grosse Polizeihaus, wir sind auch gleich da.»

***

Verhörraum 419, du «Insel der verlorenen Seelen» (DK 2007, Regie: Nikolaj Arcel), ich singe dein trauriges Lied: abwaschbar gestrichen, der abgewetzte Linoleumboden mit dem Schlierenmuster, die festgeschraubten zwei Stühle, der abgenutzte Resopaltisch, das schmale Oberlicht zur Frischluftzufuhr. Und in die Wände sind über die Jahre Angstschweissmoleküle von Befragten eingedrungen, von Beschuldigten, Zeugen, Verdächtigen. Sie werden hier ihre Lügen, Ausflüchte, Frechheiten, Unschuldigkeiten, Beteuerungen, Halbwahrheiten, Viertelwahrheiten, Achtelwahrheiten, Sechzehntel… kannst du Bruchrechnen üben … los. Aber auch Schweigen ist im

Verhörraum 419 ein grosses Thema, weil das darf der Mutmassliche, siehe StPO.

Aber Christian Guggemos schweigt heute nicht. Jetzt auf einmal kooperativ? Ist er auf Drogen? Nimmt er Kokain? Oder will er nur schnell wieder weg von hier, die Welt in Gang halten?

Bucher Manfred knüpft an die Unterhaltung an, die Guggemos vor dem Restaurant in nuce erstickt hat: «Wir haben einige Fragen an Sie.»

Kunstpause. «In Sachen Migros Altstetten. Ehrverletzung, Körperverletzung.»

Guggemos: «Ach, deswegen das ganze Theater! Und da veranstaltet ihr einen solchen … also Zirkus? Für diesen Mist verschwendet ihr meine Steuergelder?»

Der Müller, fast lautlos wie eine Gasflamme zischt er ihn an: «Ruhe.»

Glaubst du in diesem Augenblick fast an die esoterischen Qualitäten der Polizei Zürich, weil sie so vehement einfach Stille einfordern kann. Wäre toll, hätte die Polizei Zürich global Befugnis, allüberall Stille zu verfügen, also Stillevollzugskompetenz. Mann, das hiesse: nachdenken können ohne Krach und Multitasking und Störungen und keine Verschmutzung von Geist durch Schwachsinn auf sämtlichen Kanälen. Gesetzesvorschlag: Geräusche über 60 Dezibel nur erlaubt in Form von Heavy Metal, Aston Martin und Naturdonner.

Müller kostet kurz die Stille aus, lässt sie wirken, schaut jedoch grimmig. Setzt dann beim verdachtauslösenden Moment an. Der Müller chirurgisch kalt im Protokollstil: «Warum haben Sie sich der Polizei vorhin durch Flucht entzogen?»

Guggemos, er seufzt, verdreht die Augen, als wäre er eine äh Prinzessin, die auf einer Erbse nächtigen musste, seufzt noch einmal und sagt: «Spielen wir die Posse halt durch. Ich hielt euch für Gangster.»

Bucher Manfred bemängelt den Gebrauch der zweiten Person Plural, die im Bernbiet üblich sein mag, aber nicht bei uns: «Bleiben wir bei der Höflichkeitsform, Herr Guggemos.»

Während Müller: «Gangster? Ich habe Ihnen meinen Dienstausweis gezeigt. Mein Kollege kann das bestätigen.»

Tut er mit dem Kopf. Denkt: Was erzählt der! Sehen wir aus wie Gangster? Diese Idee würde, hätten sie Zeit, im Müller und in Bucher Manfred eine kleine Identitätskrise auslösen.

Guggemos: «Ich habe meine Kontaktlinsen nicht eingesetzt. Ohne sehe ich fast nichts.»

Müller: «Blind weggerannt? Und entkommen, ohne zu straucheln? Glauben Sie, was Sie da erzählen?»

«Mein Anwalt wird Ihnen eine ärztliche Bescheinigung vorlegen. Wie lange dauert das noch? Ich habe in ...», schaut auf seine fast 10 Zentimeter dicke, fette Rolex, «... einer Stunde einen Termin, den ich nicht verpassen will.»

Christian Guggemos wird diesen Termin pünktlich erreichen, denn er erzählt auffällig flüssig und ohne Widersprüche seine Version des Vorfalls in der Migros-Filiale an der Altstetterstrasse: Drückt sein Bedauern aus, zum einen darüber, dass dieser Vorfall übers Internet ein so grosses, kommentierlustiges und teilfreudiges Publikum gefunden hat, zum anderen darüber, dass er dem Detailhandelsfachangestellten nicht mit der gebührenden Contenance begegnet sei. Er schlägt vor, dass sein Anwalt den Rechtsvertreter des Verkäufers kontaktieren und ihm einen Vorschlag zur Beilegung und so weiter, aber nicht in der Öffentlichkeit, sondern unter Männern.

Also alles plus/minus in Minne, letztendlich. Nur Moosberger von der Staatsanwaltschaft wird nicht begeistert sein, wenn er von dieser Befragung erfährt.

***

Ich erzähle nun doch, weshalb der Generaldirektor bei Helmhächler war: Der Billardkugelhelmmann hat einen Spezialauftrag. Grosses Auftragsvolumen, und wenn ich sage «gross», dann meine ich «very, very big». Bevor Hächler die erste Silbe davon erfahren hat, strikt auf absolute Geheimhaltung verpflichtet, vollkommene Verschwiegenheit und tiefer Blick in die Augen unterhalb der Helmkante. Signal: oberste Ebene und Vertraulichkeitsstufe. «Sie berichten direkt an mich und nur an mich und ansonsten pssst!», hat der GD gesagt. Offiziell handelt es sich um eine Bestellung einer Investorenvereinigung, auf europäischer und transatlantischer Ebene, wie der GD seinem Mitarbeiter im schalldichten Besprechungsraum nicht ohne Stolz mitgeteilt hat. Geht um Optimierung von Betriebsstrukturen und Kostenkontrolle. Inoffiziell und in Tat und Wahrheit stammt der Auftrag jedoch vom Gewerkschaftsbund.

Verschwiegenheit und Geheimhaltung notwendig, weil wirtschaftspolitischer Sprengstoff.

Ziel: eine Software, die das Management von Konzernen und Grossunternehmen kostengünstig ersetzt. Nicht «verschlankt» oder «fitter macht», wie das gerne verkauft wird, sondern hokus pokus verschwindibus fuck off.

Begründung: Menschen machen Fehler, ist ja normal, doch grosses Risiko, wenn sie umfassende Verantwortung tragen und hochkomplexe Problemstellungen entwickeln und Entscheidungen von grosser Tragweite fällen müssen. Entscheidungen werden auf dieser Ebene nie rational getroffen, weil jeder ständig auf Habacht den anderen umkreist, umschmeichelt oder ausdribbelt. Schliesslich geht es immer um die eigene Position: Wer gewinnt, und wer wird den Kürzeren ziehen? Das ist unwirtschaftlich, unvernünftig, schädlich.

These 1 (offiziell): Eine Software kann Lösungen objektiver und sicherer ermitteln.

These 1 (gewerkschaftliche Sprachregelung): Bei richtiger Programmierung verhält sich die Software kompetenter, sozialer und menschlicher als das Management.

Fakt 1 (offiziell): Das Topkader ist ein Kostenfaktor, der für die Aktionäre nicht mehr tragbar ist. Ihre Löhne, Boni, Entschädigungen et cetera sollen den Anteilseignern zugutekommen.

Fakt 1 (gewerkschaftliche Sprachregelung): Der Kostenfaktor Topkader soll zugunsten der Mitarbeiterinnen und Mitarbeiter «sowie aber auch» (Th. W. Adorno) der Allgemeinheit entfallen. Die Lohnsumme soll in wirkliche Produktivität fliessen.

Der Billardkugelhelmmann arbeitet im Team mit Spezialisten in Indien und Japan, tauscht sich mit ihnen über verschlüsselte

Leitungen aus. Im Wesentlichen, ich vereinfache jetzt, ist er für die Entwicklung eines Teils der Parameter zuständig, die in der Software berücksichtigt werden sollen. Das funktioniert ungefähr so: Du fütterst für die offizielle Oberfläche Statistiken und liberale Grundsätze hinein, heraus kommen Policy und Entscheidungen. Seine Mission ist es, weil die Partner in Indien und Japan, allein könnte die Firma dieses Grossprojekt nicht stemmen, sich an einem gewöhnlichen kommerziellen Auftrag beteiligt wähnen, für die geheim-vertrauliche, ja subversive Ebene eine lange Liste von sozialen Grundsätzen und sozialpartnerschaftlichen Mechanismen in die Entscheidungsprozesse einzuspeisen. Konkret sind das Daten zu Arbeitsplatzsicherung, Mindestlohn, Ruhezeiten, Gesundheitsschutz, Mitarbeitermitbestimmung, Geschlechtergerechtigkeit, Antidiskriminierungsprogramme.

Unwahrscheinlich, sagen Sie? Vollphantastisch und deliriös? Dass eine Firma im 21. Jahrhundert so etwas anachronistisch Soziales entwickelt? Wo man doch tagein, jahraus nur von Optimierung und so weiter hört. Nun, hehe, der Generaldirektor war in seiner Jugend Trotzkist, hat die Instanzen durchlaufen, sich verändert und Erfolg, Success, Succès, Exito. Nach Jahren und Jahrzehnten ist er mutatis mutandis oben angekommen, in jeder Hinsicht weit weg von seinen Anfängen. Bis er eines Tages, am Ende einer Verwaltungsratssitzung wegen einer zu eng festgezurrten Seidenkrawatte – kleine blutrote Punkte auf goldgelbem Grund – ein Nahtoderlebnis hatte. So heftig war dem GD sein Nahtoderlebnis, dass er angefangen hat, sich wieder die wichtigen Fragen zu stellen. Und findet da und dort einen Krümel Antwort. Während er an der Zigarre aus dem sozialistischen Ausland gesaugt hat, ist ihm der Begriff «soziale Marktwirtschaft» eingefallen, das ist die mit dem Auffangnetz und dem Gemeinsinn, schon aber auch mit der Leistung. Eine geniale Idee, total (bitte ankreuzen, mehrere Lösungen sind richtig)

- ☐ veraltet
- ☐ antiquiert
- ☐ aus der Zeit gefallen

Der GD hat sich daran erinnert, dass man Geld zwar nicht essen kann, man aber dank Geld essen kann. Und essen müssen alle. Und Geld ist auch Zeit, und die Menschen sollen, so denkt es in seinem Kopf allmählich, mehr Geld und mehr Zeit haben, weil Geld ist genug da, nur nicht an allen Orten und bei allen Personen gleich viel. Und wenn nicht Musse gewesen wäre für «interesseloses Interesse» (Kant), hätte der Mensch nicht das Rad erfunden und nicht die Höhlenmalerei und wäre als Lurch im Urschlamm stecken geblieben.

Und der Generaldirektor knüpft und aktiviert Kontakte, und dieses Projekt ist der Anfang. Weil die Welt «Make It A Better Place For You And For Me And The Entire Human Race To Make This World A Better Place» (Jackson). Und ausgerechnet den Billardkugelhelmmann sich dafür ausgeguckt, weil a) indiskutabel Fachmann fürs Komplizierteste und b) sozial etwas unorthodox und c) garantiert verschwiegen, weil im Unternehmen und privat und elektronisch nur wenig Kontakte und interessante Spezialinteressen wie das Geheimdienstding, der kennt sich aus in konspirativen Techniken. Das alles hat der GD natürlich überprüfen lassen.

***

Von Guggemos und seiner Unverfrorenheit angestachelt, frecher Hund, macht sich der Müller, zugegeben mit etwas Wut im Bauch, wieder an seinen Fall, den Mord an Howard Owen. Denn Müller ist überzeugt: «Ans Ziel gelangt nur, wer beharrlich sucht» (Cato). Um weiterzukommen → Befragung Halbwelt von Altstetten! Gut, denken wir dabei natürlich sogleich an Blacky, den Rocker. Okay, wohnt nicht im Kern von 8048, sondern zwischen Triemli und Altstetterstrasse, wo du nicht genau weisst, wo jetzt die Stadtkreisgrenze zwischen 3 und 9 verläuft, ist vermutlich schon 8055. Niedrige Gebäude, Wohnhäuser, bisschen Gewerbe wie Filter für Swimmingpools, Wasserbettenzubehör, Fischerbedarf, Tierhandlungsgrosshandel, wenig Laufkundschaft. Fährst du nicht hin, wenn du niemanden kennst dort, weil ist nicht besonders interessant und städtebaulich pfff. Aber liegt fast im Brennpunktquartier dieses Falles, das Mietshaus, wo Blacky wohnt. Blacky gute Informationsquelle, weil er kommt mit seinem Motorrad viel herum, wenn er mit Lucy, seiner Lady, auf dem Sozius losfährt und seine Haare lustig «Vom Winde verweht» (Margaret Mitchell) flattern.

Der Müller und Bucher Manfred zu Blacky. Klingeln. Der schaut oben aus dem Fenster, erkennt sie: «Kommt rauf, ich bin zu Hause.» Steigen die Treppen hoch, Blacky öffnet, trägt ein Grateful-Dead-T-Shirt und die bewährte Jeans, Portemonnaie mit Kette hinten daran befestigt, winkt sie herein. Wirkt ein bisschen hackizacki, aber nicht ausserordentlich. Blacky nimmt einen Stapel DVDs vom Sofa, verschiebt sie aufs Glascouchtischchen, wo das grosse Feuerzeug steht: ein Totenkopf, wenn du oben draufdrückst, kommt aus den rot glühenden Augen die Flamme raus.

«Ich habe ein Glastischchen», sagt Blacky und erwartet, denke ich, Zustimmung. Also reagieren der Müller und Bucher Manfred positiv: Daumen hoch, Lächeln, Nicken: Befragungstechnik.

«Wisst ihr, was ein Glastischchen im Wohnzimmer bedeutet?», fragt Blacky.

Ich meine, wenn du so mir nichts, dir nichts in philosophische Diskussionen verstrickt wirst, weisst du nicht präzis, wie du eine solche Frage inhaltlich einordnen sollst. Welches ist Blackys methodologischer Ansatz? Sind wir beim Themenfeld Innenarchitektur? Bei mobiliarbasierter Hermeneutik? Neuralheuristik? Dialektischem Neomaterialismus? Materialkunde? Zeitkritischen Mentalitätsbetrachtungen? Sozialkritik? Wahnsinn?

Blacky gibt die Antwort. «Es bedeutet: Ich strebe nach Bürgerlichkeit.»

Ein schöner Satz, und um ihn zu bekräftigen, fährt sich Blacky mit der linken Hand durch die langen Haare, die auch bei ihm seltener geworden sind, und er gibt sich einen Ruck, dass sein Schnauz zittert und die Kette, an der sein Portemonnaie hängt, etwas rasselt. Und um sein Bürgerlichkeitsstreben noch zu bestärken, zeigt er erstens auf den grossen, offensichtlich neuen HD-Superscharf-Flachbildfernseher und sagt zweitens: «Einen Kaffee, die Herren?»

Warum ich das so genau beschreibe? Weil die Atmosphäre so schön ist. Ich meine, bei Blacky in der Stube, Sie werden da vermutlich nie hinkommen, so entspannt und kommunikativ ist das in diesem Moment, mit Freundlichkeit, Respekt und so. Man denkt: Die Polizei wird ständig beschimpft oder angeschwiegen oder mit Lügereien zugedeckt. Stimmt schon, aber die kooperativen Menschen gibt es auch. Zum Beispiel bei Blacky jetzt in diesem Augenblick. Zwar kommt nichts heraus bei der Befragung. Blacky weiss nichts von Drohbriefen und einem, der die Moral zurück auf die Erde bringen will.

«Mit Moral habe ich ja nichts am Hut», sagt er, «sonst hätte mir der Oberstaatsanwalt damals nicht einen Teil meines Hirns herausnehmen –»

«Blacky! Du weisst genau, dass das nicht stimmt», ruft da Bucher Manfred, weil der Rechtsstaat darf solche Anschuldigungen nicht unwidersprochen im Raum schweben lassen, «du hast das bestimmt auf einer deiner DVDs gesehen. Wir machen so was nicht. Es verstösst gegen das Gesetz.»

Mit Blacky musst du viel Geduld haben, bis er dir etwas erzählt, darum erklärst du ihm mehr als anderen. Nicht weil auf den Kopf gefallen oder sonst zurückgeblieben, aber die vielen Psychedelika und bewusstseinserweiternden Substanzen, die er in seinen 56 Lebensjahren zu sich genommen hat, gut, er begann erst mit 14. Hat alles Spuren hinterlassen. Angefangen mit Haschisch und Marihuana, wechselte er später zu LSD, Pilzen, gelegentlichen Mohnprodukteexzessen und später die ganze Lifestyle-Chemie sowie auch das traditionelle Brauerei- und Destillierhandwerk, hat alles sein Weltbild mitgeformt, jedenfalls ist er nicht immer schnell, oft nicht klar und manchmal vollkommen wolkig und ortsabwesend. Nur bösartig, das ist er nicht, solange ihm keiner frech kommt. Er kann sogar, und zum Müller und zu Bucher Manfred ist er es, ganz nett und entgegenkommend sein. Sein Standortvorteil, ich erwähnte es: Er kommt viel rum, kennt gewisse Kreise und Lokale, und weil ihn viele für halbbehämmert halten, vertrauen sie ihm Sachen an, die sonst kaum einer erfährt. Anderes hört oder sieht er, weil sie leichtsinnig prahlen und plaudern, als stände er nicht wie Hopfen und Malz leibhaftig neben ihnen. Vielleicht plustern sie sich in Blackys Beisein besonders locker auf, weil sie meinen, dem bin ich auf alle Fälle überlegen.

Leider, wie gesagt, nichts in Sachen Drohbriefe in 8048, nichts in Sachen Howard John Frederick Arthur Owen. Obwohl «Party Hard», als ihm der Müller den Songtitel nennt, beginnt Blacky das Lied zu singen, inklusive tontechnischer Effekte, alles einzig mit Mund, Zunge und Kehlkopf, da fragst du dich: a) Hat er besonders gute Beziehungen zu seinem Vermieter, dass er trotz Riesenlärm seit Jahren diese Wohnung noch hat? b) Warum ist Blacky nie als «das menschliche Tonarchiv» oder «the fabulous, incredible, astonishing ... human effect monster» weltberühmt geworden? Alle Beatboxes dieser Welt können abfucken, New York, L. A., Berlin sowieso, Paris, Düsseldorf, Barcelona, Ibiza, ihr könnt euch vor Scham im Gulli verkriechen, wenn Blacky den Mund auftut und den Rhythmus macht und mitgeht und steigert und alle Tonspuren gleichzeitig vollführt. Dass das nie in einer Kneipe ein Produzent gehört hat! Einer der zahlreichen grossen Irrtümer des marktwirtschaftlichen Systems: ungenutztes Riesenpotenzial derart brachliegen zu lassen! Blacky könnte reich sein, umschwärmt und berühmter als all diese Instantsternchen, deren Namen ich vergesse, bevor ich ihn richtig zu schreiben gelernt habe, zusammen. Blacky! Blacky! Blacky! Die Welt ist ungerecht. Vielleicht könnte er bei Robbie Honeggers Mittelaltergruselerlebnispark «Zurich Dungeon» arbeiten. Als hunderttausend Höllenhunde oder Hauch der immerwährenden Verdammnis.

***

Kaum ist der Wagen angeschoben, läuft er. Jessica Scetterini ist zurück aus den Bergen und meldet sich umgehend. Dylan Barmettler, heute unter der Barbourjacke fein gepunktetes lavendelfarbenes Hemd von Paul Smith zu einer dunkelbraunen Cordhose von Pretty Green, und Rosanna Vukic sogleich in den dunkelgrauen Škoda und klingeln exakt 18:42 Uhr an der Gutstrasse 104, Genossenschaftssiedlung, saubere Liegenschaften mit viel Grün rundherum, kein Abfall auf Rasen und Gehweg. Die Türe klickt auf. Erster Stock, eine schlanke Frau um die 40, lange braune Haare, Jeans, hellbraune Baumwollbluse mit blauen und roten Stickmotiven, vermutlich indianisch. Im Eingangsbereich gefütterte Boots. Hinweis, dass ihre Besitzerin wirklich im Schnee war.

Vukic: «Frau Scetterini?»

Frau: «Ja?»

Vukic: «Polizei Zürich, Vukic ist mein Name. Das ist mein Kollege Barmettler.» Zeigt Ausweis. «Danke, dass Sie angerufen haben. Dürfen wir hereinkommen?»

Und ja und hinein, gut aufgeräumte Wohnung, Boden aus dunkelroten Steinplatten, ein Ficus, Wohnzimmer mit Parkett, schwarzes Ledersofa und Einzelsessel dito; Stereoanlage, du meinst, du bist in einem Dokumentarfilm über die 80er Jahre, eine Wand mit Vinyl, da würde sich Detective Inspector John Rebus die Finger lecken.

«Setzen Sie sich doch. Warum sollte ich mich bei Ihnen melden?»

Dylan Barmettler kramt in seiner Brieftasche und zeigt ihr den «Howie, Du Volltrottel»-Zettel aus der Wohnung des Toten.

Scetterini steigt die Hitze ins Gesicht: «Wie kommen Sie dazu?»

Treffer.

«Hat er diesen Fetzen tatsächlich aufbewahrt?», fragt sie. Wirkt gerührt. Da sagst du ihr nicht unbedingt ins Gesicht, dass der Zettel vergessen zwischen den Sofakissen lag, fast unter einem toten Körper, irgendwo in einer Leere, sozusagen dazwischengerutscht und nicht wirklich beachtet.

Vukic: «Sie geben also zu, dass Sie das geschrieben haben.»

«Ja, natürlich, warum sollte ich das abstreiten? Aber was hat die Polizei damit zu tun? Was ist mit Howard?»

Vukic einfach weiter: «Wann haben Sie den Zettel geschrieben?»

Antwort: «Das muss vor eineinhalb Jahren gewesen sein, kurz bevor ich den Kontakt zu ihm abgebrochen habe.»

Vukic: «Warum das?»

«Spielt das wirklich eine Rolle?»

Vukic: «Ja.»

Scetterini steht auf, geht in die Küche, Barmettler zack hinterher, weil potenziell Fluchtgefahr, doch sie holt nur aus einer Schublade Zigaretten und vor dem Küchenfenster den Aschenbecher, kommt zurück ins Wohnzimmer, öffnet das Fenster, um den Rauch abziehen zu lassen. «Ich rauche sonst nicht in der Wohnung. Eigentlich rauche ich fast nicht mehr.»

Es zieht. Sie zieht.

Vukic: «Warum haben Sie Howard Owen verlassen?»

Scetterini behält den Rauch nur kurz drin und bläst ihn geräuschvoll wieder aus. Sie raucht nicht auf Lunge.

Jetzt sich zieren, «‹verlassen› ist nicht wirklich das Wort, weil», herumdrucksen, Blick aus dem Fenster, Hände spielen miteinander, Finger ineinander verhakt, «ist doch sehr persönlich». Ja, «okay, selbstverständlich, verstehen wir natürlich». Vukic und Barmettler lassen sich Zeit. Eine Viertelstunde verlierst du damit, aber in Wahrheit verlierst du nicht, sondern investierst diese Zeit in Vertrauensbildung, Kontaktaufbau, dezidiert und freundlich dreinschauen. Blick Vukic → Augen Scetterini, sind dunkelbraun wie Waldhonig, Blickzweck: Verbündung gegen alles Unangenehme, Vergangene, vom Gras der Gegenwart ein wenig Überwucherte, das jetzt hochkommt. Sie wissen: Jessica Scetterini wird reden, ihre Botschaft nun: Hier ist die Polizei Zürich, Sie sind in Sicherheit, erzählen Sie.

Scetterini wendet sich vom Fenster ab, Vukic zu. Ein Zeichen, dass sie bereit ist, auszusagen?

Wiederholung Frage Vukic: «Warum haben Sie Howard Owen … den Kontakt zu ihm abgebrochen?»

Antwort Scetterini nun ohne Zögern: «Also, er wurde immer bizarrer. Er war … nicht mehr auszuhalten.» Wieder Schweigen.

Vukic, geduldig: «In welchem Sinne ‹nicht mehr auszuhalten›?»

Scetterini bereits an der zweiten Zigarette, inhaliert diesmal tief: «Er war … ja: süchtig –»

Fragender Blick Vukic und Barmettler.

«Nein, Drogen weiss ich nicht. Ich meine: nach Beachtung, nach äh Aufmerksamkeit, nach Verkäufen, Medienpräsenz. Er hat das im Internet genau verfolgt, jeden Tag unzählige Suchmaschinen-Abfragen nach seinem Namen und nach ‹Angus Dei›. Wir sind beim Essen in seiner Wohnung, er steht auf, geht an den Computer und schaut auf irgendwelchen Portalen von Internethändlern und Ladenketten nach, ob sich seine CDs ‹bewegen›, hat er das immer genannt. Und natürlich passierte nichts, weil seine Hits ja ewig her sind. Wenn da nicht laufend etwas nachkommt, erinnert sich doch kaum jemand daran. ‹Party Hard› und ‹Hooligans in Jeans›, ‹Push Me To The Limit› und ‹Closer To Perfection (You Will Never Get)›, das sind höchstens noch Sounds für nostalgische Momente, für die keiner wirklich Zeit hat. Und CDs kauft heute eh niemand mehr. Darunter hat Howie gelitten. Und trotzdem über nichts anderes gesprochen als über sich selbst und seine Musik. Ich fragte mich oft, ob er mich überhaupt wahrnahm, ich meine: als Mensch …»

Vukic: «Und wie kamen Sie überhaupt zusammen, wenn er so unerträglich war?»

Jessica Scetterini: «‹Zusammenkommen› ist ein grosses Wort für das, was es war. Vielleicht wäre hm etwas Richtiges daraus geworden, wirklich etwas, wenn er, also, nicht diese Manien gehabt hätte, das Riesenego und diesen … Sauberkeitsfimmel mit den Handschuhen. Überall lauern Keime, Bakterien, Schmutz, Partikel. Er war besessen davon. Und die Abneigung gegen alle Kommunikationsgeräte: Handy, Computer, obwohl er einen hatte, Telefon. Er hasste das Zeug regelrecht, weil es ihn daran erinnerte, dass er nicht mehr gefragt war. Niemand hat ihn angerufen, zumindest nicht, als ich dabei war. Sein Handy, das nicht klingelte, der Computer, in dem er mitverfolgen konnte, dass niemand seine Musik kaufte … demütigend fand er das. Er konnte sich richtig ereifern, und er hat oft gesagt, er werde diese Geräte alle wegwerfen.»

Blick Vukic ↔ Barmettler. Sie wissen, dass er das vielleicht getan hat.

Vukic nochmals: «Wenn er so unmöglich war, warum hatten Sie dann Kontakt zu ihm?»

Scetterini: «Muss ich das wirklich beantworten?»

Vukic: «Ja.» Was juristisch natürlich nicht korrekt ist.

«Er konnte charmant sein, hatte Phantasie, er … brachte mich zum Lachen, sang mir manchmal etwas vor. Aber mit der Zeit, unter dem Strich, nach etwas über einem Jahr … ich bin heute viel glücklicher als damals, wenn Sie verstehen, was ich meine.»

Doppelnicken Vukic und Barmettler.

Vukic, die demnächst zum Korporal befördert werden wird, das kann ich an dieser Stelle verraten, schliesst: «Und weshalb schrieben Sie ihm diesen ‹Volltrottel›-Zettel?»

«Ich war einfach nur noch wütend auf ihn. Er war so frustriert … egomanisch. Er wollte neue Songs schreiben, bekam nichts hin, was auch nur einen einzigen Menschen interessiert hätte, kriegte keine positiven Antworten, geschweige denn überhaupt Antworten. Weit und breit kein Interesse an dem, was er machen wollte. Er war depressiv, wütend, sprunghaft. Nicht auszuhalten. Und eben die Manie mit den Handschuhen. Er trug sie immer.»

Rosanna Vukic, und das verdeutlicht, warum bei der Befragung einer Frau immer eine Frau dabei sein muss, Vukic fragt: «Auch beim …?»

Diese Frage ist gewagt, weil voll privat und vorhin Scetterini Zweifel an Wort «zusammenkommen» und «verlassen». Der Versuch lohnt sich, weil die Zeugin nicht einschnappt, sondern sagt, als wäre sie beim Psychotherapeuten: «Nein, das war die einzige Ausnahme. Kam allerdings selten vor, weil wir, wie soll ich sagen, nicht wirklich ein Paar waren, mit regelmässigen Treffen und, das gehört meines Erachtens dazu, der einen oder anderen Zukunftsidee. Zusammen ausgehen, sich amüsieren, raus in die Stadt, in die Welt, das gab's nicht. Er wollte immer in der Wohnung bleiben oder höchstens mal mit dem Auto rumfahren.»

Der grüne Mini.

Sie gibt sich einen Ruck: «Die Handschuhe, wenn er sie auszog, dann wusste ich … das war ein Signal.»

Es schüttelt sie. Kann man sich vorstellen, nicht?

Scetterini will nun doch wissen: «Warum all die Fragen? Warum interessieren Sie sich für Howie?»

Barmettler legt für heute die Rolle des Stummen ad acta: «Das können wir Ihnen leider nicht sagen.»

***

Halbwelt von Altstetten. Befragung 2. Musst du nachts machen, weil tagsüber findest du sie nicht. Nachtschattengwächse. Lichtflüchter. Dunkle Gestalten. Die Rap-Crew. Kern: drei Mann. Die Altstetten Basterds. Gut, sie *waren* eine Rap-Crew im Präteritum. Sie waren schwer on the verge gewesen, den breakthrough zu schaffen, aber Hansueli «Johnny» Maurer, der Manager, kein schlechter Kerl, tätowiert, aber ein wenig vom Gleis abgekommen. Geht der Manager hops, fehlt den Bands meist das Regulativ, der Resonanzboden, der Papa. Das Geschäft ist grausam. Der Müller hat Johnny Maurer im Fall der Toten in der Limmat drangekriegt, nicht wegen Tötungsdelikt, das war ein anderer gewesen, sondern wegen Betrugs, Steuerhinterziehung, Mehrwertsteuerirregularitäten, Urheberechtsabgeltungsbetrugs, Falschaussage, Irreführung der Staatsgewalt. Geschäftlich nicht sauber gewesen, aber nicht «Homicide» (999), keine Gewaltkriminalität. Hatte sogar ein falsches Mordgeständnis abgeliefert, der Johnny Maurer, aber der Müller ist dahintergekommen und hat ihn in die Klinik schicken lassen (juristisch korrekt: die Staatsanwaltschaft hat das beantragt, das Gericht bewilligt, aber war dem Müller seine Idee), weil in der Seele psychisch angeknackst und vom Burn-out ausgebrannt. Der Müller hat von ihm sogar eine, zwei Ansichtskarten bekommen, die eine mit der Pöschwies drauf, Regensdorf, Strafvollzugsanstalt vor den Toren von Zürich-Nord. Da wusste der Müller, dass Johnny wieder in Ordnung kommt, sonst würde er nicht solche Scherze machen.

Die Altstetten Basterds, obwohl Johnny aus dem Spiel, zwar mit den Beats und den Reimen weitergemacht und sogar auf Tournee. Aber das war eine oft besoffene und fast ständig bekiffte Sache gewesen. Ich muss im Plusquamperfekt schreiben. Es liest sich wie ein Runterzählreim: In Stuttgart ist Rob-ee von der Bühne gefallen und hat sich beide Beine gebrochen und in Rottweil hat MC Wetter mit der Nadel des Turntabledecks sich – war ein Fall für die Unfallversicherung, die jedoch aufgrund Drogenschnelltests jeden Haftungsanspruch abschmetterte – das rechte Handgelenk aufgeschlitzt. Ging bis zur Pulsader, sodass es spritzte, und die Clubgänger von diesem Spezialeffekt so begeistert, dass die Security erst reagierte, als Wetter wie ein halb leerer Windbeutel zwischen den Vinylraritäten zu Boden sank. Sie konnten ihn retten. Hans-ee, der Mann am Mikrofon, weigerte sich in Ulm aus dem Hotelzimmer zu kommen, aus Angst, von faschistischen Robotern überfallen zu werden, und so ging der Auftritt dort hops, bevor er anfing. Das Geld, wie gesagt, «royalties» heisst das fast königlich auf Englisch, irgendwo ist es geblieben, aber sicher nicht bei den Altstetten Basterds.

Und jetzt, drei Jahre später, dringt die Polizei in die umfunktionierte ehemalige Schreinerei bei den Bahngeleisen in Schlieren ein. Heissen zwar *Altstetten* Basterds, aber auch sie finden im Kreis 9 keinen Platz mehr zum Abhängen because of the Optimierung jedes Quadratmeters in metropolitan Zürich. Da gibt's keine leeren Industrieruinen mehr, ist heute alles hochwertig neu verkabelt, frisch verputzt und wärmegedämmt und Dreifachverglasung bis zum Boden, weil die Menschen mit den Rollkoffern, rahmengenähten spitzen Schuhen und Deux-Pièces mit Pumps nach Arbeitsschluss auch irgendwo ihre Laptops in privatem Rahmen einpluggen müssen. Recht auf Wohnung (Allgemeine Erklärung der Menschenrechte, Art. 25) ist auch in Zürich vom Kontostand abhängig. So ein Loftwohnen ist halt schon scharf.

In die ehemalige Schreinerei, in Konkurs gegangen wegen der Fensterfabriken in China und der Möbelfabriken in China und dem Extrempreisbewusstsein der Konsumenten in der Schweiz und dem Renditebewusstsein der Firmen in der Schweiz, die Altstetten Basterds haben ein paar Vintagesofas hineingestellt, Plattenspieler, Lautsprecher, so gross wie Kleiderschränke, einen Kühlschrank mit der Kapazität eines Lkws. Die Wände mit Graffiti versehen: «A-L-T-S-T-E-T-T-E-N B-A-S-T-E-R-D-S» quer über die Mauern und die Fenster, egal, schwarz und rot und blau und noch ein paar Farbtöne, die Buchstaben prall, bombiert, wie du es auf S-Bahn-Zügen und Betonmauern beim HB sehen kannst.

Sieht gut aus, der Basterdsclub. Noch kein Gast da, weil früh. MC Wetter schaut auf seine Swatch. 22:02 Uhr. Die drei Basterds, sie ruhen sich auf den Sofas aus, bevor die Mitarbeiter kommen und die Gäste, drehen sich eins und einen Schuss Wodka. Da hört er Schritte und den Satz: «Guten Abend, die Herren.» Es ist die Polizei.

Natürlich weiss Wetter, was es geschlagen hat. Weil so sonst niemand mit den Altstetten Basterds spricht. Weil sonst niemand ausserhalb ihrer Spezies mit ihnen spricht.

Er sieht den Anführer der Polizei: Mitte vierzig, sechs Millimeter kurze Haare, oben auf dem Schädel dünn, sportliche Jacke, Schuhe, die rennen können, denkt Wetter, ein Blick wie ein Klappmesser, kein Muskelprotz, eher die Sorte, die dir die Worte im Mund umdreht und so bettnässerisch tut.

Von diesem Wort «bettnässerisch» hat Max seinen Künstlernamen «Wetter». Weil er einmal «bettnässerisch» verstanden hat, als sein Bruder «beckmesserisch» gesagt hat, dieser Student, dieser Wichtigtuer, verdammter. Wetter weiss seither natürlich, dass es «beckmesserisch» heisst, aber weil «nass» = englisch «wet» → «Wetter». Hans-ee und Rob-ee kamen damals natürlich genau in dem Moment zur Türe herein, als sich sein Bruder, dieser Student, über ihn halb kranklachte wegen dieses Worts.

«Müller, Polizei Zürich», sagt der Anführer. Hinter ihm, das ist wie in einer Serie, haben die sich schon im Raum ausgebreitet, drei weitere: eine Rothaarige mit einem Glimmen in den Augen, einer mit einer Karotte in der Hand, und der dritte, wow, sieht aus wie aus einer Modezeitschrift. Schon stehen Wetter, Hans-ee und Rob-ee mit erhobenen Händen das Gesicht zur Wand und werden von Gucci Barmettler und Bucher Manfred abgetastet. Rosanna Vukic beobachtet alles, die rechte Hand in der Manteltasche verborgen.

MC Wetter sieht das aus dem Augenwinkel. Da denkst du dir schon deinen Teil, wenn du Vukic in dieser Haltung siehst. Zielt sie auf dich?

«Alles i. O.», sagt Barmettler zum Müller. Der sagt: «Max Wüthrich, Gianluca Croci-Torti, Robert Wernli ... Sie setzen sich jetzt aufs Sofa.»

Bisschen murren, «Bullen» murmeln, «Scheisse» auch noch, solche Sachen, aber Wetter Wüthrich, Hans-ee Croci-Torti und Rob-ee Wernli sitzen jetzt auf dem Sofa.

Der Müller spannt die Sekunden wie mit einem Expander. Die Atmosphäre fast zum Platzen. Warten ist eine effiziente Methode. Weil der andere sich überlegt: Warum sind die da? Was wollen sie? Wie viel wissen sie?

Keine schlechte Taktik: Die drei Basterds zeigen auf den Kühlschrank. Aber der Müller schüttelt den Kopf.

Er sagt: «Sie kennen doch so ziemlich alle hier ... ich meine: in Altstetten.»

Wort «Altstetten» erinnert sie brutal an ihre Entwurzelung 8048 → 8952.

Hans-ee: «Und?»

Müller: «Jemand in Altstetten schreibt Briefe, Drohbriefe, an Leute, deren Lebenswandel ihm nicht passt.»

Wetter: «Und was haben wir damit zu tun?»

Müller: «Ich will, dass Sie sich umhören. Wer diese Briefe schreibt. An eine Alleinerziehende, die ziemlich am Rand ist. An eine Frau, in deren Wohnung er vermutlich Einblick hat. An einen Mann, der wechselnde Partnerinnen hat. An einen Mann mittleren Alters, dessen ‹Laster› wir nicht kennen.»

Wetter: «Und was springt für uns dabei heraus?»

Erwartungsvoller Blick. Rob-ee holt das Zigarettenpapier wieder hervor.

«Ich verzichte darauf, Ihr Partylokal hier auseinanderzunehmen und auf Drogen abzusuchen. Und Ihre ...», jetzt wird der

Müller voll administrativ gemein, «… Mehrwertsteuerabrechnung würde uns auch nicht interessieren.»

Dann ist der Polizeispuk vorbei. Die Altstetten Basterds sitzen allein auf dem Sofa. Rob-ee stopft die Tüte, und während er das Ding anraucht, sagt er: «Mann, was kommen die einfach so hier rein und stören uns?» Und Hans-ee streckt die Hand nach dem Gestopften aus, leckt sich die Lippen und fragt: «Woher kennt der uns eigentlich? Wir machen doch seit Jahren nichts mehr?» Und MC Wetter öffnet ein kühles Helles und erklärt ratlos: «Ich kann es mir nicht erklären, ich kann es nicht rekonstruieren, es fällt mir nicht ein.»

Und Hans-ee schaut auf die bunte, grosse Schrift, die rund um die Innenwände des Basterdsclubs läuft, und sagt: «Vielleicht sollten wir ‹B-A-S-T-E-R-D-S› fetter schreiben als ‹ALTSTETTEN›.»

ZEHN

Freitag, 7. April, 08:00 Uhr, Morgenrapport in Sitzungszimmer 112, Grosses Polizeihaus: gleich eingangs schmerzlich festgestellt: bisher keine Information und keine Idee, zu was oder wozu der Schlüssel in Howard Owens Auto passen könnte. WD setzt Arbeit daran fort. Müller und Team resümieren Stand der Ermittlungen. Auch da keine Fortschritte. Tür-zu-Tür-Befragungen: Niemand scheint je gesehen zu haben, dass irgendeine Person das Haus Badenerstrasse 67X betreten hat oder dass jemand Interesse an diesem Haus gezeigt hätte. Also hat niemand etwas Auffälliges wahrgenommen. Im elektronischen Raum: nichts Fallrelevantes, bloss die alten Artikel und der Internetlexikoneintrag über Howard Owen. Das Opfer scheint sich – zumindest unter seinem Klarnamen – nicht an Diskussionsforen beteiligt zu haben. Ein Profil bei sozialen Netzwerken haben wir nicht aufgespürt. Ebenso wenig ein Handy, über dessen Anruflisten Kontakte zu ermitteln wären. Ein – das ist neu – E-Mail-Konto bei einem bekannten Anbieter, gefunden und geknackt durch Hayoz von der IT, ergab, dass Owen im letzten Jahr keine einzige E-Mail verschickt hat und empfangen nur Spam.

Ob er wirklich weder telefoniert noch elektronisch kommuniziert hat, lässt sich nicht mit Sicherheit sagen. Ein Rätsel bleibt, wo Owens Computer ist. Muss einen Rechner besessen haben. Denn nach Aussage von Jessica Scetterini hat er im Internet oft überprüft, ob sich seine Tonträger «bewegen». Vukic weist auf Scetterinis Aussage hin, Owen habe erwähnt, er werde alle seine Telekommunikationsgeräte wegwerfen. «Vielleicht hat er das ja getan.»

08:17 Uhr, Rapport unterbrochen, weil Kräfte angefordert durch Einsatzzentrale: Alarm aus Kantonalbank Ecke Zweier-/ Birmensdorferstrasse. Die Polizei hat sofort voll den Erlebnisfaktor: Die Skorpione bereits unterwegs. Müller, Bucher,

Brogli, Barmettler, Buess und Catanzaro, Weiermann, Hossli und Vukic, alle zack die Weste drüber → Parkplatz des Grossen Polizeihauses → zwei dunkelblaue Mondeos → Blaulicht auf, Sirene eingeschaltet, los! Kasernenstrasse, rechtsrum → Werdstrasse → paar Meter die Badenerstrasse → Zweierstrasse → Weststrasse kreuzen → Sirene aus, Blau aus → links ran. Steht Rudi Markovic, Einsatzleiter der Interventionseinheit «Skorpion», Funkgerät, weist schräg nach drüben: Bankgebäude, sechziger Jahre, fünfstöckig, unten Kundenbereich, oben Büros. Rudi zeigt nach oben: Dächer besetzt.

Klopfst du dir unwillkürlich an die Brust, abchecken, ob du die Weste wirklich trägst. Greifst an die Hüfte oder unter die Achsel, ob Waffe tatsächlich im Holster. Team Müller sofort von der Bremgartnerstrasse her in den Hinterhof und auf die Zufahrtsstrassen verteilt: die Zweier- und die Birmensdorferstrasse, die Zurlinden-, Kehlhof-, Bremgartnerstrasse, bis hinunter (sagen wir, obwohl's flach ist) zur Zentralstrasse. Mitten auf die Fahrbahn, alle umleiten. Das Möglichste tun, bis Verstärkung anrückt und das Gebäude grossräumig umstellt und absperrt. Der Müller selbst und Bucher Manfred an der Zweierstrasse in Deckung, hinter Mannschaftswagen, bei Rudi Markovic.

«Ich versuche seit Minuten, in der Bank jemanden zu erreichen», sagt der, «bisher habe ich's nicht geschafft.»

Warten. Manchmal musst du. Weil wenn du etwas tätest, wäre das Risiko gross, dass du falsch handelst.

«Geiselnahme?», fragt der Müller.

«Vermutlich», sagt Markovic, «ein Alarmsignal aus der Bank, aber keiner hat das Gebäude verlassen. Räuber wären längst weg. Aus der Bank haben wir seit dem Alarm nichts mehr gehört, also nehme ich an, die Täterschaft ist noch drin. – Halt!», schreit er plötzlich. «Weg dort!»

Vor der Bank ein Mann mittleren Alters, schwarze Stoffjacke, Mütze mit Aufschrift «Barbecue New York City».

«Weg von der Bank! Polizei!»

Jetzt begreift er, läuft los, rutscht aus, fällt hin. Zwei Skorpione zu ihm hin, ziehen ihn vom Eingang weg hinter ein Auto, aus der Gefahrenzone. Wollte in die Bank, wird sich herausstellen, wird Ausweis, Kontokarte und einen Brief zeigen: hatte einen Termin. Hypothekarberatung.

Schweiss auf der Stirn, bei Markovic, beim Müller, bei Bucher Manfred, sicher bei allen. Anspannung. Blickrichtung → Bank.

Warten.

Markovic wieder Handy → Bank → nichts.

Dann geht dem Müller seines, die Einsatzzentrale: «Ich leite dir einen Anruf weiter, aus der Bank.»

Der Müller macht grosse Augen, Pantomime mit Händen und Armen, deutet zuerst auf Telefon und dann auf Bankgebäude, damit Markovic und Bucher Manfred wissen, was geht.

«Polizei Zürich», sagt der Müller.

«Ich weiss, dass ihr da draussen seid», hört er. «Das lasst ihr mal schön bleiben.»

Zeit gewinnen. Der Müller: «Wer sind Sie?»

Stille. Atmen.

Der Müller: «Hören Sie mich?»

«Hast du nicht verstanden? Ihr verschwindet jetzt. Wenn ihr in drei Minuten noch da seid, stirbt hier jemand.»

«Wie viele Personen sind bei Ihnen?»

«Zwei fünfundfünfzig, vierundfünfzig, dreiundfünfzig … muss ich bis null durchzählen, bevor ihr euch bewegt?»

Der Müller, als wäre er im Ausdruckstanzkurs, zeigt Markovic und Bucher Manfred mit den Fingern eine Drei, deutet auf seine Uhr, formt mit Daumen und Zeigefinger eine Pistole und drückt ab.

«Was wollen Sie?», sagt er.

«Zwei neunundvierzig, achtund, siebenund … Ich melde mich wieder.» Unterbricht das Gespräch.

Der Müller: «In knapp drei Minuten erschiesst er eine Geisel, wenn er uns hier sieht, sagt er.»

Markovic → Handzeichen an seine Leute. Der Müller ins Funkgerät zu den seinen: «Rückzug auf rückwärtige Position!»

Zone um Bank jetzt grossräumig abgesperrt. Ausser Skorpione und Team Müller jetzt ganzer Einsatzzug da plus Hauptmann Vogt plus Verkehrsdienst, um die Autos umzuleiten.

Chaos auf Birmensdorfer- und Zweierstrasse, Unmutsäusserungen von Bürgern, aber deplatziert: Sicherheit geht vor.

Markovic, Müller, Bucher jetzt im Polizeiposten Wiedikon, Parterre, der Bank ebenerdig schräg gegenüber. Steigen für besseren Blickwinkel sofort die Treppe hoch → erster Stock = Kreisbüro 3. Müller befiehlt die Mitarbeiterinnen und Mitarbeiter vom Fenster weg zur Türe, liegt ausserhalb Schussfeld. Die Polizisten zum Fenster, postieren sich links und rechts davon, Vorhang ermöglicht Sicht auf Bank, ohne gesehen zu werden. Nichts Auffälliges.

Seltsam: mitten in Wiedikon, mitten am Vormittag – und diese Stille. Kein 9er, kein 14er Tram, nicht der 33er, kein Auto, Velo, Fussgänger, keine Harley. Nur die Vögel pfeifen, weil Frühling. Sie erkennen die Gefahr nicht.

Zwei Minuten sind seit Abbruch Telefongespräch vergangen. Neuer Anruf beim Müller: «Brav», sagt der Geiselnehmer, «schön, wenn die Polizei macht, was man ihr sagt. Ich melde mich wieder.»

«Geben Sie auf, Sie kommen hier nicht raus.»

Antwort: ein Lachen, du denkst, du hörst die Mächte der Unterwelt.

Ein Verrückter? Krimineller? Extremist? Politisch? Fanatisch? Terroristisch?

Wie viele Täter sind es? Und wie viele Geiseln?

Hauptmann Vogt übernimmt im Kreisbüro 3 Telefondienst: leitet Rechercheaufträge vom Müller weiter: Anzahl Mitarbeiter Kantonalbankfiliale? Anzahl Kundentermine exakt jetzt? Sicher in zentralem Tool am Hauptsitz einsehbar. Aus ViCLAS und RIPOL und anderen Datenbanken heraussuchen: ob Personen mit Vorstrafen in Sachen StGB Art. 185, Geiselnahme, zurzeit in Freiheit sind.

Bucher Manfred späht mit Fernglas hinüber. Bei der Bank bewegt sich so wenig wie auf dem Zinsmarkt. Tendenz → null oder in den Minusbereich. Und minus ist diese Situation: vollkommen minus.

Dem Müller sein Telefon rührt sich wieder. «Polizei Zürich», der Müller.

«Das weiss ich», der andere, «ich will zwei Millionen in bar und ein Gespräch mit der Stadtpräsidentin.»

Der Müller: «Wer sind Sie?»

«Wüsstest du gern, hä? Erfüllt meine Forderung. Aber ein bisschen plötzlich, sonst ...»

Ein Schuss! Der Müller hört einen Schuss in Stereo: von der Bank her und durchs Telefon. Durchs Natel auch Schreie. Er wird bleich.

«Handfeuerwaffe, Armee», flüstert Rudi Markovic, der das Geräusch erkennt, «hoffentlich hat er nichts anderes.»

Der Müller ins Telefon: «Wenn Sie reden wollen, so reden Sie, aber lassen Sie die Waffe aus dem Spiel. Sie verschlimmern Ihre Lage nur.»

Der Müller weiss nicht, ob der andere nur blufft.

Aaaaah! ... Dröhnt das! Und dieser Staub! (Hustet. Hustet.) Die halbe Wand kommt, nein der Verputz ... Wie laut so ein Schuss knallt. Das Trommelfell platzt fast. Angst macht das. Ist jemand get...? Ich sehe nich... die Staubwol... Nein, ich glaube nicht. Er hat ... ja ... in die Wand geschossen. Ich liege flach auf dem Boden, die Arme von mir gestreckt. So hat er es befohlen.

Damit rechnet niemand, wenn er rasch mal zur Bank geht! Mit der Moral ist's wirklich nicht mehr weit her. Verrückt so was, von einem Gestörten in der Bank festgehalten zu werden, wenn du dich schnell über die Säule 3a informieren willst. Sodom und Gomorrha im Internet, und kaum bist du offline, stürmt einer die Bank und lässt keinen mehr raus. Er spricht Zürichdeutsch, trägt eine schwarze Sturmhaube, blaue Augen hat er. Eine Pistole. Und eine Sporttasche, drin ein länglicher Gegenstand. Ein Gewehr? Ich müsste zur Toilette, weil ich zu viel Kaffee getrunken habe heute Morgen vor dem Bildschirm. Freigenommen hatte ich, weil ich rasch bei der Kantonalbank vorbei und dann zum Zahnarzt wollte. Der berechnet mir den verpassten Termin garantiert.

Mein Gott, wenn er plötzlich zielt und um sich schiesst, auf Menschen, auf mich! So fühlt sich das also an, eine Geisel zu sein. Angst! Ja, habe ich. Was will er? Sicher Geld. Alle wollen immer Geld, nichts anderes haben sie im Kopf. Aber weshalb Geiseln nehmen? Erleben wir bald ein Blutbad? Komme ich hier wieder raus? Soll ich versuchen, ihm die Pistole zu entreissen, und ihn festhalten, bis die Polizei kommt? Die haben die Bank sicher umstellt. Man sieht nicht raus, der Blick ist durch Werbedisplays der Bank verstellt: grüne Hügellandschaften mit Sicht auf den See, glückliche Menschen in hellen Wohnungen mit riesigen Glasfronten, strahlende Familien mit fröhlichen Kindern auf dem eigenen Rasen hinter dem überteuert gekauften Einfamilienhaus. Silver Ager, die verklärt über ihre Anlagestrategie sinnen, sportliche Markenkleider tragen und bestimmt weder an Meniskus noch an Prostata denken, sondern an Währungsschwankungen und den verfluchten Barrier Reverse Convertible. Der Gangster telefoniert! Verhandelt er mit der Polizei? Spricht er mit Komplizen? Wird er eine Geisel mitnehmen, wenn er flieht? Bringt er uns vorher um? Wenn die Polizei die Bank stürmt, kann sie ihn schnell genug ausschalten, bevor er uns erschiesst? Ist in seiner Sporttasche Sprengstoff? Eine Bombe?

Im Kreisbüro 3. Markovic gibt über Funk Befehl: Sechserteam soll vom Dach her über Luke in Liegenschaft eindringen, durch Treppenhaus bis zweiten Stock vorrücken, absichern, sich dort bereithalten. Die Bankräume liegen im ersten (Büros) und im Parterre (Kundenbereich). Zugriff wird erfolgen, sobald Lage günstig. Vorderhand weiterhin mit Infrarotsichtgeräten Bank beobachten. Siehst du alle Wärmequellen: die unbeweglichen sind Computer, Maschinen, die beweglichen Lebewesen.

Am Telefon versucht der Müller, Zeit zu gewinnen und die Aufmerksamkeit des Verbrechers zu beschäftigen, um ihn von den Aktivitäten der Polizei abzulenken.

«Ich will eine Pizza», sagt der andere ins Telefon.

Glaubst du nicht.

Wieder das Lachen: «Das würde euch gefallen, nicht? Mir etwas hineinmischen!»

Problem: Die Situation ist gefährlich und der andere vielleicht nicht allein und eigenartig. Alle Tassen im Schrank? Das geäusserte Pizzabedürfnis ist ungewöhnlich und öffnet eine Achillesferse. Sieht der Geiselnehmer ja ein, warum spricht er also davon? Kannst du dem als Müller nicht einfach sagen: Bist du beknackt oder zu heiss gebadet? Weil der, wie er drauf ist, unberechenbar ist.

«Wie viele Leute sind bei Ihnen?», fragt der Müller nochmals. Weil hat nach dem Schuss Schreie im Plural gehört.

Keine Antwort.

Warten. Wieder warten. Brauchst du Nerven aus Beton.

Der andere: «Zwei Millionen und ein Gespräch mit der Stadtpräsidentin!»

Der Müller: «Wir arbeiten daran. Zwei Millionen stehen nicht einfach so zur Verfügung. Und die Stadtpräsidentin wartet nicht neben dem Telefon, bis die Polizei sie anruft.»

«Machen Sie vorwärts, Mann», sagt der andere, «meine Geduld hat Grenzen.» Und unterbricht. Er hat mich gesiezt, denkt der Müller, das Pendel schlägt zurück, die Hierarchie steht wieder.

Der Müller zu Hauptmann Vogt Zusammenfassung und Vogt Telefon → Polizeikommandant Oberst Roland Nägeli und Präsidialdepartement.

Ergebnis 1: Stadtpräsidentin auswärts an Konferenz Schweizerischer Städteverband, grösstmögliche Distanz: bei den Welschen in 1200 Genf.

Ergebnis 2: Zwei Millionen, das braucht Zeit, weil Sicherheiten, Zuständigkeiten. Anrufe → Staatsanwaltschaft, Oberst Nägeli, Polizeivorstand, Sicherheitsdirektion, Bundesanwaltschaft, Bundespolizei.

Was so einer – abgesehen von der Tatsache, dass total illegal! – mit seiner idiotischen Geiselnahme an Manpower bindet!

In diesem Moment Anruf Mediensprecher Gregor Meier an Müller: «Schaltet das Radio ein. Ein Mann, der behauptet, der Geiselnehmer zu sein, spricht live im Privatradio.»

«Gibt's hier ein Radio?», fragt der Müller. Eine der Kreisbüro-Angestellten, noch immer in Deckung auf dem Boden beim Eingang, deutet auf einen Aktenschrank. Dort, im hintersten Eck, findet Bucher Manfred ein altes Transistorradio. Wohl

Hinterlassenschaft einer längst pensionierten Mitarbeiterin. Weiblich, weil Farbe Magenta. Er schaltet's ein. Funktioniert: Vierviertelaktmusik mit Happinesspowerlaune: «Ey, was geht ab? Wir feiern die ganze Nacht, die ganze Nacht!» Bucher Manfred dreht weiter ... «I Want Your Body, Body» ... sucht die richtige Station, und auf einem Sender hört er gerade noch das Tut-tut-tut der Telefonie. «Er hat aufgelegt», moderiert eine gut gelaunte Frauenstimme, leicht rauchig, leicht sexy, super, «exklusiv bei uns auf Radio [redacted] der Geiselnehmer, der zurzeit in der Kantonalbank in Wiedikon mehrere Personen gefangen hält. Zwei Millionen in bar und ein Gespräch mit der Stadtpräsidentin verlangt er, ihr habt es gehört. Was tut die Polizei? Wie reagieren die Geiseln? Wir berichten live weiter nach dem nächsten Stück: ‹I Crashed My Car Into The Bridge. I Don't Care›.»

Der Müller ruft Gregor Meier an, nachfragen. Der sagt, zusammengefasst: «eine wirre Rede», «persönliche Kränkung und Geldforderung», «zum Glück nichts Politisches».

...Tempusfugittempusfugittempusfugittempusfugittempusfugit... (repeat und da capo)

Der Müller am Draht mit dem anderen: «Warum die Stadtpräsidentin?»

«Weil ich es will.»

Das Geplänkel zieht sich hin ... und ergibt Sprachaufnahmen zur Identifikation. Der Müller beschäftigt ihn. Sagt, die Nationalbank bereite das Geld vor, das vom Paradeplatz her, obwohl er keine Ahnung hat, woher cash, zwei Millionen herkommen sollen.

Der Müller merkt, er bringt den Geiselnehmer zum Träumen. Indem er erzählt, wie zwei Millionen gebündelt werden. Wenn du die Millionen in Griffweite fühlst, malst du dir allmählich aus, was du damit anstellen wirst. Was du damit kaufen kannst. Wie du – zum Beispiel – deinen Körper in den weissen Korallensand schmiegst, während die Palmen dir zufächeln und die Krabben mit ihren Scheren einen Rhythmus klappern. Doch in Wirklichkeit ist es brutal so, dass dich der Polizeimann durchs Telefon allein mit Worten f*****g hypnotisiert!

Die Skorpione sind im Bankgebäude nach unten vorgerückt und stellen mit an Sicherheit grenzender Wahrscheinlichkeit fest: ein Einzeltäter. Rudi Markovic geht rüber, rein über den Hinterhof.

Jetzt geht's schnell. Befehl Markovic: «Zugriff!» → Ausführung sofort: Blendgranate! Sechs Mann plus Markovic zack rein, vorrücken. Drei Mann die Zielperson, von der Granate durcheinanderverwirrt, überwältigt. Drei Mann den Raum besetzt und gesichert. Schon ist es vorbei.

Zwei Skorpione drücken ihn bäuchlings auf den Boden, entwaffnet, Hände auf dem Rücken fixiert durch den dritten Elitepolizisten, die Muskeln des Straftäters bereits schlaff, Adrenalinzenit überwunden, Körperspannung gewichen. Kannst du vom Boden aufheben wie einen Sandsack.

Als Markovic «alles sauber, Situation unter Kontrolle» meldet, kommen der Müller und Bucher Manfred durch die Eingangstür. Sehen: niemand sichtbar verletzt und nichts kaputt ausser Stelle an der Wand, wo offensichtlich Schuss eingeschlagen.

Bestandesaufnahme:

Täter festgenommen. Waffe sichergestellt: Pistole 75 (SIG Sauer P 220), Ordonnanzwaffe der Armee. Der längliche Gegenstand in der Sporttasche: ein Pariserbrot. Wird alles dem WD übergeben. Hofstetter und Kuhn treffen ein.

Befreite Geiseln: elf, wovon sechs MAs der Bank und fünf Kundinnen und Kunden.

Die befragst du vor Ort. Haben genug erlebt für den Moment, brauchen nicht auch das Grosse Polizeihaus mit seinen Assoziationen kennenzulernen.

Résumé Befragung Geiseln vor Ort: Die sechs Mitarbeiter der Bank (drei männlich, drei weiblich, Personalien im Anhang) geben übereinstimmend zu Protokoll, vom Festgenommenen mit einer schwarzen Faustfeuerwaffe bedroht worden zu sein. Keine Komplizen wahrgenommen. Der Täter habe, erzählen diese sechs Zeugen ohne Widersprüche, übers Festnetztelefon von Schalter 2 einzig mit dem Lokalradio [redacted] gesprochen sowie mit einer Person, der er eine Forderung über zwei Millionen Franken Lösegeld und nach einem Gespräch mit der

Stadtpräsidentin übermittelt habe. Ein Mobiltelefon habe er keines eingesetzt.

Den Alarm auszulösen sei ihnen zwar gelungen, doch der Beschuldigte habe sofort mühelos den Korpus zwischen dem Mitarbeiter- und dem Kundenbereich übersprungen, sei so in ihren Rücken gelangt und habe dadurch die Kontrolle über die Räumlichkeiten erlangt. Kritisch sei der Moment gewesen, als der Bewaffnete knapp über den Kopf von Filialleiter René Markwalder geschossen habe. Ausserdem, geben vier Mitarbeiter an, hätten sie in der vom Täter mitgeführten Sporttasche einen stabförmigen Gegenstand entdeckt, den Bankkaufmann Renato Mattmüller aufgrund seiner Armeeerfahrung (Kpl Inf Kp 20/2) als halbautomatische Waffe (z. B. Sturmgewehr PE 90 oder PE 57) oder als Samurai-Schwert erkannt haben will.

Die zu Protokoll genommenen Wahrnehmungen der fünf in der Bank angetroffenen Kunden (vier männlich, eine weiblich, Personalien im Anhang) weichen nicht wesentlich von obigen Zeugenaussagen ab, ausser dass ein Befragter, Gaudenz Oberholzer, kaufmännischer Angestellter, im stabförmigen Gegenstand «zweifellos ein Phallussymbol» erkannt haben will. Auf die Aufforderung, diese Aussage zu präzisieren, setzte der Zeuge zu einer Tirade über den Niedergang des Abendlandes an, wies auf «die Verkommenheit der Menschheit» hin, auf ihre «Verworfenheit», und sagte, Zürich, wie es heute sei, sei «nicht mehr die Stadt», in der er aufgewachsen sei. Der Vorfall, den er als Geisel habe miterleben müssen, sei gewissermassen «die Vorfrucht des nahenden Endes», ein Beweis für die … und hier endet das Protokoll dieser Zeugenaussage unvermittelt, denn um nicht unnötige Mannstunden auf die Kostenstelle Kulturpessimismus verbuchen zu müssen, macht der befragende Polizeibeamte (Rocco Catanzaro) den anwesenden Polizeipsychologen Dr. med. Marcel Hurni auf den höchstwahrscheinlich unter Schock stehenden Mann aufmerksam und übergibt ihn zur Untersuchung in dessen Obhut. Dr. Hurni händigt ihm ein Beruhigungsmittel aus.

Unterdessen bringen vier Skorpione den Festgenommenen → Verhörraum 419.

Fesseln lösen. Hinsetzen. Wasser.

Der Müller und Bucher Manfred treffen im Korridor Pflichtverteidiger RA Dr. iur. Martin Kuoni und von der Staatsanwaltschaft Dr. iur. Reinhard Hartmann. «Schau an», sagt der Müller zu Hartmann, «kommt nicht Moosberger?» Hartmann schüttelt den Kopf. Hinein → durch die schwere Tür.

Beschreibung des zu Befragenden: Brad Pitt in «Killing Them Softly» (USA 2012, Regie: Andrew Dominik). Nicht er selbst natürlich. Sieht nur aus wie Herr Pitt, aber wie ein Zwillingsei: Haare mittellang mit Pomade, oder was man da braucht, rückwärts über den Schädel zurückgekämmt, Schnauz und Kinnbart, die Wangen glatt. Gut aussehend, aber wilder Blick. Könnte man in der Tat verwechseln.

Anwesende siehe oben. Aufnahme gestartet. Punkt eins: Rechtsmittelbelehrung. Laut Strafprozessordnung musst du bei der ersten Einvernahme den Beschuldigten zuerst informieren (Art. 158 Abs. 1 StPO), dass du ein Verfahren gegen ihn einleitest und warum (lit. a). Nachher musst du ihm sagen, dass er das Recht hat, die Aussage und die Mitwirkung zu verweigern (lit. b). Weiter geht es (lit. c) mit dem Recht, einen Verteidiger zu bestellen oder eine amtliche Verteidigung zu beantragen. Einen Übersetzer kann er bei Bedarf auch bekommen (lit. d).

Das hat der Müller zwar bei der Festnahme im Kundenbereich der Kantonalbank an der Zweierstrasse alles gemacht, wie es Art. 219 Abs. 1 StPO vorschreibt. Aber weil jener Moment recht dramatisch war, die Erregung des Festgenommenen gross und dessen kognitive Fähigkeiten wahrscheinlich eingeschränkt, wiederholt Müller die Formeln.

Kleiner Exkurs (kulturhistorisch): Die Aussagen, die Ordnungskräfte wie Lucky Luke, Micky Maus, Harry Callahan und Wachtmeister Studer von Beschuldigten aufnehmen, sind nach geltendem Schweizer Recht fast durchwegs nicht verwertbar.

Gern hören die Beschuldigten immer Art. 169, 1 der Strafprozessordnung: das «Zeugnisverweigerungsrecht»: Du musst nichts sagen, wenn du dich mit der Aussage selbst derart belasten würdest, dass du strafrechtlich verantwortlich gemacht werden könntest.

Punkt zwei: Personalien. Der Müller fragt es. Antwort null.

Punkt drei: Hergang des Vorfalls. Der Müller fragt es. Antwort dito.

Punkt vier: Motiv für die Tat. Der Müller fragt es. Antwort dito.

Der Müller: «Hören Sie, wir haben viel Zeit.» Obwohl wirklich keine Lust darauf, Stunden und Stunden in der schlechten Luft von Raum 419 zu verbringen.

Zeit vergeht. Bei dieser Indizienlage kann er dir ruhig erzählen, er heisse Darth Vader, sei 2.02 Meter gross und im Jahre VSY auf einem unbekannten Planeten geboren. Sofern er nicht als psychisch eingestuft wird, bezieht er nach dem Urteil eine Dauerunterkunft in der Pöschwies. Du wirst das Tor schiessen, vielleicht erst in der Verlängerung, aber du machst ihn rein.

Zusammenfassung: Täter bisher ohne Strafregistereintrag. Personalien schliesslich: Jason Mösch, Optiker, 32, wohnhaft in Rüschlikon. Motiv unklar. Delikt gestanden. Aufnahme gestoppt. Händeschütteln. Adieu, Mösch. Auf Wiedersehen, Kuoni und Hartmann. Mösch → Zellentrakt.

Dabei solltest und wolltest du dich um Howard Owen und um die Drohbriefe kümmern.

***

16:50 Uhr, dem Müller sein Team versammelt sich in der Kantine. Der Müller selbst nach erfolgreicher Befragung von Raum 419 ein Stockwerk tiefer in sein Büro, «komme gleich nach» zu Bucher Manfred. Die anderen zur Entspannung ein Birell oder einen alkoholfreien Cuba Libre in der Kantine, bevor die Berichte und so weiter. Wädi, der Gerant der Kantine, serviert eine Linzer Torte aus dem 3-D-Back-Drucker, richtig lecker. Gucci Barmettler, bei dem's einfach nicht ansetzt, das Zuckerzeug, fragt den Wirt, ob noch von diesen deliziösen Fettmachern übrig ist, die er gestern im Angebot hatte. «Achtung, Achtung», warnt Bucher Manfred den jungen Kollegen. Er hat nach Jahren der Völlerei durch Dr. Brenda Marquardt und die Liebe den Weg zur ausgewogenen Ernährung gefunden. Doch Barmettler gibt zurück: «Lass mich doch, du Slow-Fat-Extremist. Iss du ruhig deine Cyprusfrüchte.» So ausgelassen und gelöst sind sie, die Glückshormone überschiessen, weil die Geiselnahme heil überstanden, alle Gefährdeten unversehrt in ihrem häuslichen Umfeld zurück, der Täter festgenommen und weggeschlossen. Was willst du im Moment mehr? Sie stossen gerade an, eine Schale Erdnüsse hat auch jemand aufgetrieben, bei Rocco klingelt das Telefon: Anruf Robbie Honegger, der Entertainmentunternehmer. Ihm ist der Name eines Buchhalters eingefallen, der, so glaubt er sich zu erinnern, für den Verstorbenen gearbeitet hat oder haben könnte, mindestens zeitweise, und noch weitere abschwächende Formulierungen hinterhergeschoben. Aber immerhin: Reto Bitterli heisst der Mann. «Danke, Herr Honegger», sagt Rocco, und will beim Müller oben anrufen, aber dort ist das Festnetz besetzt.

Besetzt, weil der Müller mit seiner Schwester telefoniert. Hört ihren Zustand ab, ihr Befinden, die organisatorische Jongliererei, wenn du plötzlich allein erziehst und die Kinderorganisation namens Hol-und-Bring solo meistern musst, inklusive Frühstück, Zusammensuchaktionen und Kontrolle Inhalt Schultaschen, Arbeit, weil Normalbevölkerung = lohnabhängig. Die Schule zum Glück hilfsbereit, sprich: Tagesstruktur und Aufgabenhilfe. Weitere Tasks: Einkauf, Nachtessen. Und was zentral ist: Aufmerksamkeit für die Kinder, sie leiden unter der Trennung. Das volle Programm: unterstützen, helfen, erziehen, trösten, Zuspruch, herzen, lachen, manchmal schimpfen, schliesslich Pyjama, Zähneputzen, Geschichte erzählen, kuscheln, das «Ich ghören es Glöggli»-Liedlein singen, da sein, manchmal lauschen, ob die Kleinen auch wirklich atmen. Aber jetzt hat sie auf dem Handy mit ihrem Bruder schon zu viel Zeit verloren, merkt der Müller, weil sie auf einmal stockt und einsilbig antwortet. Und «oh, schon nach fünf, ich muss die Kinder abholen». Deshalb Müller → Doris: «Wenn's dir passt, komme ich morgen Vormittag vorbei.» Affirmative Antwort.

Über Geld hat sie nichts gesagt, denkt der Müller, als er Tschüss gesagt hat. Sie wird nie etwas über Geld sagen.

Jetzt kommt Rocco endlich zu Müller durch und gibt ihm den Hinweis von Robbie Honegger weiter. Firmenname: Bitterli Treuhand. Adresse: Bleicherweg 12. Der Müller ruft dort an → «Unsere Büros sind besetzt von 08:00 bis 16:30 Uhr.» Die haben Feierabend. Er wird es Montag wieder versuchen. Und nun beginnt auch dem Müller sein Wochenende, mit einem alkoholfreien Bier in der Kantine.

Bucher Manfred fährt nach der kleinen Feierzeremonie sofort heim zu Dr. Brenda Marquardt und Friedababy. Schon an der Tür sagt er: «Komm mir nicht zu nah.» Weil fiebrige Augen, haut sich ins Bett. Grippehammer.

***

17:30 Uhr. Ein Dreierteam permanent vor Ort: Im Perimeter Lindenplatz Altstetten wird die Observation fortgesetzt, mit reduziertem Aufgebot, weil bisher nicht zielführend. Immerhin seit vier Tagen kein neuer Drohbrief aufgetaucht. Aber zwei Posaunen fehlen noch, bis die Sieben voll ist. Einer, der solche Briefe schreibt, ist vermutlich zu mehr fähig. Um 17:43 Uhr überquert der Billardkugelhelmmann den Platz. Unbeachtet von der Polizei, unauffällig auch sonst, denn er trägt keinen Helm. Nähme die Polizei natürlich wahr: veloloser Velohelmträger. Warum trägt er ihn nicht? Hat er kein Bedürfnis mehr, sich zu schützen? Nicht grundsätzlich, aber er ist freizeitlich unterwegs, da trägt er die Billardkugel nicht konsequent. Das Helmbedürfnis ist abhängig von Stimmung und kosmischer Strahlung. Die ist nicht konstant gleich, unterliegt Schwankungen, Richtungsänderungen, Modulationen, Änderungen der Frequenz und anderen Parametern. Er spürt das, sein Körper reagiert, sein Organismus mit dem Gehirn als Sensor bemerkt selbst den geringsten Wechsel in der Elektromagnetik, der Anoden- und Kathodenmechanik, der Felder, der Ohm- und Mikroampère-Werte und welcher Kräfte da sonst noch hineinwirken. So genau weiss ich das nicht. Manchmal, wie heute Abend, vor allem ausserhalb des strahlungsverseuchten Büros, fühlt er sich fast «normal». Anführungszeichen denkt er bei diesem Wort immer mit. Weil, alte Frage: Was ist schon normal? Er hat gelernt, dass im Grunde alles Algorithmus ist. Wer den richtigen findet, bewältigt das Problem. Wenn er es nicht meistern kann, bedeutet das: Der Algorithmus stimmt noch nicht. Dann gehst du nochmals drüber. Und nochmals. Und nochmals. Bis es keine Unstimmigkeiten mehr gibt. Oder einer hat sich reingehackt und bringt den Algorithmus absichtlich durcheinander. Dann musst du dekontaminieren, resetten, debuggen, neu starten. Der Chef hat ihn nicht mehr auf den Helm angesprochen. Hat vom GD eine Weisung erhalten: «Spezialauftrag, er berichtet direkt an mich und ist zu absoluter Geheimhaltung verpflichtet.» Er steht unter Schutz von oben.

Deshalb kann sich der Billardkugelmann alles erlauben. Im Pyjama zur Arbeit kommen, im Büro ein Bild von Karl Marx aufhängen oder vom FC Basel mit persönlicher Widmung. Könnte er. Will er aber nicht. Weil, was hast du davon, wenn du dir alles erlauben kannst? Nichts, ausser dass du ein Unsympath sein kannst, ohne offiziell abgestraft zu werden. Doch wer will schon ein Unsympath sein? Nur jemand, der nicht – und jetzt hört er die Anführungszeichen wieder vor seinem geistigen Auge blinken – «normal» ist, freut sich vielleicht darüber, ein Unsympath zu sein.

ELF

Die Spezialdienste, sprich: auch die Abteilung Gewaltverbrechen, haben, weil Samstag, heute frei, damit sie am Montag wieder. Klar, der Pikettdienst steht, am Abend wird er ausrücken müssen, eine ausserordentlich hässliche Sache beim Bürkliplatz, synthetischer Wahnsinn in und vor den Clubs, Männer, die sich nicht im Griff haben, Ausfälle und Einfälle, die du dir nicht ausdenken kannst, weil die Phantasie nie so blöd sein kann wie die wirklich reale Wirklichkeit. Heute ist's nicht der Müller, der Einsätze fährt, sondern er darf sich erholen, darf Freizeit: wie gestern telefonisch seiner Schwester gesagt → Basel.

SBB – CFF – FFS.

Kein Buch dabei, im Vorbeifahren einfach 50+ Minuten Mittellandbrei anschauen.

Schwester wohnt in Spazierdistanz vom Bahnhof. Wärmer hier und der Blick über die Viaduktstrasse zur Jugendstilkirche weit. Nach der Brücke links. Die Kinder, Noah (8) und Maurice (10), falls Normalbetrieb, bei Kindern weiss man nie, sagt auch schon Bucher Manfred mit der Erfahrung von einigen Wochen Vaterschaft, bis 12:00 Uhr bei einem Spielmorgen im Quartierzentrum einige Häuser von Doris' Wohnung. Deshalb Doris und der Müller vorerst allein in der Küche, aber gleich voll Karacho in der Realität → «Facts and Figures» (Keynes) → Zusammenfassung präziser: voll drin im Strafgesetzbuch. Der Müller, berufliche Deformation, aber hier cento per cento nützlich: ausführliche Rechtsmittelbelehrung für seine Schwester, angefangen mit den Offizialdelikten: einfache Körperverletzung (Art. 123 Ziff. 2 Abs. 3–5 StGB), wiederholte Tätlichkeit (Art. 126 Abs. 2 Bst. B, b^{bis} und c StGB), Drohung (Art. 180 Abs. 2 StGB), zum Glück aber nicht Art. 189 StGB und Art. 190 StGB. Das wären die ganz hässlichen, sexuellen Sachen.

Doris, ziemlich aufgelöst, nah den Tränen, weil ihr alles hochkommt. Der Müller hört ihr zu, lässt sie sprechen, unterbricht nicht, dann tröstet er, redet ihr zu, sogar ihre Hand nimmt er, reicht ihr ein Papiertaschentuch, lässt sie wieder zu Wort kommen, passt auf, dass er keine Banalitäten von sich gibt. Aus dem Polizeimann ist der Bruder geworden.

Steht auf, macht Kaffee, sucht im Küchenschrank zwei Tassen, zwei Löffel, stellt sie auf den Tisch, setzt sich, hört zu, stellt Fragen nach dem Alltag, ob er etwas helfen kann, organisieren, ihr etwas abnehmen, der Kaffee kocht, er holt ihn, giesst ihn in die Tassen. Sie nehmen einen Schluck. Doris schnäuzt sich.

Dann bricht wieder der Polizist im Müller durch: Er rät ihr zur Anzeige der Antragsdelikte: einfache Tätlichkeit (Art. 126 Abs. 1 StGB), Hausfriedensbruch (Art. 186 StGB) und Missbrauch einer Fernmeldeanlage (Art. 179^{septies} StGB), weil der Kerl, wie Doris sagt, immer wieder anruft und simst, sodass sie nachts das Telefon aussteckt und das Natel ausschaltet. Die Kinder sollen Schlaf bekommen, sind eh durcheinander und sie auch. Schliesslich, sagt der Müller, «bei Antrag des Opfers bei Gericht», pardon, Fehlstart, war total zu kalt formuliert, er fährt seinen Emotionalquotienten hoch und setzt neu an: «Wenn du einen Antrag bei Gericht stellst, kannst du gemäss Art. 28 b Abs. 1 Ziff. 1–3 ZGB Schutzmassnahmen erwirken», er muss Atem holen, Schluck Kaffee, kosten, trinken, «ZGB ist das Zivilgesetzbuch, und ‹Schutzmassnahmen› bedeutet zum Beispiel, dass er gerichtlich aus der Wohnung gewiesen wird, sich weder dir noch den Kindern nähern und auch keinen Kontakt mit euch aufnehmen darf. Es wird ihm verboten, sich an bestimmten Orten aufzuhalten. Zum Beispiel im Quartierzentrum, vor dem Schulhaus der Kinder oder in der Nähe deines Arbeitsplatzes. Das Gesetz schützt dich», sagt der Müller zu seiner Schwester, also Beni zu Doris. Er macht eine Pause, trinkt die Tasse leer und schaut sie an. «Du brauchst einen Anwalt. Den findest du über eine Opferberatungsstelle. Ich habe dir die Adresse rausgesucht. Ist da vorne am Steinenring. Das ist die Telefonnummer. Das Büro ist am Montagmorgen wieder besetzt.»

Er merkt, Doris zögert. Sie fürchtet die Komplikationen, die all das mit sich bringt, und die Verletzungen, emotional, die nicht ausbleiben werden.

Müller, der sonst nie am Stück so lange redet, muss auf den Balkon hinaus, um das Schädliche mit der Zigarette zu machen. Sein Hals ist trocken. Er schaut in den Hinterhof. Er sieht Bäume, Gärten und hört Störche, die kennt er aus Zürich nicht. Sie klappern ihre Ruhestörung. Schöne Ruhestörung, denkt er.

Und als er wieder in der Küche ist, faucht erneut der Kaffee in der Espressokanne. Doris hat neuen gekocht. Der Müller denkt: Wie lange ging das schon so mit diesem Kerl, und warum habe ich davon nie etwas erfahren oder gemerkt?

***

Observation Umgebung Lindenplatz Altstetten fortgesetzt. Weiterhin keine Hinweise auf verdächtige Aktivitäten. Keine ungewöhnlichen Wahrnehmungen. Keine weiteren Posaunenbriefanzeigen. Keine Zeugen, die sich melden, weil sie auffällige Vorkommnisse bemerkt hätten. Kann ein deliktischer Moralhüter hier wahrlich und wahrhaftig ungeahndet sein Unwesen treiben?

***

Ebenfalls 100 Prozent Funkstille in Sachen Tötungsdelikt an Howard Owen. Keine neuen Entwicklungen. Warum spricht man überhaupt von «neuen» Entwicklungen? Alte wären für uns ohnehin nicht relevant. Zurück auf Feld 1: Weder anonyme Anrufe, wie sie in Kriminalromanen und -filmen gerne vorkommen, wenn der Autor nicht weiterweiss, noch Veränderungen in den Beweismitteln oder der Spurenlage. Kein unverhoffter Geistesblitz eines Ermittlungsbeamten oder einer Ermittlungsbeamtin. Es ist, als stände die Welt still.

Persönlich muss ich sagen, das tut auch einmal gut, sich zu überlegen, wie es wäre, würde sich das Universum für eine Weile nicht rühren. Ausser Erdrotation natürlich und die Bahn um die Sonne, damit nicht physikalisch alles auseinanderfällt. Ehrlich, der ganze Wahnsinn der Woche, Mo–Di–Mi–Do–Fr plus Sa–So, die Anstrengungen, die die Bevölkerung fürs BIP leistet, die Nachrichten, die sie in den Zeitungen lesen muss, all die Diktatoren, Autokraten, Extremisten, Kriege, Anschläge, Unruhen, Arbeitslosenzahlen, das Geld, das die Leute verdienen müssen, um Miete, Energie, Krankenkasse und all das zu bezahlen, wir haben ein Preisniveau wie in Norwegen und Dänemark, stürzt du dich manchmal fast in den Fjord deswegen. Da täte es gut, losgelöst von all diesen Dingen, zu sagen: Es passiert mal ein paar Tage oder Wochen nichts, alles beim Alten, und wir können alle zusammen oder jede und jeder für sich mal durchatmen. Garantiert, alle sagen nach einer Weile «I Feel Good» (James Brown), obwohl der nur sängerisch, nicht aber bezüglich Strafregisterauszug ein Vorbild ist. Die Welt sähe anders aus.

Doch dieses turicensische Nichts an Action bezieht sich lediglich auf die Fälle Owen und Apokalypsenbriefe. Ansonsten wäre es Lug und Trug, zu behaupten, in dolce Zurigo mache sich Langeweile breit. Oh wäre das schön, oh schön und Balsam, Milch und Honig: vierundzwanzig vollkommen langweilige Stunden in Zürich. Fallzahl = (ungerundet) null, Zahl von Geschädigten = (wahrhaftig) null, Deliktsumme = (ungelogen) null. Aber die menschliche Natur hat längst das «Paradise Lost» (Milton) und macht zu oft «As You Like It» (Shakespeare), und zwar «Ohne Rücksicht auf Verluste» (USA 1943, Regie: Richard Wallace; Originaltitel: «Bombardier», eine Oscar-Nominierung in der Kategorie «Beste visuelle Effekte»). Erfindungsreich, wie sie ist, hat sie immer wieder neue Delikte in der Pipeline. Das ist dem Menschen, scheint's, inwendig eingeschrieben.

ZWÖLF

«Ich Fange Nie Mehr Was An Einem Sonntag An» (Monica Morell). Auch heute Observation Umgebung Lindenplatz. Ergebnis leider konstant.

Howard Owens Körper, pulverisiert, ausgebrannt, zerkrümelt, vermischt mit anderen Unfalltrümmern und spurentechnisch davon nicht abzugrenzen, wir haben aus Not ein Schäufelchen Asche vom Asphalt der Einmündung Badener-/Grimselstrasse entnommen und eingefüllt, ruht in einer Urne im Pathologischen Institut. Sollte die Polizei Erben ausfindig machen, wird sie ihnen übergeben, damit sie die Beisetzung in die Wege leiten können. Wenn nicht, übernimmt das Bestattungsamt.

***

Der Hotandfilthy.ch-Mann sitzt am Computer, ruft hotandfilthy.ch auf, will sehen, ob es etwas Neues gibt, das nicht sein darf. Den Feind kennen und sich vergewissern, dass er auf dem richtigen Weg ist. Was er sieht, überrascht ihn nicht. Das Angebot der Website hat sich seit seinem letzten Besuch nur unwesentlich verändert, es werden neue bewegte Bilder per Gratistrailerlockvogel zum kostenpflichtigen Virus- oder Trojaner-Download angeboten, doch die strategische Ausrichtung hat sich nicht verschoben. Die ideologisch-inhaltliche Ausrichtung ebenfalls nicht. Die Betreiber der Seite verfolgen, um zu diesem Schluss zu kommen, muss man nicht paranoid sein, mit ihrem Online-Angebot vorsätzlich das Programm, die Gesellschaft zu schwächen, ihr Wertesystem auszuhöhlen, einen Keil der Verderbtheit und der Verdorbenheit in sie hineinzutreiben. Ohne Zweifel: Die Triebhaftigkeit gewisser Bevölkerungsteile wird gezielt aufgeheizt, sodass allmählich jede Moral und Ethik die Menschheit verlassen wird. Es ist eine Frage der Zeit, dass diese innerliche Hohlheit auf andere Menschen überspringt wie eine Infektion, eine moralische Seuche, eine Pandemie der *Liederlichkeit.* Ja, klar, dieses Wort ist nicht mehr zeitgemäss, aber Sie verstehen bestimmt, was er damit sagen will.

Er kontrolliert wie jedes Mal, bevor er auf diese Seite geht, ob er den Lautsprecher leise eingestellt hat und ob sein Bildschirm durchs Fenster einsehbar ist, will er natürlich nicht. Soll ihn keiner für einen Besessenen halten, der eine solche Seite nötig hätte. Auf Sachen, wie er sie auf hotandfilthy.ch sieht, würde er nie kommen, rein anatomisch wirkt das völlig absurd. Dabei fühlt er sich als Mann des 21. Jahrhunderts und lebt nicht hinterm Mond. In seinem Leben hat er viel gesehen und erlebt, Erfahrungen gemacht. Da und dort war er schon. Mit unterschiedlichen Menschen, Lebensweisen und Kulturen ist er in Kontakt gekommen. Aber summa summarum, wenn er Bilanz zieht, stellt er fest: Angebote wie hotandfilthy.ch gibt es auf dem ganzen Globus. Richtig sind sie trotzdem nicht. Weil der Mensch ist nicht bloss Fleisch und Organe und Körper und Sekrete und Trieb und Mechanik und Reibung. Aaaaarrrrgh! Die abstruse Akrobatik, diese ungewöhnlichen Personenkombinationen, diese Theatralik, die dünnen Handlungsstränge, die Makroaufnahmen, die Tonspuren, die Qualität und – eben – der Subtext … das ist nicht richtig.

Nachher will er noch ein bisschen an der Drohne herumbasteln. Auf andere Gedanken kommen! Der eine Rotor läuft nicht ganz rund und schrappt gegen die Halterung.

***

Rosanna Vukic, heute dienstfrei, in braunen Cowboystiefeln, roten Strümpfen, fein geblümtem Rock und brauner, taillierter Lederjacke, so kennen wir sie gar nicht, mit Freunden unterwegs.

***

Rocco Catanzaro, ebenfalls dienstfrei, in Freizeitkleidung, trägt eine gefütterte Jacke mit einem interessanten Text auf dem Rücken aufgedruckt: «Monaco Sailing Crew Special Department Est. 1879 North By Northwest Exclusive Membership Premium Expedition Western Mediterranean Cabo Verde 9/12 Wabash Casual Working Gear AAA» und darüber ein golden-rot-blaues Wappen mit Segelschiff, Einhorn, Wolke und Meeresungeheuer und Motto: «In Hoc Signo Vinces». Bevor wir ins Überlegen kommen, was das bedeuten könnte, sage ich, was Rocco an seinem freien Tag macht: Er besucht mit der Familie den Zoo, gibt für Eintritte, Getränke, Verpflegung und zwei Plastiktiere made in China eine Summe aus, die ihn daran erinnert, wofür er arbeitet. Die gute Laune des freien Tages können er und seine Frau Cinzia fast gänzlich durchhalten. Und selbst Gianluca (9) und Lorena (6) sind massvoll zu Streitereien aufgelegt. Aber hinter der Fassade bohrt in Rocco drin das Gewissen. Lena Lombriser. Wenn Cinzia nur nichts rauskriegt.

***

Gustav Weiermann sitzt in seiner Wohnung am Friesenberg und sortiert, nachdem er die eine Sonntagszeitung gelesen und wenig Wahres darin gefunden hat, seine Sammlung von Eulen neu. Er hat sich entschlossen, das Ordnungssystem (vorher: nach Farben; neu: nach Materialien) umzukrempeln. Eulen hat er, das Symbol der Weisheit und des Buches, die Zahl ist stattlich. Doch sein Neuklassifizierungsfuror kommt ins Stocken, da er Exemplare besitzt, die aus zwei Materialien bestehen. Er gerät mit sich selbst in Streit, ob eine Holz-Metall-Eule den Holz- oder den Metall-Eulen zuzugesellen ist. Oder soll er eine neue Kategorie anlegen, die «Zweikomponentiellen»? Geht deshalb spazieren. Am Friesenberg nieselt es.

***

Janine Hossli trifft ihren Sven in der Boulder Bar an der Flüelastrasse. Klettern ein paar Wände. Könnte man denken: prima, trainiert ihre Finger, damit flink am Abzug der Dienstwaffe.

Trifft voll am Wahrheitsgehalt vorbei. Hossli ist mit den Gedanken kein bisschen bei der Arbeit, sondern mitten im Spass am Erklimmen und dem Kitzel des Scheiterns an der senkrechten Wand.

***

Aspirant Mauchle verbringt den halben Tag beim Kampfsporttraining, arbeitet an seiner Muskulatur, damit sie noch praller wird. Soundtrack: «Pump Up The Jam!» An der Maschine neben ihm formt Nathalie ihren Körper. Sie verstehen sich vor allem qua gemeinsame Interessen. Der Tag wird bringen, was er bringen wird: nach dem Duschen und Anziehen ein gemeinsames Essen, proteinreich, salz- und wasserarm. Dann sehen sie weiter und wir weg.

***

Tabletten hat er eingeworfen, inhaliert, Vitamine, die halbe Hausapotheke geleert, darum ist das Fieber gesunken, und er kann stehen und sogar gehen: Bucher Manfred. Der Polizeimann und Dr. Brenda Marquardt mit dem Kinderwagen unterwegs. Frische Luft. Frieda, die Kleine, mit knallroten Backen und Hunger rund um die Uhr. Ihr internes Megafon setzt sie heute zum Glück sparsam ein. Manfred fragt sich, wann das kommen wird mit den Zähnen, hat gehört, dass das eine Herausforderung ist, kaum zu übertreffen, schwer zu bewältigen, so als hättest du permanent Nacht- und Pikettdienst zugleich. Das macht ihm Angst. Brenda in Gedanken bei der Fachliteratur, liest sie auch während der «Babypause», seltsames Wort, weil von Pause keine Spur, ab und an sogar ins Pathologische Institut von der Universität Zürich hineingeschaut. Ist halt doch ihr Leben, das Obduzieren und Pathologisieren. Freut sich, dass sie ab nächsten Monat wieder regelmässig (noch reduziert) arbeiten wird. Bucher Manfred gleicht im Kopf Arbeitsplan und Familienbedürfnisse ab. Willst du nicht alles der Frau überlassen und dich bei der Arbeit einigeln, weil wäre topunfair, und die

Frau, also Brenda, würde vor lauter Köpfchenstreicheln und Hinternputzen und Stillen und Nuggiauskochen und Wickeln in Depression verfallen. Er schaut Brenda von der Seite an, sie sieht glücklich aus, kein bisschen unzufrieden. Sie wird nie eine dieser Mütter sein, die 100 Prozent ausschliesslich über ihre Wonneproppen reden, als wären's die einzigen und ersten und sondersuperbegabtesten in der Geschichte der Menschheit. Zum Glück.

Bucher Manfred holt ein Tempo hervor und putzt sich die Nase. Vielleicht müsste er jetzt umkehren, wieder Tablette, wieder Bett.

Vielleicht gibt es ja ein Glück zu dritt, wo jeder seinen Platz hat. Obwohl, verändert hat sich Manfreds Denken schon, seit er Vater ist. Er ist vorsichtiger, und ihn stört mehr an dieser Welt. Nicht nur die Kriminellen. Manchmal kippt sein Denken ins Dunkle. Ihm gefällt nicht, wie der Planet ausgebeutet und geplündert und verseucht und versaut und übernutzt wird. Er kämpft geistig mit dem Geist der untoten Baroness Thatcher und ihren Vermächtnisweitertreibungszombies. Und dazu seine Haltung zum Verbrechen. Was du da siehst und denkst jeden Tag! Kommst du nicht darum herum, um Gedanken und Gefühle, wenn du so ein kleines Wesen im Kinderwagen hast, an dem du als Genlieferant und Erziehungsberechtigter und Mitinhaber der elterlichen Gewalt und Vorbild und Superpapa mitbeteiligt bist. Was so ein kleines Wesen in deiner Obhut mit sich bringt: Perspektiven, Ideen, Befürchtungen, aber auch Joy, Happiness, Peace und all so Sachen. Glück, gopfertori! Und das alles mit der Polizeiarbeit und deiner Polizeiidentität zu verbinden ist nicht einfach. Vielleicht wirfst du dich nicht mehr in die vorderste Reihe, wenn klar ist, es kommt zum Einsatz der Polizeiphysis oder gar der Dienstwaffe. Weil Verantwortung. Love und Peace für alle. Bucher Manfred könnte fast zum Polizeihippie werden – als Dienstabzeichen das Peace-Symbol. Er will seiner Frieda eine bessere Welt schaffen.

Und Bucher Manfred, oder hat es Brenda zuerst gemerkt, sie stellen also fest, dass sie seit 45 Minuten im leichten Regen spazieren mit ohne ein Wort. Schweigen tun sie, sehr. Auch das muss man können.

«Lass uns umkehren, Brenda. Ich lege mich wieder hin.»

***

«Winsle um Gnade, du Schurke!»

«Bitte, bitte, tun Sie mir nichts. Ich habe Frau und Kinder.»

«Wissen wir, ha ha ha ha ha. Und wir wissen, wo sie sind, ha ha ha ha ha.»

«Ah, oh, ah, oh nein! Nicht Angelica! Nicht die Kinder! Lassen Sie sie in Frieden. Sie wissen nichts. Sie haben nichts damit zu –»

Thumpppp, thumpp. «Aaaaah, ich –»

Thumpppp, thumppp. «… werde … aaaah … die Wahrheit sagen.»

«Und nur die Wahrheit und nichts als die Wahrheit?»

Röchel. «Ja!»

«Wiederhol, was ich gesagt habe!»

Thumppp, thumpp, ein Würgen, wenn du so hart in den Bauchraum geschlagen wirst. Schwarz vor den Augen. «Umpff! Ich … ich …»

«Komm, wir schalten ab», sagt Heather Brogli zu Dylan «Gucci» Barmettler, «diesen Schmarren müssen wir uns nicht ansehen. Aus welchem Jahr ist eigentlich dieser Quatsch?»

Barmettler, der heute mal very casual mit lässiger Strickhose in Grau, leicht meliert, designed in Italy, auf dem Sofa in derselben Farbe fläzt, macht seine Beine lang und schlank und vorteilhaft, bringt seine Premium Male Assets voll zur Geltung, kann er heute tragen, diese Superhose, soft, fliessend. Hier auf dem Sofa ist sie nicht reissgefährdet, schaut auf die DVD-Hülle, kneift die Augen halb zu, streckt die Hülle von sich, führt sie wieder näher zu sich heran: «Ich kann's … ich kann's nicht mehr lesen, die Zahlen sind zu klein.»

Brille? Braucht er vielleicht eine Brille? Es gibt schicke Modelle, dandylike 30er, 40er Jahre 20. Jahrhundert. Das sieht er vor sich, die kleinen Buchstaben nicht mehr.

Brogli schaut Barmettler an, nein: Heather schaut Dylan an, sie sagt, den Tonfall können Sie sich mühelos vorstellen: «Ich wüsste was Besseres, das wir tun könnten.» Und das Einverständnis ist so einhellig wie einst im Ostblock: 100 Prozent unisono una voce fortissimo. Eine Partitur mit crescendo, più veloce, zwischendurch … Pause … und brutal berechnet rallentando.

***

Der Mann mit dem Billardkugelhelm, der schwarzen Acht im weissen Kreis, er macht Arbeitsstunden, viele Arbeitsstunden. Den Task-Manager aufgerufen, den Auftrag, bei dem das Programm sich aufgehängt hat, abschiessen, die Protokolle lesen, um herauszufinden, weshalb das Ding immer abstürzt, verifizieren, ob das Backup gesichert ist, auf dem F-Drive die Daten saven, die beim Neustart verloren gehen könnten, neu starten. Im Büro ist es still am Sonntagabend, keiner da, der etwas von ihm wollen würde, nur die Arbeit. Sie widersteht ihm nicht. Sie ist klar strukturiert: Problem → Lösung. Frage → Antwort. Anforderung → Algorithmus. Das beruhigt.

Ende Multitaskingkrimskrams. Zurück zum Wesentlichen, dem Auftrag des GD. Die Software, die das Management von Grossunternehmen ersetzen und dadurch hohe Kosten einsparen soll. Macht Fortschritt. Im Austausch mit Indien und Tokyo, die Namen der Kollegen sagen ihm nichts und ihre Gesichter erst recht nicht, zwar im Internet zu finden, aber was sagen schon Gesichter ohne Stimme, ohne Geschichten, ohne Eigenheiten. Du könntest mit Rechnern und Robotern zusammenarbeiten, es spielte keine Rolle, weil in der elektronischen Kommunikation zwischen interkontinentalen Unbekannten erzählst du nicht von deinem Wochenende, deinen Hobbys und dem Mumps deiner Lieblingsnichte. Lassen sich auch standardmässig absenden, solche persönlichen Botschaften. Ihm ist das gerade recht.

Am Automaten holt er sich einen Kaffee.

Aktuelle Teilaufgabe: die Sozialparameter in C++ übersetzen. Er hat schon einiges gemacht: die Maximalstundenregelung, die Feiertagsvorschriften, Nachtarbeit, Ruhezeit. Knacknuss an diesem Abend: die Vorschriften zur Sicherung der Gesundheit der Mitarbeiterinnen und Mitarbeiter. Er hat sich nie dran gewöhnen können, sie einfach «MAs» zu nennen. Singh, der indische Kollege, arbeitet an ökonomischen Grössen, Rendite-Tools und Grafiken, die so toll aussehen, dass niemand wird Bedenken anmelden, geschweige denn Widerstand leisten können. Sieht alles unverdächtig hayekmässig und friedmanesk aus. Und Dr. Sato in Japan kombiniert das Makro- mit dem Mikroökonomischen, du meinst, du liest Grundlagendokumente von IWF und WTO. Für mich böhmische Dörfer, aber ich brauche diese Arbeit ja nicht zu machen. Ihn schreckt das alles nicht, den Mann mit dem Billardkugelhelm. Übrigens: Er trägt ihn gerade, wie eigentlich immer am Arbeitsplatz. «Eigentlich» streichen.

Weil er braucht Schutz. Braucht er wirklich, denkt er, weil seine Überzeugung: Firma = Gehirnwäsche. Muss ich erklären, was er meint, hier ganzer Satz, ich kann ihn erfühlen: Arbeitest du lange für dieselbe Firma, denkt er, wird dein Gehirn weichgespült wie durch diese rosa oder hellblaue Flüssigkeit, die verboten gehört: duftet bis Ohnmacht und killt die wirbellosen Fische im Abwassssser drin. Prozessss funktsssssioniert ssssso: Zuerssssst wirssssst du eingestellt, Grund: weil du annähernd denkssssst wie die Firma oder dir mindestens vorstellen kannst, wie die Firma denkt. Und sie bemerken während der HR-Prozesse, dass du so denkst. Wenn du drin bist, gleichst du dich dem Firmengeist und dem corporate spirit noch stärker an, weil du willst ja dazugehören. Wenn nicht, bist du bald wieder draussen, beim RAV, bei der Psychotherapeutin oder in einer Klinik für Burn-out-Patienten. Weil ein Unternehmen wie ein Organismus infolge immunologischer Kampfeslust jeden Fremdkörper abstösst. Eine Firma will dich mit Haut und Haaren und fordert immer mehr Nähe. Gehirn, Skelett und Fleisch, Charakter, Persönlichkeit – gib alles her und hör auf, du selbst zu sein. Takt, Höflichkeit, Zurückhaltung: heute Fremdwörter. In der Arbeitswelt.

Der Billardkugelmann weiss nur zu gut, was allüberall vor sich geht. Die Firma dringt tief in dich ein und wie ein Röntgenstrahl durch dich hindurch. Sie infiziert dich bis in die Mitochondrien hinein, wo sie dich zuerst etwas kitzelt, dann aber sukzessive hormonell einwirkt und dein Commitment boostet. Pflanzt dir Algorithmen ein. Löscht, was auf deiner Festplatte war. Datiert deine Programme auf. Räumt in dir auf. Räumt weg, was nicht benötigt wird, und ersetzt es durch Unerlässliches, Nützliches, Wertvolles. Deine Eigenanteile schrumpfen, du wirst immer weniger von dir selbst. Du schwindest und bestehst nicht mehr aus dir und den Erfahrungen deiner Lebensjahre. Sondern aus der Summe der Tasks, die du in der Firma erledigt hast. Plus ein bisschen Freizeit fürs Gemüt: Geld ausgeben, um Sachen zu kaufen, damit andere Firmen Menschen anstellen können, die auch gehirngewaschen werden. Begehrte Sachen mit Materialwert minimal, Nutzwert zweifelhaft, Lebensdauer klein, in Wahrheit alles Abfall mit Preisetikette. Der Clou: Du merkst nichts davon, weil Gehirnwäsche. Und wenn du es merkst, schaust du dich im Spiegel an, was aus dir geworden ist, und Gefahr von Nausea. ENTMÜNDIGUNG! Ja, das ist es. Nur mit dem Helm kann er sich vor der Distanzlosigkeit schützen, vor dem Totalitarismus. Und seine Autonomie retten. Nein, er geht nicht konform.

Das denkt die eine Gehirnhälfte des Billardkugelmanns bei der Arbeit am Sonntag in den menschenleeren Büroräumen, während die andere Hälfte sich professionell um die digitalen Sachen kümmert. Die eine Gehirnhälfte denkt, die andere arbeitet. Darauf ist er trainiert, diese beiden Zustände parallel zu schalten.

***

Marius Husi, der Besitzer eines gerne im Park- oder gar Halteverbot abgestellten roten Alfa Spider, lebt auch an diesem Sonntag seine modernen Moralvorstellungen aus und geniesst die Vorzüge des 21. Jahrhunderts. Vor wenigen Jahrzehnten noch wäre er deswegen geächtet worden. Der Hauswart hätte über sein Kommen und Gehen genauestens Buch geführt. Die Verwandten hätten ihn gemassregelt, die Nachbarn über ihn getuschelt und ihm dann und wann eine tote Maus in den Briefkasten oder ins Estrichabteil geschmissen oder ein mit Hundedreck gestopftes Präservativ. Heute nicht mehr, heute gilt das ubiquitäre Anything-Goes, die Devise: Du darfst! Husi wird im Unternehmen, für das er arbeitet, als äusserst verlässlich, innovativ und einsatzfreudig eingestuft. Hervorzuheben ist ferner: Marius Husi hat einen Höllenspass beim Ausleben sozialer Verhaltensweisen, die als zeitgenössisch und als konsensuell einzustufen sind. Mit anderen Worten: Seine Partnerinnen sind damit einverstanden. Von diesem Pop- und Zivilisationsmythos namens L.O.V.E. spricht niemand, niemand macht niemandem nichts vor. Ist das eine Verneinung zu viel? Verlässlichkeit und Monogamie sind Fremdsprachen.

***

Lena Lombriser, wie Marius Husi Empfängerin eines Posaunenbriefs, liegt zu Hause. Im Bett. Sie hat die Grippe nicht auskuriert, sondern jetzt erst richtig erwischt. Sie dämmert durch den Tag, misst zwei-, dreimal die Temperatur, legt einen kühlen, feuchten Waschlappen auf die Stirn und sich wieder hin. Nach zwei Stunden unruhigen Schlafs kocht sie in der Küche Wasser auf, giesst es in eine Tasse, schüttet zitroniges Vitamin-C-Präparat hinein, um die Erreger grossflächig zu exterminieren, rührt um, bis es sich auflöst und etwas abgekühlt hat. Dann trinkt sie es. Für sie ein verlorener Sonntag.

***

Manuela Wyss, ebenfalls mit einem Johannesbrief eingedeckt, begibt sich dank eines von der alten Frau Büttikofer von nebenan überreichten Geschenkgutscheins mit ihren Kindern Lea und Cyril und ihrer Schwester Veronika in den Zürcher Zoo. Im Gedränge könnten sie auf den Polizisten Rocco Catanzaro treffen, der zeitgleich wie sie mit Familie zwischen Flamingos,

Elefanten und Masoala-Giraffen, zwischen Popcorn- oder Glacélust und plötzlicher Lauffaulheit, zwischen notfallmässigem WC-Drang und Angriffen des übermächtigen Pommesfriteshungers hin- und hergeworfen wird wie eine Kugel im Flipperkasten. Geräuschpegel: recht hoch, akzentuiert durch Kindergeschrei und Plärren, ein Elefant trompetet, ein Löwe brüllt, die Geisslein machen mäh. Nur der Ameisenbär kann sich beherrschen und leckt mit seiner langen, schmalen Zunge die Termiten lautlos aus ihrem Bau.

***

Szenenwechsel → «Guggemos Law & Consulting». Wie stellen Sie sich das Büro eines Anwalts/Lokalpolitikers/Investors/Unternehmers vor? Befindet sich im neuen Glas-Stahl-Turm am Bahnhof Altstetten, bläulich ist der und liegt rechts, wenn Sie aus der kantonalzürcherischen oder aargauischen Umgebung endlich in die Stadt der Städte einfahren. Ja, Sie liegen richtig: Wie Sie sich dieses Büro vorstellen, genau so sieht es aus. Nur heute weniger geschäftig, sondern in der Konzentration und im Abarbeiten der To-do-Liste voll fokussiert, da Alleinpräsenz von Christian Guggemos im zwölften Stock. Es ist schliesslich Sonntag. Er macht heute seinem Titel als König der Generation Slash alle/Ehre/denn/er/kombiniert/die/ganze/Palette/seiner/Tätigkeitsfelder. Die da sind, unvollständige Aufzählung: Stadtparteivorstand/Gewerbegruppe des Parlaments/Anwaltskammer/Rotary Club/Offiziersverein/Quartierverein/Kegelgruppe des Stadtparlaments/Golfclub/Segelclub/Gönnervereinigung eines Fussballclubs und noch einige eher informelle Zirkel mehr. Das verlangt einiges an Koordination, ich meine, dringend erfordert es das, weil sonst Terminchaos. RA Guggemos verbringt den Tag, indem er seine Agenda koordiniert und synchronisiert, aber auch sein in- und ausländisches Portfolio vertieft überprüft und seine Langzeitstrategie, seine Konten auf Liquidität abcheckt … und zum x-ten Mal das Youtube-Video sichtet, das ihn in der Migros Altstetterstrasse zeigt, wie er auf diesen äh Verkäufer mit balkanischen Wurzeln losgeht. Steht zurzeit bei 134'662 Views. 134'662-mal wurde das schlecht aufgelöste Video also angeklickt, 231 Daumen zeigen nach oben, 12 nach unten. Christian Guggemos fragt sich, was das bedeutet: Finden 231 Daumen gut, dass er diesem Kerl Saures gegeben hat? Oder gefällt diesen 231 Leuten, dass jemand dieses Video hochgeladen hat, auf dem er sicht- und hörbar die Contenance verliert und sich auf einen Konflikt mit einem einlässt, der das, gopf, weil absolut nicht Augenhöhe, überhaupt nicht verdient? Dieser Typ wird durch mich zum Internetstar, denkt Guggemos einen Augenblick. Dann aber fällt ihm ein, was der PR-Profi seiner Partei, Maurizio Zamboni, immer sagt: «Egal, was berichtet wird, Hauptsache, sie berichten.» Ein durchaus versöhnlicher Gedanke, denkt Guggemos, während er durch die Glasfront auf die Geleise zwölf Etagen tiefer schaut. Ein ICE fährt in Richtung HB, eine S-Bahn Richtung Schlieren. Er schaut hinunter und hinüber nach Höngg und zum Hönggerberg. Er lenkt seine Augen nach rechts zum Areal zwischen Aargauer- und Bernerstrasse: Brachflächen, ehemalige Industriegebiete, einiges neu genutzt und überbaut, teilweise aber noch nicht neu gedacht, teilweise neu gedacht, aber noch nicht voll projektausgereift. Aschenbrödel war einmal, Altstetten hat Potenzial. Irgendwann wird der Kreis 9 zu den goldenen Stadtkreisen gehören, und er, Christian Guggemos, wird voll und ganz dazugehören und nicht mehr nur «der aus Altstetten» sein. Da ist er sich sicher.

***

Sieben Posaunen erschallen in der Apokalypse des Johannes, sieben. Fünfmal hat er sie schon erklingen lassen. Bleiben zwei. Eine Wirkung ist bisher ausgeblieben. Er ist Realist. Sich der Schwierigkeiten seiner Aufgabe bewusst. Fünf Menschen hat er bisher zur Umkehr aufgefordert, schriftlich. Bleiben zwei. Aber weil er Realist ist, weiss er, dass nicht fertig lustig sein kann nach der siebten Posaune.

Was dann? Welche Steigerung ist möglich? Die Möglichkeit, Briefe zu schreiben, wird ausgeschöpft sein. Er wird *handeln* müssen. Gut, das hat er auch bisher schon getan: Leuten beim

Altglascontainer erklärt, wie sie ihr Glas korrekt entsorgen: Farben tren-nen! Und dass der Plastikdeckel von der Mayonnaisetube runtermuss, bevor sie sie in die Öffnung für Weissblech und Aluminium werfen; Abfall eingesammelt auf Spielplätzen und an Tramhaltestellen. Dabei wünscht er sich immer, die Stadtbevölkerung nähme sich ein Beispiel an ihm, Passanten würden denken: Schau an, der macht's richtig! Eltern zu ihren Kindern sagen: «Seht nur, der Mann wirft die gebrauchten Kondome in den Hai!» Und er hat sogar an der Ampel an der Luggwegstrasse zweimal an das Seitenfenster eines Autos geklopft, damit der Fahrer bei Rotlicht endlich den Motor abstellt.

Handeln, ja: handeln! Bei moralischen Verfehlungen, ist er überzeugt, reagieren die Menschen empfindlicher als beim Littering. Recyclingstoffe richtig zu trennen, den Motor abzustellen, das fällt ihnen leichter, als ihre Triebe im Zaum zu halten. Obwohl der eine am Rotlicht sich mit dem Zeigefinger an die Stirn getippt und stapelweise Schimpfwörter vom Stapel gelassen hat. Und der andere, der ausfällig wurde, als er ihm sagte, er solle die Hundeka… seines Dobermanns doch bitte mit dem Robidogbeutel aufnehmen und ordnungsgemäss entsorgen. Erröten würden Sie und ich, wenn er diese Wörter hier wiederholte.

Einen Gang höher schalten.

Er wird Grenzen überschreiten müssen. Dinge tun, die er bisher nie getan hat. Unkonventionell vorgehen. Für Aufmerksamkeit sorgen. Er kann ja nicht der Einzige sein, der so denkt, wie er denkt. Er muss Gleichgesinnte finden, denn allein, das ist ihm klar, allein wird er es nicht schaffen, ein Zeichen zu setzen. Inmitten der Reizüberflutung durch laute, bunte, schnelle Internetseiten, laute, bunte, schnelle Bildmedien, laute, bunte, schnelle was weiss ich noch, das ganze Getöse, den ganzen Lärm, die ganze Gedankenlosigkeit, die Verkommenheit, Verworfenheit, Charakterlosigkeit, Erbärmlichkeit, Zügellosigkeit, den Egoismus, die Ichbezogenheit, DIE VERDAMMTE UNVERBINDLICHKEIT … die Wörter fallen über ihn her, überwältigen ihn, strecken ihn nieder. Er zittert, vermag noch das Sofa zu erreichen, fällt aufs Polster, bäuchlings, zwischen die Kissen, und weint.

***

Und der Müller, fragen Sie sich bestimmt garantiert sicher? Was macht der Müller am heiligen Sonntag? Kann ja auch nicht rund um die Uhr 24/7 im Einsatz sein. Weil arbeitsrechtlich gar nicht erlaubt. Hat zu Hause geschlafen. Eigenes Bett = 1A. Eigener Kaffee = 1A. Auf dem Balkon das Ungesunde mit dem Tabak, im Sessel das Anregende mit den Büchern.

09:30 Uhr schon wieder unterwegs, diesmal im Auto → A1 → Aargau. Im Birrfeld → A3 → Basel. Unterwegs über und durch Meisterwerke der Ingenieurskunst: die Brücken im Limmattal, Tunnels: Baregg, Reussbrücke, Habsburg, Aareviadukt, Bözberg. Vorbei an der grossen Brauerei im Schlösschen, wo er selten das Bier von trinkt. Hinein, hinein in die Stadt, wo du als Zürcher Fussballfreund den Namen nicht einmal denkst, weil immer gewinnen die und sammeln so viele Punkte Vorsprung. Du selbst hast keine Chance, seit Jahren nicht, leider, bitter, auch etwas langweilig.

Wolf heisst der Güterbahnhof. Zeichen für eine böse Stadt? Unerwartet bist du schnell im Zentrum. Der Müller vorbei am Denkmal, wofür, weiss er nicht, links der Bahnhof, rechts kleiner Park, über die geschwungene Brücke, vorbei an der Markthalle, Viadukt. Der Müller blinkt und will links abbiegen. Nein, halt! Hinter ihm hupen sie, darf er nicht. Muss irgendwie um den Block … U-Turn? … Nein, lieber nicht: hinten Lichthupe und ein Tram … also vorwärts, wie die Strassen heissen, weiss er nicht, jetzt doch links hinein und noch einmal links und irgendwie → Bachlettenstrasse. Im Sommer, hat Doris gesagt, riecht es manchmal nach Löwenpisse und Elefantenmist, weil der Zoo liegt gleich nebenan. Dort vorne auf dem Dach bauen die Störche vom Zoo Nester, um die Schornsteine der Anwohner zu verstopfen, so wenig denken diese Vögel über die Folgen ihres Tuns nach.

Der Müller stellt das Auto in der Blauen Zone ab und

profitiert von der Gunst des Sonntags: Gratisparkierparty 24 Stunden, olé, olé! Ohne Risiko, dass die Kollegen vom Verkehrsdienst Bussen verteilen.

→ Hausbeschreibung: Mietshaus, 80er Jahre, vier Stockwerke, beige oder hellgrau? Muss ich nicht erzählen: Die halbe Schweiz sieht aus wie das Wohnhaus, in dem Doris Müller mit ihrer Familie, pardon, präzise: mit ihren Kindern, wohnt. Austauschbar die Fassade, die Raumaufteilung, die Haustechnik, die drei Stufen, die zum Eingang führen, die Klingelanlage. Lasse ich jetzt weg, wie der Müller draufdrückt, die Gegensprechanlage «ja?» sagt, der Müller seinen Namen, der Summer geht, Beni die Tür aufdrückt, die Treppe nimmt, weil Beine versteift von Autofahrt und etwas bewegungsbedürftig, in den dritten Stock hochsteigt, Türe angelehnt, die Schwester hört seine Schritte, kommt zur Tür, der Müller sagt «hallo», Doris «sali, Beni». Könnte ich alles genau erzählen, die Oberfläche der Treppenstufen, den Gesichtsausdruck vom Müller, den von Doris und auch von Noah (8) und Maurice (10), die in der Tür schon warten, um als Erste den Mann zu sehen, der ihr Onkel ist. Noah in der Hand ein Plastikdingsda von Lego «Star Wars» (Schutzmarken), Maurice den Asterix-Comic «Die Trabantenstadt». Könnte ich alles im Detail, wie im richtigen Leben voll High Definition und mit Tonspur, aber ist nicht dramatisch, bringt die Handlung nicht weiter und daher hier abgekürzt.

Also nur das Wesentliche: Im Korridor an die Wand gelehnt ein Spiegel mit Sprüngen, «sept ans de malheur», sonst keine Spuren der Zerstörung mehr. Doch, schau genau: in der Raufasertapete zwei nackte Dübellöcher, wahrscheinlich herausgerissene Garderobe. Und das Gesicht von Doris, schau nicht weg: müde, Falten eingegraben um die Augen, um den Mund, die Augen dunkel wie verzweifelte Seelen, die Bewegungen langsam. Der Müller nimmt sie in den Arm, fährt ihr mit der rechten Hand sanft zwischen den Schulterblättern auf und ab. Ungewohnt, ihn so zu sehen.

Und nach zehn, siebzehn, fünfundzwanzig Sekunden räuspert sich Doris, sagt: «Nimmst du einen Kaffee?»

Und Beni: «Gerne.» Und streicht den Kindern über die Haare, nestelt in der Jackentasche und holt für beide ein Matchbox-Auto hervor, Ambulanz und Polizeiauto: «Die sind für euch, die hatte ich in eurem Alter. Sind noch Made in Great Britain.» Wartet nicht auf ein Danke, das aber auch ohne Aufforderung von Doris prompt kommt. Sie schickt die beiden ins Kinderzimmer, sie maulen ein wenig. Der Müller: «Ich trinke mit eurer Mutter einen Kaffee, dann unternehmen wir etwas.» Wirkt jetzt, als übernehme er ungefragt hier den Lauf der Dinge, aber ist abgesprochen. Doris hat nachher Anrufe zu erledigen: eine Freundin, die einen Anwalt weiss, eine Freundin, die sich mit den Tagesstrukturen der Schule auskennt, sich das Herz vom Leibe reden.

Und der Müller: «Geht's dir einigermassen?»

Er weiss, ohne dass seine Schwester es sagt, dass der Kerl Alkohol und häusliche Gewalt und gemein und rau und Gegenteil von einfühlsam und verständnisvoll und freundlich, ein richtiger Arsch, gut, dass er weg ist. Aber das darfst du als Bruder der Betroffenen nicht so formulieren, müsste sie selber tun → Befreiungsakt.

Doris jetzt: «So ein Arsch! Gut, dass er weg ist.»

Und so der Müller: «Da hast du vermutlich recht.»

Jetzt nicht sagen: Warum wusste ich nichts? Warum hast du mir nie etwas erzählt? Ich dachte, ihr seid eine glückliche Familie. Klar, mit Aufs und Abs und «Upside Down» (Diana Ross) und manchmal total Chaos, wie das Leben so lebt, ja, ich dachte, ihr seid grundsätzlich im grünen Bereich. Sagen darfst du das nicht, weil käme als Vorwurf herüber: Warum hast du mir nie etwas gesagt, und jetzt muss ich Feuerwehrmann spielen!

«Der Kerl hat auch eine Affäre», sagt Doris jetzt, «zu der hat er sich verzogen. Wer weiss, wie lange das schon dauert, dieses Doppelspiel.» Doris dachte, er arbeitet viel, hat sich mit Bürokollegen angefreundet, ist ab und an mit denen unterwegs. Irgendwann kriegst du das immer spitz. Eine Quittung für zwei Gerichte und zwei Espressi. Eine Kreditkartenrechnung über Artikel, die nie in diesem Haushalt angekommen sind. Ein fremder Duft, der an einem Hemd hängt, das in der Schmutzwäsche liegt.

Emotional, organisatorisch und finanziell ist Doris Müllers Lage nicht einfach. Dass es vielen so geht, ist kein Trost. Die Scheidungsrate in der Schweiz liegt bei 40.9 Prozent, die durchschnittliche Ehedauer bei der Scheidung bei 15.0 Jahren. Doris und der Kerl sind leicht unter dem Durchschnitt. Der Müller ist fast froh, dass er nicht in Gefahr ist, in diese Statistik einzufliessen. Eine Scheidung ist ein Brocken, vor allem für die Kinder.

Der Kaffee ist getrunken, der Müller fragt, wie viel Zeit seine Schwester braucht, sagt dann: «Ich habe heute sonst nichts vor, ich gehe mit den Kindern raus, wir beeilen uns nicht.» Ruft Noah und Maurice zu: «Kinder, holt euren Ball und zieht die Turnschuhe an. Wir gehen raus.»

Die Schweizergasse lang, wirkt wohlsituiert und englisch mit diesen Häusern, einige Meter der Rütimeyerstrasse folgen, links die Sportanlage Schützenmatte. Drahtzaun, Drehkreuz, Kunstrasen, Tore in zwei Grössen.

Die Jungs mit dem Ball voraus, rennen aufs Feld, nehmen ein Tor in Beschlag. Der Müller in Strassenschuhen, seine Kunstrasenpremiere. Kunstrasen sieht aus wie richtig fetter, gut gewässerter Rasen. Damit er nicht stumpf ist und der Ball Tempo bekommt, ist er mit schwarzem Granulat bestreut. Die Körner hat der Müller nach fünf Schritten im Schuh.

Der Müller ja FCZ, ob oben oder unten, wie meistens seit 2009, ob damals oder heute: weiss-blau. Deshalb weiss er, was Fussball ist, und vor allem: was er sein könnte.

Noah (8) und Maurice (10), hoppla, rennen die ihm um die Ohren. Der Müller mit 20 Polizeijahren in den Knochen und am Horizont droht bald der 50. Geburtstag. Läuferisch ist er den beiden unterlegen, klar, aber bringt immerhin die Bälle ungefähr dorthin, wo er sie haben will. Staunt selbst darüber. Wechselt ins Tor, erwischt die Bälle, wenn sie in seine Nähe kommen, hechtet aber nicht, keine Flugakrobatik, weil Verletzungsgefahr → kann er sich nicht leisten. Nach einer Stunde geht ihm die Puste aus.

Und schlägt den Buben vor, sie sollen ihm ihr Quartier zeigen, weil kennt es nicht und möchte einmal rund um die Sportanlage. Die Brennerstrasse recht imposant, wie eine halbseitige Allee. Sie erreichen den Betonbau des Stadions Schützenmatte, wo einige Leichtathleten trainieren, biegen links um die Ecke → General-Guisan-Strasse. An einem Nebengebäude der Stadionanlage bemerkt er, Glastüre in Stahlrahmen, nüchtern, die Buchstaben «Kantonspolizei Basel-Stadt».

«Hm», sagt er zu den Buben, «ich will mal was nachschauen.» Prüft die Tür, ist offen, sagt: «Kommt, da gehen wir rein.»

Ein Pfeil sagt, der Empfang sei im ersten Stock. Dort ist keiner. Der Müller klopft an eine angelehnte Bürotür.

«Ja?», hört er dahinter eine Stimme.

Der Müller schiebt die Tür einen Spalt weit auf. «Pardon, ich war gerade auf dem Vorbeiweg. Müller ist mein Name.»

Es ist wie Chemie. Im Periodensystem der Elemente erkennen die einzelnen Stoffe instinktiv, wie viele freie Elektronen hier mit wie vielen Neutronen dort reagieren können, um gemeinsam eine Verbindung mit völlig eigenen Eigenschaften einzugehen. Bevor Sie jetzt was weiss ich was vermuten, Klarheit: Oberleutnant Balz Tschudin, sympathisch, sportlich, wacher Blick, erkennt sofort, dass er in Gestalt dieses Mittvierzigers einen Polizeibeamten vor sich hat. Merkst du an der Körpersprache (Spannung), am Blick (X-Ray-Scanner), an den Kleidern (robust, sportlich), an den Bewegungen (Energie), an der Sprache (korrekt) und Melodie (Tonus). Günstig auch, dass Sonntag und Oblt Tschudin erfreut über etwas Abwechslung, er ackert gerade Bewerbungsdossiers für die Polizeiausbildung durch – «ich sage dir, da wollen Leute zu uns, die willst du nicht haben» – eine Pause also willkommen. Und weil Sonntag und dies hier – ausser Schiesskeller im UG – Verwaltungsräume: kein Mensch da. Da kommt der Müller wie gerufen.

«Kaffee?», fragt der Basler Kollege.

«Gerne», sagt der Müller. Es ist ein Klischee, aber ein wahres, dass der Kaffeeautomat das Herzundnierenzentrum jeder Polizeimannschaft ist. Der Automat hier voll modern, da merkst du, dass der Kanton nicht bankrott ist, weil er per Steuerreform alle potenziellen Einnahmen weggeschenkt hätte.

Tschudin bringt den Jungs ein Plüschtier, grau, blaue Hose und Barett. Vermutlich ein Hund. «Paddy!», rufen Noah und Maurice begeistert. Paddy? Denkt der Müller. «Von der Verkehrserziehung des Kantons Basel-Stadt», sagt Balz zum Müller.

Sie tauschen sich über die Polizeiarbeit aus, der Müller nennt seine Funktion – Abteilung Gewaltverbrechen –, Oblt Tschudin, stellt sich heraus, leitet die Rekrutierungsstelle der Kantonspolizei Basel-Stadt. Dann abchecken: Wie gefällt dir Basel? Kenne es zu wenig, aber was ich mitbekommen habe, gefällt mir, bisschen ruhiger, bisschen kleiner, weniger hektisch, meine Schwester wohnt hier, das sind meine Neffen. Die gerade mit Paddy Zielwerfen auf einen Trinkwasserdispenser üben.

«He, nicht!», ruft der Müller. «Sonst geht's kaputt, und dann kommt die Polizei.»

«Echt?», fragt Noah. Und Maurice stösst ihn mit dem Ellenbogen in die Seite und flüstert ihm etwas ins Ohr. «Hä?», fragt der Kleine. Und nach einem weiteren Flüstersatz: «Aha!» Dann lachen sie.

Der Müller und Tschudin gerade am Diskutieren. Themen: Hooligans und OK.

«Was bedeutet OK?», ruft Noah dazwischen. Willst du als Müller nicht einem Achtjährigen erklären, was Organisierte Kriminalität bedeutet. Zeit, aufzubrechen, bevor die Buben weitere Zwischenfragen stellen, bei denen eine jugendfreie Antwort unmöglich ist.

Der Müller zum Abschied im Scherz das: «Wenn ihr mal eine freie Stelle für mich habt …»

Balz Tschudin so: «Das merke ich mir. Aber dann nicht kneifen.»

16:40 Uhr, Rückweg, A1, der Müller im Auto. Im Oldie-Privatradio «Master and Servant». Der Motor klopft synchron im Rhythmus. Mein Wochenende ist vorbeigerast, denkt der Müller, und im Kopf, der in der Freizeit gratis weiterarbeitet, bin ich kein bisschen vorwärtsgekommen: der Owen-Fall, verkachelte Sache, nichts bewegt sich. Am liebsten würde er den Fall anknurren. Bin ich zu lange Polizist? Habe ich mich abgenutzt? Lässt mich die Intuition im Stich? Das ganze Team arbeitet an Owen, sie geben ihr Bestes. Die Apokalypsenbriefe, bisher einzige mögliche Spur, weit von der Aufklärung entfernt. Motiv rätselhaft, private und geschäftliche Beziehungen des Toten inexistent bis unergiebig. Fällt mir nichts mehr ein, um diesen Knoten zu lösen?

Der Müller fährt, die Strasse zieht unter ihm vorbei. Blühende Bäume, der Wald hellgrün meliert, golden die Sonne, die er im Rücken spürt und die gelegentlich im Rückspiegel aufblitzt.

Und die Sache mit Doris. Er hat sich getäuscht. Immer geglaubt, sie sei glücklich. Er hat gearbeitet und gearbeitet, wenig Privatleben, gearbeitet und sich kaum gekümmert. Mal eine Karte, mal ein kurzer Anruf. Wollte sich nicht einmischen ins Glück, das keines war. Zurückhaltung? Nennt man das so? Oder Gleichgültigkeit?

DREIZEHN

Aufgespürt durch die Kollegen im Vereinigten United Kingdom – dem Müller sein Londoner Kollege Rob Levey hat seinen Job «f*****g brilliantly» gemacht. Würde er selbst über sich nicht sagen, wenn er über sich sprechen würde, was er nie tut. Stimmt aber. Denn er hat die Mitglieder von «Angus Dei» aufgespürt. Du erinnerst dich: einstige Band von Howard John Frederick Arthur Owen, als noch nicht einsamer Tod in Altstetten, sondern im Gegenteil: Champagnerfrühstück, Kultstatus, Hitparadeneroberung, Platinschallplatten, Nacktpartys, sechsmonatige Aufnahmesessions in Nassau, Bahamas, Spesenbudget wow! Backstage ein Betrieb, Glamour, Glanz, Gelächter, kannst du dir nicht vorstellen. Das hier liegt auf dem Müller seinem elektronischen Schreibtisch gleich am Morgen des Montagmorgens.

Protokolle Metropolitan Police, soweit Zielpersonen lebend angetroffen → Zusammenfassung:

· Jones, Patricia, Gitarre: erfolgreiche Laufbahn als Produzentin und Texterin/Songschreiberin. International mehrere Top-Ten-Hits. Lebt und arbeitet in New York, Acapulco, Los Angeles, Berlin, Manchester, Paris, Barcelona, Hamburg, Rom, Belgrad, Sarajevo, Tel Aviv, Tokyo, Shanghai, Hongkong, Brisbane, Sidney, Auckland, Marrakesch, Beirut, Buenos Aires, São Paulo, Santiago de Compostela und Niedereggenen, um nur die Hauptlebensmittelpunkte zu nennen. Ergebnis Befragung: Seit Auflösung «Angus Dei» keinerlei Kontakt mit Howard Owen. «Der ging doch solo, damals, hatte irgendein Angebot, glaube ich, sagte er jedenfalls, aber ich habe das nicht mitverfolgt, weil ich selber genug zu tun hatte.» Das erste Stichwort, das ihr zu Owen einfiel, lautete «Handschuh»: «Er trug ständig welche, weil er sich ‹nicht anstecken› wollte. Woran, weiss ich nicht, es war eine Manie. Kein Wunder, dass ich nie an ihn gedacht habe. Er war kompliziert, egozentrisch, psychisch auffällig, aber, wenn ich's mir jetzt überlege, manchmal ungemein charmant.» (Protokolliert von DS Lucia Biggs).

· Edwards, Marcus, Gitarre: heiratete in erster Ehe die Alleinerbin von Lord Hammersmyth-Haberstroh, einst berühmtes Partygirl, lebt seit vierzehn Jahren mit ihr auf dessen Anwesen in Essex und züchtet mit bisher mässigem Erfolg Rennpferde. Zwei Kinder. Ergebnis Befragung: seit Auflösung «Angus Dei» keinerlei Kontakt mit Howard Owen oder anderen ehemaligen Bandmitgliedern. War überrascht, dass sich die Metropolitan Police in Sachen Owen an ihn wandte, weil jene Zeit doch längst vorbei und ihm wirklich seit vielen Jahren der Sänger der Band – «der Mittelpunkt der Welt» (Edwards) – kaum mehr in den Sinn gekommen sei. Die Frage «Was macht Howie denn jetzt so?» habe spontan und aufrichtig geklungen, stellt DS Reggie Jones in seinem Rapport fest. Auf die Frage, ob Owen ein Drogen- oder Alkoholproblem gehabt habe, antwortete Edwards, sie hätten damals alle mehr oder weniger heftig über die Stränge geschlagen, doch für seinen Teil könne er sagen, dass das ewig her sei, er für seinen Teil sei seit längerer Zeit Unternehmer.

· Thompson, Lara, Gitarre: verschollen seit fünfzehn Jahren, war auf «bewusstseinserweiternder» (Aussage Harold Smith, siehe unten) Wüstenreise in Nordafrika. Konnte nicht befragt werden, da Aufenthaltsort unbekannt und ebenso, ob noch lebend. Scheidet mit höchster Wahrscheinlichkeit als Tatverdächtige aus.

· Gill, Nicholas, Bass: verschollen seit fünfzehn Jahren, war auf ebensolcher Wüstenreise in Nordafrika. Konnte nicht befragt werden, da Aufenthaltsort und so weiter siehe oben. Scheidet mit höchster Wahrscheinlichkeit, ich sagte es oben schon zur persona Thompson, aus.

· Smith, Harold, Schlagzeug: Automechaniker in Croydon, London. Alleinstehend. Ergebnis Befragung: traf Howard Owen vor zehn bis zwölf Jahren (Zeitpunkt nicht genauer einzugrenzen) auf der Strasse in London (Gerrard Street, Chinatown). Unterhielten sich einige Minuten über die alten Zeiten. Erinnert sich nur, dass Owen von «einem neuen Projekt» gesprochen habe. Obwohl er, Smith, gelegentlich Owen gegoogelt habe, habe er nichts darüber gefunden und daraus geschlossen, dass nicht daraus geworden sei. Später habe er Howard Owen nicht mehr getroffen und auch nie mehr von ihm gehört. Er habe seit Jahren kaum mehr an ihn gedacht. Mit Musik hat Smith nichts mehr zu tun, die Arbeit in der Garage lasse ihm keine Zeit dazu. Smith' Aussagen stuft DC Sharon Miller in ihrem Bericht als glaubhaft ein. Der Befragte habe keinerlei Anzeichen von Nervosität gezeigt.

· Walters, Walter, Keyboards: überlebte vor dreizehn Jahren Flugzeugabsturz in Kanada, hatte darauf kurze religiöse Phase, lebt heute als Biobierbrauer in der Nähe von York und amtet als Organist in der örtlichen Kirche. DC Malcolm Kendall, der die Befragung durchführte, schildert Walters als humorvollen, freundlichen Menschen, der ihm den Eindruck vermittelte, über eine ferne historische Epoche zu sprechen, «ungefähr die Zeit, als Mammuts durch die Midlands streiften». Natürlich habe er gelegentlich an seine Zeit im Musikgeschäft gedacht und auch an Howard Owen, denn sie hätten sich damals «in jeder Hinsicht verausgabt», worauf er ein eindeutiges Lachen von sich gegeben habe. Doch das sei ferne Vergangenheit, nostalgische Momente für schwache Stunden, wenn er sich vergegenwärtige, dass ihm die Haare allmählich ausgingen und der Hüftspeck wachse. Nein, er sei nie auf die Idee gekommen, mit Owen wieder Fühlung aufzunehmen. «Ich hätte nicht gewusst, weshalb und wie.» Ausserdem habe Owen damals die Band fast fluchtartig in den Schrank gehängt und von einem lukrativen Angebot einer amerikanischen Plattenfirma gesprochen. Seine, Walters', Interessen hätten sich seit jenen Zeiten deutlich verschoben: Familie (drei Kinder), Bioproduktion, und harmonisch wie rhythmisch sei er durch seine Tätigkeit an der Kirchenorgel genug herausgefordert, auf alle Fälle besser als beim Viervierteltakt seiner wilden Jahre.

· Harris, Imogen, Backing Vocals: weiterhin im Musikgeschäft, wirkte bei rund 90 Produktionen mit, lebt bei Manchester, verheiratet mit einem Primarschullehrer, ein Kind. Ergebnis Befragung: seit jenen Tagen keinerlei Kontakt mit Howard Owen. Erinnert sich ungern an ihn, «dieser Tick mit den Handschuhen, hat er den immer noch?». Auf entsprechende

Nachfrage verneint Harris das Vorliegen eines Alkohol- oder Drogenproblems bei Owen. Es sei wild zugegangen, damals, aber das liege weit zurück. Geärgert habe sie an Owen, dass er ein Egozentriker war. «Er dachte nur an sich und wollte nur eines: sich im Mittelpunkt sehen.» (Unterschrieben von der Befragten und von DC Rob Cole).

Bis der Müller das auf Englisch durch hat, dauert es ein wenig, weil Protokollsprache = knifflig. Wir vermuten nichts, interpretieren nichts, schreiben, wie es ist: nichts Verdächtiges. Etwas Groll kommt durch von den Ex-Kollegen und -innen. Howie ist der Ruhm offensichtlich zu Kopf gestiegen, hat die Band in die Wüste geschickt, fühlte sich als Mittelpunkt des Universums. Und Hinweise: hat von lohnendem Soloangebot gesprochen. Ob er es gehabt hat?

Der Müller weiss nach Soforttelefon mit Hauser: Falls dem so war, wurde nichts draus. Fazit: Die Englandschiene gibt nichts her, das kann man wohl so apodiktisch sagen. Die Philosophen nach Nietzsche sind in Sachen «nichts» vorsichtig, deshalb hier Diodoros, der mit 7514 Sils im Engadin nichts am Hut hatte: «Das Nichts existiert nur, wenn ich darüber spreche.»

Nächster Mülleranruf. Beantwortertext: «Bitterli Treuhand AG, Grüezi. Wir sind heute auf Geschäftsausflug. Morgen Dienstag sind wir wieder für Sie da. Wir wünschen Ihnen einen erfolgreichen Tag.»

***

Die moderne Errungenschaft der Telefonie, im 19. Jahrhundert, damals noch mit dem eleganten «ph», von verschiedenen Herren mit Bart entwickelt und heute vor allem durch Telefonverkäufer und Hausierer ohne Bart mit unschlagbar verlockend-überflüssigen Angeboten in Verruf gebracht, sie bringt es mit sich, dass Menschen über Distanz mit anderen Menschen in Kontakt treten können. Nur Ton, kein Bild, also wie früher. Was erzähle ich lange?

Valon Salihi nimmt den Anruf entgegen, nennt Dienststelle und identifiziert sich: «Polizeiposten Altstetten, Salihi.»

Stimme: «Es wird etwas geschehen, sage ich Ihnen. Es ist genug, mir platzt der Kragen.»

Salihi: «Wer sind Sie? Worum geht es?»

Stimme: «Ich will anonym bleiben. Ich sage nur: Sie werden sich wundern, sehr, sehr bald.»

Salihi sagt noch «hallo, hallo», zweimal sagt er's, aber sinnlos, weil «aufgehängt», hätten die bärtigen Männer gesagt. Ist alles drauf, weil die Anrufe automatisch aufgezeichnet werden. Ich meine, bei uns melden sich jede Menge Spinner, Einsame, die wieder einmal mit jemandem sprechen wollen, Menschen, die uns für alles verantwortlich machen wollen, also Klimawandel, Globalisierung, Wohnungsnot, Flüchtlingskrise, Kapitalismus, Terrorismus, Polizeistaat, Abfallsäcke am falschen Tag auf dem Trottoir, Audi-Rowdys, das Nichteinschreiten der Behörden gegen krankheitserzeugende Fleisch- und Wurstwaren. Besteht Gefahr, dass du auf Durchzug schaltest, weil ständig angemotzt und zugetextet. Wobei noch grössere Gefahr: Ignorieren des wichtigrichtigen Anrufs. «Es wird etwas geschehen. Sie werden sich wundern, sehr, sehr bald.» Klingt zwar vage, aber eindeutig. Salihi zum Glück ein wacher Geist. Weiss, dass Müller und Team in Sachen Altstetten ermitteln, Drohbriefe und Tötungsdelikt, ruft im Grossen Polizeihaus an.

Der Müller mit dieser Information zu Hauptmann Vogt: «Ralph», ihm kommt das Du wirklich fast natürlich über die Lippen, «Ralph, wir haben in Altstetten eine neue Lage: ein Drohanruf an den Polizeiposten. Der Anrufer verspricht, es werde etwas geschehen, die Polizei werde sich sehr bald wundern.»

Denken Sie nun nicht, der Müller schliesst automatisch auf eine zwingende Verbindung zwischen diesem Anrufer und dem Johannes-Posaunen-Drohbriefschreiber. Könnte eine Hypothese sein, ja, aber das reicht nicht. Doch immerhin zwei Gemeinsamkeiten, die auf beide zutreffen:

Drohung,

Altstetten.

Der Müller sagt immer wieder: «Ich formuliere keine Hypothesen, ich brauche Fakten.» Hat er recht, aber wenn die Faktenlage dünn ist wie im Fall Owen, kommst du vielleicht nur mit Hypothesen weiter. Einfach, um etwas zu tun in der Hoffnung, dass irgendein Gedanke doch zur Lösung führt. Irrtum → Wahrheit → Irrtum → Wahrheit?

Neue Lage Altstetten. Was ist das nun, so ein Anruf mit dieser Botschaft? Zuallererst ein Dilemma. Weil unbeachtet lassen kannst du den Anruf nicht. Falls etwas passiert, und du hast nichts unternommen → zack bist du in den Medien, auf dem RAV oder im Innendienst, wo du zum Beispiel das alte Papieraktenarchiv nach neuen Kriterien umsortieren darfst oder die Ausrüstung für den unfriedlichen Ordnungsdienst warten. Nein, Innendienst, das wünschst du keinem und am wenigsten dir selbst. Folgerung: Action! Frage: Welche? Du kannst als kantonales Sicherheitsorgan nicht einfach Altstetten mit Mannschaftswagen und Wasserwerfern vollstellen, die Skorpione auf allen Dächern rund um den Lindenplatz und den Bahnhof Altstetten postieren und in jedem 2er-Tram Richtung Farbhof eine Einsatzgruppe mitfahren lassen. Das Controlling würde dich killen, die Finanzkommission lynchen, die Medien dich fertigmachen, weil Polizeistaat, Diktatur, Willkür, Unverhältnismässigkeit, Grundrechteeinschränkung, Law-and-Order-Terror.

Gutes Stichwort: Terror. Bestände der Verdacht, dass Drohanruf = Hinweis auf Terroranschlag, liesse sich Grossaufwand leichter rechtfertigen und sogar Hilfe aus Bern.

«Ich kontaktiere gleich Hauptmann Krättli», sagt Ralph Vogt, weil Dienstweg: Hauptmann Christoph Krättli ist die Kontaktstelle des NDB bei der Polizei Zürich. Klartext: Staatsschutz. Muss ich noch deutlicher sagen Nachrichtendienst des Bundes, also Geheimdienst? «Womöglich weiss der NDB mehr als wir.»

Müller: «Gut, aber jetzt in der Praxis, in Altstetten, akut? Kann ich das Dispositiv Altstetten verstärken?»

«Ich rufe den Kommandanten an, wie viel Spielraum wir haben», sagt Ralph. «Ich melde mich, sobald ich neue Informationen habe.»

***

Rückmeldung Hofstetter Erwin (Wissenschaftlicher Dienst): Schlüssel vom Owen-Auto identifiziert: gehört zu Schliessfach bei Credit Suisse Aussersihl, Badenerstrasse 50, dort wo die Zweier- und die Birmensdorfer- von der Badenerstrasse abgehen. Danke. Der Müller erwirkt richterlichen Durchsuchungsbefehl für den Banksafe, ruft an, fährt mit dem dunkelblauen Mondeo … unwichtig! Fährt mit Rosanna Vukic hin. In Schalterhalle, ich weiss nicht, dem Müller und der Vukic sieht man ihre Funktion wohl an, weil alle Kunden drehen die Köpfe und schauen sich zu ihnen um, als sie die Filiale betreten. Fehlt nur der Wind, der Staub und die Morricone-Melodie. Durch eine gepanzerte Tür an der Seite des Raumes betritt Herr Flury den Kundenbereich, Krawatte, Anzug, spitze Schuhe, kahl auf dem Kopf, als Stv. Filialleiter seit mehreren Jahren hier gestrandet. Müller zeigt Dienstausweis, Vukic auch, Herr Flury lächelt die Kunden, die ihre Mappen und Taschen und Portemonnaies festklammern, an und raunt der Polizei leise zu: «Wenn Sie mir bitte folgen wollen … hier lang.» Und Badge ans Lesegerät und durch die seitliche Panzertür, Korridor mit Neonlicht, Kameras hinten und vorn, sie schwenken, bewegungsaktiviert, dahinter Herr Flury den Badge vors nächste Lesegerät, klick, weitere robuste Tür öffnet sich, Treppenabsatz. Hinunter, zehn Stufen, zwanzig total, Kameras, nächste Panzertür, massiv, Lesegerät, biometrisch, ich erzähle das so genau, damit Sie keine Angst um Ihr Geld haben. Es ist gut aufgehoben.

Tür geht auf. Leuchtstoffröhrenlicht. Rechteckiger Raum circa 6 x 8 Meter mit Schliessfächerwänden. Nummer 666 ist Owens. Herr Flury zeigt es. Der Müller den Schlüssel aus der Jackentasche, steckt ihn ins Schloss, dreht ihn, klappt das kleine, aber schwere Türchen auf, sieht Dokumente.

«Wir nehmen das alles mit», sagt der Müller. Und Herr Flury, die Hände durch richterlichen Durchsuchungsbefehl gebunden, macht ein unglückliches Gesicht und nickt. In den Filmen bekäme er jetzt eine Quittung für die konfiszierten Gegenstände, aber nicht vom Müller. Weil autorisierte Handlung.

Der Müller steckt die Dinge in eine Ledermappe, wo Vukic

trägt. Dann den ganzen Weg zurück wie Film rückwärts, bei der letzten Panzertür Händeschütteln mit Herrn Flury, der fragt nochmals die Namen ab, weil muss es intern vermerken, kein Problem, natürlich.

Zurück ins Grosse Polizeihaus → Müllerbüro 365, musst du Spezialisten beiziehen, haben wir, gleich die Dandys von der Wirtschaftskriminalität anrufen, ob jemand frei. Ist so. Leo Baumgartner kommt. Du denkst, wenn du ihn siehst: ist George Clooney für Arme. Weil ist Ähnlichkeit da, obschon zerknittert. Jetzt Kaffee und dazu Dokumente studieren.

Sichtung Inhalt Schliessfach Owen:

Kaufangebot einer «Super Prime Property (Switzerland) AG» an eine «Astoria GmbH» für ein Grundstück Aargauer-/Bernerstrasse. Datiert vom 12. März des vorletzten Jahres, liegt also zwei Jahre und einen halben Monat zurück.

Vier Verträge mit «MCA Records» (UK) für Musikproduktionen, ausgestellt und von Howard Owen gegengezeichnet vor 21, 19, 16 und 14 Jahren.

Drei Verträge mit «CBS Records» (UK) für Musikproduktionen, ausgestellt und von Howard Owen gegengezeichnet vor 29, 27 und 24 Jahren.

Ein vor fünf Jahren datierter und von zwei Parteien gezeichneter Darlehensvertrag zwischen Howard Owen als Darlehensgeber und der bereits genannten «Astoria GmbH» über CHF 1'000'000.-, Unterschrift astoriaseitig unleserlich.

Ein Kaufvertrag zwischen Howard Owen als Käufer und einer «Immobilia AG» über die Wohnung Badenerstrasse 67X, abgeschlossen vor fünfeinhalb Jahren.

CHF 2530.- in nicht fortlaufend nummerierten, gebrauchten Scheinen.

Dokumente über ein Bankkonto, lautend auf Howard Owen, bei der Credit Suisse, Filiale Aussersihl. Keine Kontoauszüge im Schliessfach.

«Und? Was meinst du?», sagt der Müller zu Baumgartner.

«Wird etwas Zeit brauchen. Ich mache mich sofort dahinter. Buljubasic wird mir helfen. Ich rufe dich an.»

Apropos Anruf. Dem Müller sein Tischtelefon meldet sich.

Oh nein, die Kreissäge, Michael Moosberger von der Staatsanwaltschaft.

«Ich habe Sie doch klipp und klar informiert, auf diese Anzeige wegen des angeblichen Vorfalls in der Migros-Filiale in Altstetten nicht einzutreten.»

Der Müller: «Ja.»

Moosberger: «Trotzdem haben Sie diesen Herrn beim Essen gestört, im Restaurant für Aufsehen gesorgt, ihn hinterher auf offener Strasse festnehmen und ins Grosse Polizeihaus bringen lassen und ihn befragt.»

Müller: «Das trifft in groben Zügen, aber nicht im Einzelnen zu.»

Moosberger: «Was ist Ihnen eingefallen? Mein Wunsch war doch klar.»

Da sagt der Müller ganz konstitutionalistisch: «Artikel 8, Absatz 1 der Bundesverfassung der Schweizerischen Eidgenossenschaft: ‹Alle Menschen sind vor dem Gesetz gleich›.»

Und dann ist er clever genug, nicht aufzulegen, sondern zu hören, wie Moosberger das Gespräch wortlos beendet. Der Müller sagt noch: «Hallo? Hallo, Herr Moosberger?» Weil er hört und aus dem Augenwinkel sieht, dass sein Chef gerade das Büro betritt. Wird bezeugen können, dass der andere aufgelegt hat.

«Ärger?», fragt Hptm Vogt, Ralph.

«Er hat aufgelegt», sagt der Müller, «Moosberger.» Und der Muskel zieht die linke Augenbraue von Ralph hoch, was in allen Kulturen bedeutet: strenger Blick, Aufmerksamkeit vorhanden, kritischer Geist startbereit, sag's mir! Und der Müller erzählt vom Moosbergeranruf und der Anweisung, gegen Guggemos (kurzes Résumé des Vorfalls) keine Untersuchung einzuleiten, eigentlich Bagatelle, aber Anzeige des Detailhandelsfachangestellten, ordnungsgemäss durchführen, ohne Ansehen von Person, Name, Religion, Status et cetera, und er selbst, der Müller, die Voruntersuchung trotz Anweisung Moosberger eingeleitet, weil wie gesagt, Art. 8, Abs. 1 der Bundesverfassung der Schweizerischen Eidgenossenschaft.

Und während er dem Chef das erzählt, weiss er: Das Eis ist

dünn, Schleudergefahr, die Bretter der Hängebrücke morsch und glitschig. Weil im Dschungel der Amtsstellen weisst du oft nicht, zu welcher Fraktion einer gehört. Ist Hptm Vogt, selbst ja Ex-Staatsanwaltschaft, per Parteimitgliedschaft oder sonstiger Verbindung mit Moosberger verbunden? Wird er ihm brühwarm von dieser Unterredung berichten? Kommt auf den Müller ein Disziplinarverfahren zu? Umgekehrt: Wie viel darf der Chef dem Mitarbeiter über sich selbst offenlegen? Dass er insgeheim ein freisinniger Marxist ist? Dass er die ganzen Verwaltungs- und Strukturreformen hochbedeppert findet? Dass Moosberger, wie man munkeln hörte, vor drei Jahren wegen Trunkenheit am Steuer beinahe verurteilt worden wäre, hätte nicht der Oberstaatsanwalt persönlich ein Wörtchen bei der Justizdirektion deponiert?

Ehrlich: Alles willst du gar nicht wissen. Alles darfst du gar nicht wissen. Sonst wirst du wahnsinnig.

«Mhm, hmm, mhm», sagt Hptm Ralph Vogt, während der Müller seine Fahrt zwischen Skylla und Charybdis berichtet, «hm, mmm, mhmhm.»

Dann schaut Ralph dem Müller zwei Sekunden tief in die grauen Augen, nickt unmerklich und verlässt Büro 365, ohne dem Müller gesagt zu haben, was er wollte.

***

Bucher Manfred, wir sehen ihn im Gemeinschaftsbüro 364, gleich neben dem vom Müller. Er teilt es mit denen, die gerade da sind, will heissen bei Maximalbesetzung Rosanna Vukic, Heather Brogli, Janine Hossli, Rocco Catanzaro, Gustav Weiermann, Patrick Buess, Gucci Barmettler und Aspirant Mauchle. Also, sie sind selten alle miteinander da, weil es wird sonst eng, nein, in erster Linie natürlich wegen der Aufgaben, die meist ganz verschieden sind und jeden Artikel des Strafgesetzbuchs tangieren können und all die anderen Gesetzeslaufmeter. Und diese unterschiedlichen Aufgaben streuen sich geografisch zwischen Regensdorf, Rümlang, Opfikon und Wallisellen im Norden, Dübendorf, Fällanden und Maur im Osten, Zollikon, Kilchberg und Adliswil im Süden plus ferner Stallikon, Uitikon, Schlieren und Oberengstringen im Westen. Urdorf, das nehmen wir auch dazu, obwohl es nur in einem Punkt an die Stadt Zürich grenzt. Innerhalb der Stadtgrenze, auf 91.88 Quadratkilometern, ist das Einsatzgebiet der Polizei Zürich. Und um auf Bucher Manfred zurückzukommen, entkommen ist er für heute seinen Vaterfreuden, -pflichten und -nöten, er liest sich durch die Akten des Falls Owen. Der Müller hat ihn damit betraut, weil wir nicht weiterkommen. Alles sichten, kritisch durcharbeiten, Protokolle und Berichte lesen, die Dokumente des WD, Zeugenaussagen, Rapporte. Vier Augen sehen mehr, besonders, wenn sie so erfahren sind wie die von Bucher Manfred.

Es ist wie beim Sudoku, wo du weisst, es gibt auf alle Fälle eine Lösung, aber du weisst nicht, wie dahin kommen. Mit welchen Zahlen die Felder füllen, damit es aufgeht. Schliesslich stellst du fest, das Sudoku ist in einer Fremdsprache, die du nicht verstehst, also kannst du das Ding – zum Beispiel auf Serbokroatisch oder Bretonisch – *nicht* lösen, Herrgott! Oder wie bei diesen Wimmelbildern mit x Gegenständen, wo du drei Hasen, sieben Büroklammern und zwölf Frösche finden solltest, und du kreuzt zwei Hasen, sechs Büroklammern und zehn Frösche an und findest beim besten Willen und grösster Anstrengung und grünstem Ärger den Rest nicht, bis du zum Schluss und in Verzweiflung kommst: Das muss ein redaktioneller Fehler sein! Die haben gar nicht drei Hasen, sieben Büroklammern und zwölf Frösche unter diese Unmenge von völlig sinnlosen Kleingegenständen und Dekoelementen gemischt, die sie da abfotografiert haben, sondern nur zwei beziehungsweise sechs beziehungsweise zehn. Und im nächsten Heft werden sie sich für dieses Versehen entschuldigen, doch das nützt dir nichts mehr, weil du hast dich schon grausam aufgeregt, dass du gopferteckel zu blöd warst, um solch einen Idiotenscheiss zu lösen, dabei bist du Alphabet und hast keine Aufmerksamkeitsdefizitstörung oder Medikamentennebenwirkung, die dich an der Konzentrierung, pardon: Konzentration, hindern könnte.

Mit anderen Worten: Was Bucher Manfred da am Bildschirm

in Büro 364 macht, Aktenüberprüfung, ist höllisch. Ein ganzes Team der Abteilung Gewaltverbrechen hat Informationen gesucht und zusammengetragen, Befragungen durchgeführt und trallala, und Bucher Manfred muss jetzt herausfinden, wo der Fehler ist, der blinde Fleck, das böhmische Dorf, das Reiskorn in der Scheune, das Arcanum, wie der Renaissancemensch sagt. «Unsere grösste Schwäche liegt im Aufgeben. Der sichere Weg zum Erfolg ist, es immer wieder und noch einmal zu versuchen», riet schon Th. A. Edison von der Glühbirne.

Der Bericht des WD erwähnt explizit: keine Beschädigungsspuren in der Wohnung, dort auch keine Fingerabdrücke und keine DNS, die nicht von Howard Owen stammt, niente.

«Die Tür», sagt Bucher Manfred mitten in die Stille hinein, weil er ist allein, die anderen sind ausser Haus im Einsatz, «warum stand die Tür zu Owens Wohnung offen?»

***

Der Hotandfilthy-Mann denkt bei sich selbst: Ist gar nicht so einfach, die Leute zu überführen. Ich beobachte sie, stelle etwas fest, will einschreiten. Es wird immer komplizierter. Ich verliere mich in der schieren Menge der Vorfälle. Ich weiss nicht mehr, wo ich hinschauen soll. Vor lauter Bäumen. Überall entdecke ich etwas, das schiefläuft. Das Betragen der Menschen, habe ich das schon deutlich ausformuliert, das Betragen offenbart die Gesinnung, und die Gesinnung ist oft, sehr oft, zu oft schlecht. Das kann man doch nicht einfach hinnehmen. Nackt in der Wohnung herumlaufen, wenn einen jemand sehen könnte, zum Beispiel Kinder, die in der Wohnung gegenüber zum Fenster hinausschauen. Geht nicht. Oder die Kinder zu spät zur Schule schicken wie diese Wyss an der Bristenstrasse. Sie bleibt nachts weg und kommt erst bei Tagesanbruch zurück. Geht nicht. Der Falschparkierer mit seinen Bräuten … der hat sich bestimmt längst eine Krankheit geholt und verbreitet sie unbekümmert weiter. Der alte Kerl mit der Maisonnette-Wohnung. Trägt Handschuhe, als wäre es immer Winter. «Angus Dei», «Rindvieh Gottes», das ist Gotteslästerung. Zersetzen die Moral, als ob es kein Morgen gäbe. Ich bin nicht paranoid, sicher nicht. Ich vermute keinen Masterplan des Bösen, Verschwörung oder so etwas. Satans Sturmangriff. Aber irgendwie passt alles zusammen, dieser Verfall der Sitten, die Unverschämtheit und Frechheit, das blödsinnige Starren in die iPhones.

Über Gleichgültigkeit, Egoismus, Apathie, mangelnde Zivilcourage jammern alle, der Gemeinsinn sei verloren gegangen, die Leute seien stockdumm, fristeten ihr Leben dumpf mit TV-Reality, Fussball und Edelweisshemden und essen zu viel Fett. Reissen den Planeten in den Abgrund. Viele besuchen Kurse, um auf den Grund ihres Wesens zu kommen, aber sie bleiben ignorant und schauen nicht nach links und nicht nach rechts. Sagt man was, dem Typen beim Rotlicht an der Luggwegstrasse zum Beispiel: «Bitte stellen Sie den Feinstaubmotor Ihrer Hybriddreckschleuder ab, damit die Anwohner nicht vor lauter CO_2 ersticken!» Dann zeigen sie dir den Vogel. Natürlich, ich spüre die Blicke, die sie einander und mir zuwerfen, wenn ich handle und mit Taten, Worten und Werken demonstriere, dass mir das Quartier nicht egal ist. Wenn ich Müll aufhebe, die Leute zu korrektem Gebrauch der Abfalleimer anhalte, sie anspreche und zurechtweise, wenn sie aufs Trottoir spucken, auf den Parkplatz rotzen, laut und blöd herumgrölen. Sie sehen mich an, als wäre ich bescheuert, beknackt, vollweich. Was kratzt mich das? Was können sie dafür? Sie wissen nicht, was sie tun. Aber ihr grösster Fehler ist, dass sie dermassen von sich und ihrer Wichtigkeit überzeugt sind, dass es wehtut. Und eines Tages werden sie büssen für ihre Blödheit, ihre Verantwortungslosigkeit, ihre Konsumobsession, ihre Gier.

Hat es an der Tür geklingelt? Bei mir?

***

Rückruf jetzt von den Wirtschaftskriminellen, den Dandys. Baumgartner ist es: «Bist du noch da?» Weil ist 19:45 Uhr. Klar, der Müller ist noch da.

Baumgartners Recherchen zu den Dokumenten im Schliessfach, hier indirekt zusammengefasst, weil kein literarisches

Highlight in der Formulierung: «Super Prime Property (Switzerland) AG», im Besitz von «Super Prime Investment Trust Ltd.» mit Sitz auf den British Virgin Islands. Geschäftsadresse der Schweizer Niederlassung: c/o «Guggemos Law & Consulting». Geschäftsführer und Handlungsbevollmächtigter für die Schweiz: Unternehmer/Politiker/Investor/RA Christian Guggemos. Er präsidiert zudem den Verwaltungsrat der «SPP (Switzerland) AG» und besitzt einen Anteil daran im mittleren zweistelligen Prozentbereich.

Der Müller: «RA Guggemos! So eine Überraschung!»

Baumgartner weiter mit der «Astoria GmbH»: «Ihr einziger Vertreter und Handlungsbevollmächtigter ist laut Handelsregister ein Reto Bitterli, Treuhand und Beratung.»

«Schau an», sagt der Müller, «diesen Namen haben wir auch schon gehört. Der Entertainmentunternehmer Honegger hat ausgesagt, Bitterli soll geschäftlich mit Howard Owen zu tun gehabt haben.»

Baumgartner: «Owen hat vor fünf Jahren der ‹Astoria GmbH›, also Reto Bitterli, ein zinsloses Darlehen von Fr. 1'000'000.- gewährt. Diese Gesellschaft hat laut einem weiteren Dokument im Schliessfach vor zwei Jahren mit der ‹Super Prime Property (Switzerland) AG› über den Verkauf eines ihr gehörenden Grundstücks an der Aargauerstrasse verhandelt, immerhin so weit, dass es zu einem schriftlichen Kaufangebot kam.»

Der Müller, zu müde, um durchzudenken, was das bedeutet, sagt: «Man braucht kein Kopernikus zu sein, um sich vorzustellen, was das bedeuten könnte.» Und hofft, mit dieser Bemerkung Baumgartner zu animieren, den Sachverhalt verständlich zu erklären.

Der sagt jedoch nur: «Nein, wirklich nicht.»

Das ist jetzt ein bisschen gemein von Baumgartner, dass er nach diesen drei Wörtern eine Pause einlegt, damit der Müller, weil keine Ahnung von Ökonomie, Geschäften und solchen Sachen, sich als Wirtschaftsgreenhorn entblösst. Doch zu früh gefreut. Müller puzzelt seine Informationen zusammen: «Das Grundstück an der Aargauerstrasse gehört also in Wirklichkeit

Howard Owen, die ‹Astoria GmbH› dient als Briefkastenadresse, das Darlehen war der Kaufpreis für dieses Grundstück, die ‹Super Prime Property› wollte dieses Grundstück kaufen, kam aber nicht zum Ziel. Das Kaufangebot ist ein Angebot geblieben. Denn ein Kaufvertrag liegt nicht vor.»

Baumgartner: «Genau. Ein Konflikt zwischen Owen und der ‹Super Prime Property (Switzerland) AG›? Eine Möglichkeit.»

Der Müller skeptisch: «Zwei Jahre nachdem Owen das Kaufangebot abgelehnt hat, lässt ihn die Immobilienfirma umbringen? Das passt nicht. Und warum wäre ausgerechnet dieses Grundstück derart wichtig für eine Immobilienfirma?»

Baumgartner: «Ich sehe das wie du.»

Aber natürlich reicht es nicht, dass zwei Polizisten das gleich sehen. Der Müller muss Hypothesen validieren oder entkräften. Das Grundbuchamt ist zu dieser Zeit geschlossen. 20:14 Uhr. Kannst du nicht nachfragen, ob der Deal später noch abgeschlossen wurde und die «Astoria», also Owen, die Parzelle doch verkauft hat. Und ob der Kaufvertrag einfach nicht im Schliessfach lag. Mehr deshalb erst morgen.

Und Baumgartner sagt noch: «Was ja auch noch im Schliessfach war: Unterlagen für ein Konto von Owen bei der CS –»

Müller: «Richtig. Und?»

Baumgartner: «Buljubasic hat das überprüft. Owen hat regelmässig Geld abgehoben, kleinere Beträge, keine Ausreisser nach oben: mal vierhundert, mal fünfhundert Franken. Ungefähr alle zwei Wochen. Ich nehme an, er hat das für den Alltag aufgewendet.»

Der hat keine grossen Sprünge gemacht, denkt der Müller und sagt: «Und wie viel liegt noch auf dem Konto?»

«29'240 Franken. Kein Vermögen, besonders wenn es keine Einkünfte gibt.»

***

Altstetten, Calandastrasse. Ruhige Umgebung. Mehrfamilienhaus, davor ein Streifen Rasen. Sechs Wohneinheiten, drei Stockwerke. Beige gestrichen, die Fensterläden dunkelgrün.

Einfach, sauber. Eine junge Frau in Sportkleidung hat die Polizisten unten ins Haus gelassen. Dylan «Gucci» Barmettler und Rocco Catanzaro stehen vor der Wohnungstür und klingeln. Von drinnen kein Geräusch. Catanzaro drückt die Klingel noch einmal.

«Gefährderansprache» nennt man bei der Polizei, was die beiden vorhaben. Laut Vorentwurf zum Bundesgesetz über Polizeiliche Aufgaben des Bundes (PolAG), Art. 31, soll die Polizei mittels der Gefährderansprache gegenüber einem möglichen Gefahrenverursacher oder Gewalttäter klarmachen, dass sie eine sich abzeichnende Gefahrenlage nicht toleriert. Er soll erkennen können, welche Folgen ihm je nach Fehlverhalten drohen. Ziel ist es, dass er von sich aus auf strafbare Handlungen verzichtet.

Wen besuchen Catanzaro und Barmettler deshalb? Ein Opfer der Geiselnahme vom letzten Freitag. Catanzaro, der den Mann befragte, ist er dort wegen seiner Wut aufgefallen: der kaufmännische Angestellte Gaudenz Oberholzer. Catanzaro hat ihn nach der Befragung in der Bank Dr. med. Marcel Hurni, dem Polizeipsychologen, übergeben. Im Bericht, den Hurni nach seiner Begegnung mit Oberholzer verfasst hat, ist die Rede von «wirren Tiraden» und «fortgeschrittener Entfremdung von der Gesellschaft», fast ein philosophisches Manifest, von «apodiktisch negativen Aussagen» über das Wohnquartier dieses Mannes. Dr. Hurni hat «latente Aggressionen» festgestellt, einen «drohenden Unterton», «apokalyptische Schwärmereien» und «mögliche Eigengefährdung der Person oder Risiko für Drittpersonen».

Catanzaro hat den Daumen wieder über dem Klingelknopf, da rumpelt es in der Wohnung. Beide sofort zur Seite, links und rechts des Türrahmens in Deckung, falls der Wohnungsinhaber schiessen sollte.

Nichts da, zum Glück. Sie hören den Schlüssel im Schloss, die Türe öffnet sich, ein Mann schaut heraus. Keine auffällige Erscheinung: Ende 30, mittelgross, etwas Bauch und Hüftspeck, braune Haare, Seitenscheitel, hellblaues Hemd, graue Jeans, schwarze Socken, unsicher der Blick.

«Catanzaro und Barmettler, Polizei Zürich», sagt Catanzaro

und zeigt gleichzeitig seinen Polizeiausweis. «Herr Gaudenz Oberholzer?»

Der andere nicht: «Ja, das bin ich.» Sondern bleibt fassungslos im Türrahmen stehen.

Barmettler späht an ihm vorbei in die Wohnung. Sieht einen Korridor, eng, weil den Wänden entlang Bananenkisten gestapelt, sauber aufeinander, alle mit einer Etikette, lesen kann er das auf diese Entfernung nicht. Auf den Schachteln, circa in Höhe 1.80 Meter, liegen Schirme, eine Schaufel, gerolltes Papier, sieht aus wie Plakate, ein Lampenschirm …

Oberholzer merkt, dass Barmettler in den Gang späht, und spricht ihn direkt an: «Was wollen Sie?»

Dem Barmettler sein Blick sofort zurück auf Oberholzer gerichtet: «Ihnen einige Fragen stellen. Dürfen wir hereinkommen?»

Der andere: Augen → Barmettler und Augen → Catanzaro. Sagt: «Jetzt passt's gerade nicht gut.»

Als Polizist kennst du das, aber du willst diesen Vorgang jetzt abschliessen, und wenn es ihm nicht passt, passt es dir gerade erst recht. Dass er nervös ist, ist gut: «In eine nervöse Auster kann der Wurm leichter eindringen» (Bretonisches Sprichwort).

«Dauert nicht lange», sagt Catanzaro, und Barmettler will an Oberholzer vorbei in die Wohnung, aber der streckt seinen Arm aus, versperrt entschieden den Weg. Barmettler kommt immerhin nah genug ran, um zu erkennen, dass auf einer Etikette einer Bananenschachtel «Tannenzapfen» steht, auf einer anderen «Couverts». Oberholzer, ein harmloser Spinner nur?

«Haben Sie einen Durchsuchungsbefehl?»

Weil nein, sagt Barmettler: «Es geht um die Geiselnahme in der Kantonalbank am letzten Freitag.»

Oberholzer gibt den Weg trotzdem nicht frei. Wäre für die Polizisten ja bequemer, die Gefährderansprache auf einem Sofa sitzend zu erledigen. Bleibt jedoch eisern und geht sogar so weit, die Tür hinter sich zuzuziehen, sagt: «Wenn es nicht lange dauert, ich … äh … erwarte einen Anruf.»

Befragung also im Treppenhaus. Sie stellen ihm nochmals Fragen zum Geiselnehmer, zu Wahrnehmungen in der Bank, zur Anzahl der Anwesenden, zur Schussabgabe in die Wand und so weiter, Sachen, die sie schon wissen, von ihm und von anderen Zeugen. Sie merken, dass er sehr unruhig ist. Doch Nervössein ist kein Delikt, und die Polizei kennt diesen Mann nicht aktenkundig. Ist nirgends registriert, kein Strafregister, keine erfassten Vorgänge. Und er drückt sich verständlich, zusammenhängend und ruhig aus. Keine Widersprüche zu den Aussagen vom Freitag. Keine Ausfälligkeiten und Auffälligkeiten, weder Wut noch Zorn noch irgendwas erkennbar. Nach fünf Minuten Wiederkäuens schaut Catanzaro Barmettler an, und der sagt die Standardpolizeifloskel, wo selten stimmt: «Vielen Dank, Herr Oberholzer. Sie haben uns sehr geholfen.» Weil, dass er ein zwanghafter Sammler und Horter ist, interessiert die Polizei nicht. Gerochen hat es nicht aus der Wohnung, Ratten und Insekten haben sie im Korridor nicht gesehen. Sie steigen die Treppe hinunter, setzen sich in den dunkelblauen Mondeo und fahren zurück ins Grosse Polizeihaus. Waffe in den Spind, schuss- und stichsichere Weste auch. Fühlst du dich leichter hinterher, du hast die Schicht unbeschadet überstanden und machst Feierabend.

VIERZEHN

Vom Notariat, Grundbuch- und Konkursamt Zürich-Altstetten kommt tags darauf auf polizeiliche Anfrage die Bestätigung: «Super Prime Property (Switzerland) AG» und «Astoria GmbH» sind quasi Nachbarn. Die «SPP» besitzt zwei grosse Grundstücke zwischen Aargauer- und Bernerstrasse: eine brachliegende ehemalige Industriefläche, zurzeit kleingewerblich-künstlerisch zwischengenutzt. Jedoch, aber, besonders: Diese beiden Grundstücke trennt ein 20 Meter breiter Streifen, der der «Astoria GmbH» gehört. Der Kaufvertrag im Schliessfach bedeutet, dass die SPP ihren Besitz um die dazwischenliegende Parzelle erweitern wollte, sprich: abrunden. Um, Vermutung Müller, ein Bauprojekt an die Hand zu nehmen.

Da pfeift der Polizist durch die Zähne: also doch möglicher Interessenskonflikt «Super Prime Property (Switzerland) AG» ↔ «Astoria GmbH».

Die «Astoria GmbH» hat ihr Grundstück vor vier Jahren und zehn Monaten von einer Erbengemeinschaft erworben, also zwei Monate, nachdem Owen der Astoria eine Million geliehen hatte. Hat die «Astoria» (Bitterli) den Geländestreifen im Auftrag des Verstorbenen gekauft? Wenn ja: Was wollte er mit dem Grundstück? Woher hatte er das Geld? Weshalb hat er die Parzelle nicht auf seinen eigenen Namen gekauft? Und warum war Owen, der Darlehensgeber, bei der Einwohnerkontrolle nicht gemeldet?

Der Müller ist mit Fragen eingedeckt. Musst du delegieren, zum Beispiel wieder an die Abteilung Wirtschaftskriminalität. Baumgartner und Buljubasic sollen Näheres über die Astoria GmbH und über die Herkunft von Owens Million herausfinden.

***

«Bitterli Treuhand AG» am Bleicherweg. Auf Geschäftsausflug waren sie gestern, Reto Bitterli und seine zehn Mitarbeiterinnen und Mitarbeiter, Teambildung und so weiter. Im April? An einem Montag? Quo vadis, oeconomia, wenn das Ausflugskarussell schon im Frühjahr anfängt? Aufs Rothorn gefahren sind sie, mit dem Bähnchen, haben oben gegessen, zwanglos, locker, spontan, lustig, und in Allwetterkleidung zu Fuss bis zur Mittelstation hinuntergewandert, um die müden Büroknochen etwas zu bewegen, dass das Skelett geklappert hat wie in einer dieser Darbietungen zum Totentag in Mexiko, wo du nie weisst, ist die Leiche jetzt frisch erschossen oder nur eine Attrappe aus Pappmaché. Heute Morgen, wie gesagt, ist Reto Bitterli wieder auf seinem Posten, und er sagt um 08:40 Uhr fernmündlich zu Janine Hossli: «Am Telefon kann ich mich nicht äussern, das verstehen Sie sicher. Sie können gerne vorbeikommen.»

Weil könnte irgendwer anrufen und behaupten, sie sei die Polizei. Und damit er nicht unfreundlich wirkt, sagt Bitterli: «Natürlich werde ich Ihre Fragen beantworten, so gut ich kann.»

Bleicherweg. Gute Adresse. Gleich nach dem Schanzengraben, der südwestlich zickzack die ursprüngliche Altstadt begrenzte, bevor sie plattgemacht wurde. Gegend wirkt wegen Seenähe und Schanzengrabenkanal mit den kleinen Booten und den Enten und Schwänen fast ein wenig, sagen wir es «laut und stolz» (James Brown/Alfred Ellis), maritim. Die «Bitterli Treuhand» residiert in dem Haus mit den Säulen davor, die die vorkragenden oberen Geschosse stützen. Darunter kannst du wenigstens fünfzehn Meter weit fast wie in Bern im Schärmen spazieren, falls es regnen sollte, was in Zürich bekanntlich selten vorkommt. Hossli und der Müller da eingetroffen, als die Uhr 09:13 schlägt. Eingangstür (Glas) zur Strasse hin offen, weil andere Firmen mit Publikumsverkehr im Haus. Nicht mit dem Lift, sondern zu Fuss hoch → zweites Stockwerk. Dem Müller merkt man an, dass wieder etwas sportlicher unterwegs.

Also, zweiter Stock. Tür nicht Klarglas, sondern senkrecht strukturiert. Was dahinterliegt, nur in Schemen und verzerrt erkennbar. Messingschild: «Bitterli Treuhand AG». Und darunter: «Bitte klingeln und eintreten.»

Was hinter der Tür ist, wirkt durch das strukturierte Glas wie vertikal in Streifen geschnitten. Passt als Stichwort:

«Aaah!»

Just now hinter der Eingangstüre ein Schrei. Der Müller Griff an die Hüfte → die Waffe heraus → sofort hinein.

Sieht auf dem Boden ein Messer, die Klinge blutig. Und eine Frau an einem Bürotisch, sie zuckt, verzieht das Gesicht vor Schmerz und macht noch einmal «Aaah».

Waffe wieder eingesteckt.

In Streifen schneiden wollte, mit einem gefährlich scharfen Messer mit Sägezahnschliff, das sie bis vor einer Sekunde in ihrer Hand (Nagellackton: royalblau, matt) gehalten hat, diese Frau ihr Sandwich für die Kaffeepause, ist dabei abgerutscht und hat sich in den langen linken Zeigefinger geschnitten.

Es blutet wie die Feuerwehr. Hossli die Verbandpatrone aus ihrer Kevlarwestentasche gerissen, wickelt Gaze um die Wunde, redet ihr mit Worten gut zu: «Sieht immer schlimmer aus, als es ist, tut höllisch weh», weil du lernst bereits in der Polizeischule, dass du Verletzten gut zureden musst. Frau auch ziemlich bleich um die Nase und vor Schreck ganz kalte Hände. Manche können kein Blut sehen, erst recht nicht ihr eigenes.

Beruhigung. Wundversorgung. «Pressen Sie das fest auf die Wunde. Sooo.» Genau so. «Geht's?» Normalisierung der Atmung. Kurz auswickeln, Blick drauf: nur oberflächliche Fleischwunde. Das wird schon wieder. Nach zwei Minuten normales Atmen. Das bedeutet: beiderseits Grussformel → polizeiseitig: Dienstausweis. Frau, die sich als «Echalotte Dalton» vorstellt (wenn ich das akustisch richtig gehört habe), scheint die Dame vom Empfang zu sein beziehungsweise die Sekretärin von Reto Bitterli, sagt, etwas reduziert und matt: «Ich zeige Ihnen den Weg. Wenn Sie mir bitte folgen wollen?»

Dunkle Türe, Holz längst ausgestorbener Baumart, aus subglazialen prähistorischen Ablagerungen gezimmert? Das Scharnier quietscht in den Angeln. Im Raum Zwielicht, ein Streifen herrlichen Zürich-Lichts nur durchtrennt die Dämmerung. Im Dunkeln, am Schreibtisch, von einem Bildschirm bläulich angestrahlt, erahnen der Müller und Janine Hossli eine Gestalt.

«Herr Bitterli», stellt Frau (glaube ich) Dalton vor und sticht mit den royalblauen Nägeln der unverletzten Hand fünf

Löcher in die Dunkelheit, dass die getroffenen Luftmoleküle erstochen zu Boden scheppern. Nein, das Geräusch war ein Kugelschreiber. Die Person im Dunkeln hat ihn wohl während ihrer Drehbewegung – mit dem Ellbogen? – von der Tischplatte gewischt.

«Müller und Hossli, Polizei Zürich, Abteilung Gewaltverbrechen», sagt Hossli.

Im U-Bewussten hört der Müller in Dolby Surround fett produziert eine Grabesstimme: «Das unheilvolle … schreckliche … todbringende … Sodom und Gomorrha … der … Buch … halt … ung …», mit einem Echo, das nachhalltalltallt, und stöchiastisches Gelächter wabert aus dem Jenseits herüber. Darth Vader im Vergleich das Rotkäppchen.

Und während sich die Augen der beiden Polizeibeamten an die Beinaheabwesenheit von Helligkeit zu gewöhnen suchen, fällt hinter ihnen, plötzlich nicht mehr quietschend, sondern mit einem Knall wie eine Kerkertür, die Bürotür ins Schloss. Zusammenzucken.

Gleichzeitig … hörbar vom … Bürotisch … hinter dem … fahlen … Schein des … Bildschirms … hervor … Atem … züge.

Auf einem Regal sieht der Müller direkt von einem Sonnenstrahl durchbohrt, dünn wie einen Knochenfinger, Karl Käfers wegweisendes Werk «Die Betriebsrechnung: Theorie, Methoden, Formen». Der atmende Mann hinter dem Bildschirm bemerkt offensichtlich, dass die Mülleraugen auf diesem Buch verweilen, und sagt: «Er hiess wirklich so. Sein Kontenplan war jahrzehntelang das Referenzsystem für Unternehmensbuchhaltungen.»

Dem Müller entfährt: «Oh, ich habe nichts gesagt.»

Bitterli: «Lassen Sie sich nicht irritieren, wie's hier aussieht. Der Rollladen ist kaputt und lässt sich seit heute früh nicht hochkurbeln, die Birne der Deckenbeleuchtung ist auch durchgebrannt, und weil es eine dänische Spezialanfertigung ist, wird's bis Ende Woche dauern, bis der Inneneinrichter Ersatz geliefert hat.»

Der spricht ja wie ein Wasserwerfer. Macht dich stutzig, stutzig, weil die Menschen sonst in praesentia der Polizei ihre

Worte eher mit Bedacht wählen, um ja nichts auszuplaudern, was einen Verdacht wecken könnte.

Bitterli so weiter: «Ich sitze im Finsteren wie ein Grottenolm und stecke mitten in den Quartalsabschlüssen –»

Der Müller: «Und mitten in diesem Stress machen Sie einen Betriebsausflug?»

Antwort Bitterli: «Ein Tag Teambildung zur Motivation. Sie können sich nicht vorstellen, wie die Arbeitsleistung hinterher abgeht –»

«Herr Bitterli», unterbricht der Müller, sekundiert von Janine Hossli, unterdrückt knapp einen Seufzer, «wir haben ein paar Fragen.» Und er fügt an: «Und jetzt gehen wir bitte irgendwohin, wo wir Sie auch *sehen* können.»

Aus dem Dunkeln hören sie, wie Bitterlis Bürostuhl über den Teppich rollt. Bitterli steht auf, öffnet die Bürotür und Licht strömt herein. Im Gegenlicht steht eine massige Figur vor ihnen: circa 190 Zentimeter, breitschultrig, oben kahl, und als sich Müller und Hossli an die Helligkeit gewöhnt haben, sehen sie das Gesicht: buschige dunkle Augenbrauen, Querfalten auf der Stirn, eine markante Nase, gepflegte Backenbärte bis Unterkante Ohrläppchen. Kleidung: sportlicher Anzug, sicher italienisch, helles Hemd ohne Krawatte, schwarze Brille aus (vermutlich) Auerochsenbein mit Flaschenbodengläsern. Freundlich streckt Bitterli ihnen seine Pranke entgegen, greift nach Janine Hosslis und danach des Müllers Hand und sagt: «Freut mich, Bitterli.»

Setzen sich in ein Besprechungszimmer, muss ich nicht beschreiben, sehen überall gleich aus: hell, Flipchart, USB-Kabel ragen aus Schlitz in Tisch, ein Telefon und eine farbige Grafik, wo du nicht weisst, was sie soll, ausser Dynamik ausstrahlen, weil die Pfeile und Kurven zeigen vornehmlich steil nach oben. Sicher bietet der Hausherr gleich einen Kaffee an? Ja, tut er. Die Polizei lehnt ab, pH-Wert.

Kann man sagen: Also vorwärts geht das gerade nicht sehr schnell. Stimmt, aber «Geduld ist eine Eigenschaft, die den Menschen vom Pferd unterscheidet» (Jean-Hugues de la Motte-Radabam, Frühaufklärer). Weil Geplänkel → Schaffung von

Atmosphäre → Steigerung des Vertrauens → Erhöhung der Ergebniswahrscheinlichkeit.

Dann die Fakten. Müller fasst zusammen: Reto Bitterli, Alleininhaber «Bitterli Treuhand AG», ist im Handelsregister zudem eingetragen als Alleineigentümer und einziger Handlungsbevollmächtigter der «Astoria GmbH» mit einzigem Aktivum (so die Baumgartner-Recherche) Grundstück Aargauer-/Bernerstrasse. Handelsregisterauszug liegt auf Papier vor. Müller hält ihn vor das Gesicht des Treuhänders und Buchhalters. Abstreiten hilft nicht, Bitterli bestätigt Sachverhalt.

Jetzt legt der Müller die Kopie des Darlehensvertrages zwischen Howard Owen und der «Astoria GmbH» vor Bitterli auf den Tisch. Und er lasert ihn mit seinen grauen Augen. «Können Sie mir das erklären?»

Du merkst in dieser Situation als Polizeimann, dass der Befragte eine Antwort sucht. Will Kooperationsbereitschaft zeigen, ohne etwas Substanzielles zu verraten. Geht aber nicht, weil das Dokument auf dem Tisch viel erzählt, nämlich zum Beispiel das, was der Müller nun, den Blick immer noch direkt auf Bitterlis Augen gerichtet, ausspricht: «Was ist das für eine Konstruktion?»

Unschuldsgeste: Reto Bitterli hebt die Hände, Handflächen der Polizei zugewandt.

Müller: «Sie haben Owen keinen Zins bezahlt für diese Million.» Zumindest die letzten zwölf Monate nicht, weiss der Müller, aber sagt es nicht. Erntet Schweigen. Bitterli schaut das lose USB-Kabel auf dem Tisch im Besprechungszimmer an und kratzt mit dem Daumennagel an einer Unebenheit auf der Tischplatte.

«Was ist das für eine Konstruktion? Die Abteilung Wirtschaftskriminalität ist bereits über dieses Dokument informiert.» Er sticht mit dem rechten Zeigefinger wie ein Adler auf den Darlehensvertrag hinunter.

Es dauert und dauert, Hossli fragt und Müller fragt, Hossli hakt nach und Müller hakt nach. Sie sprechen von Kooperation, und dass die Staatsanwaltschaft diese honorieren wird, von Ehrlichkeit und Gewissen und Steuerrecht.

Janine Hossli: «Woher hatte Owen dieses Geld?»

Müller: «Wann hatten Sie zum letzten Mal Kontakt mit Owen?»

Hossli: «Warum hat er Ihnen dieses Darlehen gewährt?»

Müller: «Wo hat Herr Owen seinen steuerrechtlichen Wohnsitz?»

Et cetera. Das kleine Aufnahmegerät, das der Müller auf den Tisch gestellt hat, zeichnet alles auf.

Der Treuhänder bestätigt schliesslich, als Alleineigentümer der «Astoria GmbH» von Howard John Frederick Arthur Owen ein Darlehen von CHF 1'000'000 erhalten zu haben, um damit allmählich ein Immobilienportfolio zu erwerben.

Der Müller und Hossli sagen nichts von «Strohmann zur Steuervermeidung durch Owen», von «grober Verletzung Ihrer Sorgfaltspflicht als Treuhänder», von «fehlender Überprüfung der Herkunft des Geldes». Sie nehmen weder das Wort «möglicher Verdacht auf Geldwäscherei» noch «Verdacht auf Steuerbetrug» in den Mund. Die Dandys von der Wirtschaftskriminalität werden sich darum kümmern, der Müller hat sie heute Morgen ja avisiert, die kennen sich da besser aus. Doch all diese Gesetzeswörter, Bitterli spürt, dass die Polizistin und der Polizist sie denken. Und er weiss, dass, falls er nicht beweisen kann, dass seine Geschäfte sauber sind, er auf immer und ewig Treuhänder war und gewesen ist und tempi passati.

Der Müller ändert den Fokus und will unversehens alles wissen über die Beziehung Owen – Bitterli.

«Wann hatten Sie letztmals Kontakt mit Ihrem … Klienten?»

Bitterli, wieder etwas redseliger: «Ich habe ihn vor … lassen Sie mich nachdenken … vor vielleicht eineinhalb, nein … zwei Jahren? Ja? Das muss vorletzten … Frühling gewesen sein. Ja, es regnete stark, und Herr Owen war klatschnass, als er hier im Büro eintraf. Meine Mitarbeiterin wird Ihnen das genaue Datum heraussuchen.»

Müller: «Und was hatte Herr Owen mit diesem Grundstück vor? Spekulieren?»

Bitterli: «Eigentlich nicht, nein. Er wollte, sagte er, glaube ich, ein äh Aufnahmestudio bauen lassen, um wieder Musik zu produzieren. Er sprach von neuen Ideen, die garantiert Erfolg haben würden.»

Müller: «Und?»

Der Buchhalter: «Ich weiss nicht, was daraus geworden ist. Ich interessiere mich nicht für Rockmusik.»

Müller: «Sie sagten, *eigentlich* sei es Owen nicht um Spekulation gegangen?»

«Genau, das kam erst hinterher. Weil eine Immobiliengesellschaft, die ‹Super Prime Property›, die Parzellen links und rechts aufkaufte. Die waren richtig scharf darauf, sich zu arrondieren.»

Der Müller: «Und da gab es Verwicklungen? Böses Blut?»

Bitterli schaut den Müller an: «Warum fragen Sie? Ist Howard Owen … etwas zugestossen?»

«Kann ich Ihnen nicht sagen. Herr Owen ist Gegenstand einer polizeilichen Untersuchung.»

Polizeiliche Untersuchung, das tönt nun wirklich beunruhigend.

«Über böses Blut weiss ich nichts», fährt Bitterli fort, «die ‹Super Prime Property (Switzerland) AG› hat der ‹Astoria GmbH› ein Kaufangebot gemacht, Herr Owen hat es abgelehnt. Das war's.»

Der Müller sofort zurück zum Thema Wirtschaft: «*Herr Owen* hat es abgelehnt, aber Sie stehen als Alleineigentümer und einziger Handlungsbevollmächtigter der ‹Astoria GmbH› im Handelsregister?»

Bitterli verstummt wieder.

Müller sachlich: «Wann hatten Sie das letzte Mal Kontakt mit Herrn Owen?»

Bitterli: «Das äh sagte ich doch gerade.»

Hossli eisig: «Wohin haben Sie Ihre Korrespondenz an Owen geschickt?»

Bitterli: «Elektronisch. E-Mail.»

Müller: «Und sein Wohnsitz hat Sie nicht interessiert? Der Ort, an dem er Steuern zahlt? Und die Herkunft seines Geldes?»

Eine Antwort kommt nicht.

Der Müller greift nach dem Aufnahmegerät und sagt: «Das ist alles für den Moment.»

Dann erheben sich Janine Hossli und er, sagen «Auf Wiedersehen» und meinen es wörtlich. Jetzt erst schaltet er die Aufnahme aus.

Und beim Eingang, Echalotte Dalton, die Hand noch immer in Gaze, ein wenig hat es durchgeblutet, aber das dienstliche Lächeln wieder im Gesicht, findet mit dreimal Klicken und ein paarmal Tippen den Eintrag: Howard Owen war letztmals am 16. März vor zwei Jahren bei Bitterli im Büro. Passt zu den Dokumenten im Tresor, denkt der Müller, werden bei diesem Termin das Kaufangebot der «Super Prime Property» besprochen haben.

Und «Danke schön» und «Auf Wiedersehen» und Hossli: «Geht's wieder mit dem Finger?» Als Antwort fast ein Lächeln.

Auf dem Rückweg der Müller und Hossli stracks zur Staatsanwaltschaft. Fragen nach Moosberger. Ist abwesend. Reinhard Hartmann empfängt sie. Sie berichten und spielen die Aufnahme ab. Sie bekommen den Haftbefehl für Reto Bitterli. Limmat 6 (Aufschrift: «Gut, gibt's die Polizei!») holt ihn ins Grosse Polizeihaus, wo ihn Baumgartner und Buljubasic von der Abteilung Wirtschaftskriminalität übernehmen. Der Müller bringt die beiden auf den laufenden Stand.

***

Das ist das Gute an einer elektronischen Agenda: dass sie nicht auf eine Seite begrenzt ist wie diese beschränkten Papieragenden vor dem digitalen Zeitalter. Eine mickrige Seite pro Tag! Ginge für RA Guggemos definitiv nicht, seine Termine auf dieses Mass zu reduzieren. Er wäre nicht der, der er ist. Immer präsent, auf allen Ebenen, trotz Jugend in bescheidenen Verhältnissen in Altstetten durch Leistung und Unternehmergeist immer auf der «hellen Seite des Lebens» (M. Python). Hier musst du einen Parteifreund treffen, da mit einem Projektleiter die Prioritäten eines Immobilienprojekts durchgehen, dort mit einem Co-Investor lunchen, danach, zum Kaffee, kommt sein Investmentberater Bruce Rüdisühli dazu, von der «Kronenhalle» weiter, um den Garagisten zu treffen, weil der Jaguar, die Federung, das war nicht mehr, zwischendurch mehrmals in Kontakt mit dem Büro, ob sie alles im Griff haben, um 15:15 Uhr das Telefonat mit der Baupolizei, dann den Architekten des Entwicklungsprojekts in Zürich-Nord treffen, weil Vorprojekt und bald Eingabefrist, auf einen Sprung bei Aeneas Baldinger-Kronbichler an der Universität vorbei, Temperatur nehmen, fragen, wie's aussieht, etwas Honig in Aussicht stellen und etwas Druck machen, freundlich, aber die Zeit drängt. Will endlich seinen Fuss in der Wissenschaft sehen und beim neu zu gründenden Super Prime Lehrstuhl am Neuralheuristischen Institut eine Studie bestellen über die – vermutlich auch neuralheuristisch gesehen – günstige Wirkung der Werte, die Guggemos als Politiker und Unternehmer vertritt.

Christian Guggemos ist ein Mann der Tatkraft, der die Opportunities nutzen will, und wenn es keine geben sollte, schafft er welche. Wenn RA Guggemos, wie jetzt gerade, in seinem Zweitwagen, dem Porsche Panamera, schwarz, matt, sieht so richtig nach Bad Boy aus, durch die Stadt kurvt, aktuell gerade vom Kunsthaus hinunter in Richtung Bellevue, und den Motor aufheulen lässt, wenn die Ampel auf Grün wechselt, die Leute sehen: Hey, das ist doch der … wie heisst er noch? Und die Beschleunigung, im Kopf entsteht ihm dabei der Vortrag, den er demnächst vor seinen Freunden und Feinden des Rotary Clubs halten wird über Eigentum und Eigenverantwortung und Innovati… äh … halt! Wieder ein Rotlicht. Fast hätte er es überfahren und die schwangere Mutter mit dem neuen McLaren-Kinderwagenmodell auf die Tramtrasse abgedrängt, der 9er kommt ihm vom Bürkliplatz her entgegen. Er wendet den Kopf nach links: Ganymed, der See, die Glarner Alpen noch voll verschneit, Sicht: fotorealistisch HD, hier unten Föhn, 22 Grad, der See schlägt Wellen ans Ufer, sehen aus wie leuchtend blaue Schuppen einer Riesenechse. An der Haltestelle Bürkliplatz sieht er die Glatze des Vorstehers des Hochbauamts und grüsst ihn mit der Lichthupe und dann mit der Hand → Sitzung nächste Woche wegen des Gestaltungsplans für das neue Projekt, musst du Allianzen schmieden, die Meinung auch der Gegenseite einholen, diplomatisch, verhandlungsdingsda. Der

Stadtrat erkennt ihn, hebt kurz die Hand und nickt ihm zu. RA Guggemos unterwegs in Richtung Altstetten.

***

Warum die Posaunen der Apokalypse des Johannes? Er weiss es nicht recht, formulieren könnte er es nicht, aber er fühlt es. Tief in sich drin. Die Reiter der Apokalypse, die Posaunen von Jericho, die Engel der Offenbarung. Bringt er etwas durcheinander? Der Text hat Kraft, auf alle Fälle, eine Kraft, die aus der Zeit gefallen ist. Eine Stimmung, einen Rhythmus, eine Aussage, die die meisten Menschen heute nicht verstehen. Was gelten Ehrfurcht, Respekt und Demut? Die meisten halten das für alte Hüte, für Lumpen, für Schrott!

Dass die Polizei bei ihm geklingelt hat, ihm Fragen gestellt, dieselben wie am Freitag in der Bank schon, das haben sie doch alles schriftlich. Dass mir nichts, dir nichts zwei Polizisten an seiner Wohnungstür auftauchen, verunsichert ihn. War die Befragung wegen der Geiselnahme nur ein Vorwand, um bei ihm vorbeizukommen und ihn in die Enge zu treiben? Sind sie ihm auf der Spur? Wird er, pardon, das tönt jetzt vielleicht pathetisch, zum politischen Gefangenen des Systems, das Störenfriede wie ihn, solche wie ihn, die die Wahrheit sagen, eliminieren will? Hat er sich mit dem Anruf an den Polizeiposten verraten? Klug war das nicht, muss er sich eingestehen.

Immerhin haben sie die Wohnung nicht betreten und sind wieder abgezogen.

Um die ersten lasterhaften Quartierbewohner in ihre Schranken zu verweisen, hätte er bei den Warnbriefen zuerst die Textstelle vor den Kapiteln mit den sieben Posaunen verwenden müssen, die mit den «sieben Siegeln». Die vier apokalyptischen Reiter werden dort auf die Erde losgelassen und die Seelen der Märtyrer sichtbar. Die Erde bebt, die Sonne färbt sich schwarz, der Mond verwandelt sich in Blut, und die Sterne stürzen auf die Erde. Darauf endet die bisherige Welt.

Ja, er war zu ungeduldig. Die Strafe, er wollte sie zu schnell. In der Abfolge seiner Briefe hat er diesen Teil der Apokalypse einfach weggelassen. Er wollte zu schnell aufs Ende zusteuern. Auf die Reinigung der Welt von allen Fehlern, von allen – ja! – Sünden.

Das Lamm hatte das siebente Siegel geöffnet, und für eine halbe Stunde wurde es still. Und vor Gott standen sieben Engel, irgendwer gab ihnen sieben Posaunen. Und noch ein Engel kam, trat an den Altar, bei sich hatte er ein goldenes Räuchergefäss, und daraus qualmte ein Haufen Räucherzeug, weil er ein Opfer darbringen wollte. Die Heiligen sollten dazu beten. Und der Rauch stieg von der Hand des Engels auf zu Gott. Und der Engel füllte das Räuchergefäss mit Feuer und schüttete es auf die Erde. Da donnerte es und Stimmen ertönten und die Erde bebte. Und die sieben Engel mit den Posaunen waren bereit zu blasen.

Das hat Kraft. Grösse. Wucht. Es schafft Gerechtigkeit.

Die erste Posaune: Hagel und Feuer, mit Blut vermischt, fallen aufs Land. Ein Drittel der Erde wird verbrannt.
Die zweite: Ein brennender Berg fällt ins Meer. Ein Drittel der Lebewesen im Meer und ein Drittel der Schiffe werden vernichtet.
Die dritte: Ein Stern mit Namen «Wermut» fällt in Flüsse und Quellen. Ein Drittel des Wassers wird bitter. Viele Menschen sterben durch das bittere Wasser.
Die vierte: Die Sonne, der Mond und die Sterne verlieren ein Drittel ihrer Leuchtkraft. Ein Adler ruft drei Mal «Wehe».
Die fünfte: Der Schacht des Abgrunds wird geöffnet. Es kommen Heuschrecken mit ihrem König Abaddon daraus, um die Menschen ohne Gottessiegel fünf Monate lang zu quälen.

Fünf Briefe abgeschickt. Völlig sinnlos, die Menschen begreifen nichts, machen weiter wie zuvor, kümmern sich nicht. Sie wissen nicht, was auf dem Spiel steht. Er musste sie doch nochmals warnen! Bevor es zu spät ist! Deshalb der Anruf bei der Polizei: «Es wird etwas geschehen. Mir platzt der Kragen. Sie werden sich wundern, sehr, sehr bald.» Aber auch das war falsch. Zu früh. Er muss die Dramaturgie der Johannesapokalypse respektieren, den wahren Ablauf der Ereignisse, und zuerst die Briefe mit der sechsten und der siebten Posaune fertig schreiben und zustellen.

Die sechste Posaune: Vier am Euphrat gefesselte Engel werden losgebunden. Ein Drittel der Menschheit wird durch Feuer, Rauch und Schwefel aus Mäulern vieler tausend Pferde getötet. Dennoch wollen sich die übrigen Menschen nicht bekehren.
Dann bekommt Johannes den Auftrag, weiszusagen über viele Völker und Nationen und Sprachen und Könige.
Ein Engel mit einem kleinen Buch steigt vom Himmel herab und gibt es Johannes, der es essen soll. In seinem Mund wird es süss wie Honig. Er erhält ein Rohr zur Vermessung des Tempels Gottes. Und zwei mächtige Propheten legen 1'260 Tage lang Zeugnis ab. Getötet durch DAS TIER werden sie dreieinhalb Tage auf der Strasse liegen gelassen, dann werden sie auferweckt und fahren zum Himmel. Ein Zehntel der Stadt stürzt dabei ein, 7'000 Menschen sterben.
Und schliesslich die siebte Posaune: Die vierundzwanzig Ältesten, die vor Gott auf ihren Thronen sitzen, loben Gott, weil er die Herrschaft angetreten hat. Der Tempel Gottes wird geöffnet, und die Bundeslade wird sichtbar. Es entstehen Blitze und Stimmen und Donnerschläge, ein Erdbeben und grosser Hagel. Und dann kämpft Satan, der Drache, die Schlange, das TIER gegen das Volk Gottes.

Diese Bilder! Diese Szenen! Diese Wahrheit! Warum mag der Mensch heute nicht hinschauen, wenn er die Wahrheit klipp und klar vor Augen hätte? *«Sie haben Augen und können nicht sehen» (Psalm 115)*. Sie könnten die Zukunft sehen! Sie hätten vielleicht noch die Chance, umzukehren!

Ein TIER mit zehn Hörnern und sieben Köpfen und auf seinen Hörnern zehn Kronen und auf seinen Köpfen gotteslästerliche Namen steigt aus dem Meer. Es bekommt für 42 Monate Macht über alle Völker, lästert Gott und bekämpft die Heiligen. Und ein anderes Tier mit zwei Hörnern, der falsche Prophet, steigt aus der Erde. Es verführt die Menschen, das erste Tier anzube-

ten, und zwingt sie, sich mit der Zahl seines Namens zu kennzeichnen: 666.

666. Die Zahl Satans.

Drei warnende Engel kündigen an: das Jüngste Gericht, den Fall Babylons und die Bestrafung derer, die das erste Tier anbeten. Eine Stimme ruft: «Selig, die im Herrn sterben.»

Nun rückt das Jüngste Gericht näher.

Denn die Menschen sind nicht zur Umkehr bereit.
Das Kennzeichen des TIERES ... Das Meer wird zu Blut ... Die Menschen verbrennen ... Finsternis kommt über das Reich des TIERES ... Die Menschen zerbeissen sich die Zungen vor Qual und lästern Gott ... Drei unreine Geister aus dem Maul des TIERES und des falschen Propheten führen die Könige an den Ort namens Harmagedon, um sie zum Krieg zu versammeln ... Eine laute Stimme kommt aus dem Tempel vom Thron her, die spricht: Es ist geschehen ...

Bilder! Gewalten! Zeichen. Ausrufezeichen! Zur Genüge! Was muss noch geschehen? Wann werden sie, werden sie je ein Einsehen haben?

«Ihr wisst weder den Tag noch die Stunde» (Matthäus). Deshalb fragt er sich, welches Stadium die Welt heute erreicht hat, an diesem Dienstag, den 11. April. Er muss lachen. Ja, lachen. Weil er spürt, dass er sich überschätzt, hoffnungslos. Er ist doch auch nur ein Wurm. Wie alle. Weshalb soll die Weisheit ausgerechnet ihn zu ihrem Werkzeug und Sprachrohr erwählt haben? Hat er, wirklich er, den Auftrag, im Quartier die Wende herbeizuführen? Er lacht, weil die ganze Situation so hirnverbrannt ist: Die «Apokalypse» schlägt Funken aus ihm heraus, dass es reichen würde, den halben Kreis 9 in den Weltraum zu schiessen. Er lacht, das alles ist absurd! Wohin mit seiner Unruhe? Wie alles wieder in Ordnung bringen? Weiss er noch, wo er ist? Er schaut in den Spiegel: Ja, er ist noch da. Er sagt sich: Heute ist der

11. April, ein Dienstag, Föhnwetter. Er reisst das Wohnzimmerfenster weit auf, sieht den Himmel in hellblauem Glanz, weiss, dass dies das 21. Jahrhundert ist. Zwei Jahrtausende sind vergangen seit der Ankündigung des Jüngsten Gerichts. Die Prophezeiungen des Johannes nur alte Geschichten mit sieben Engeln und sieben Posaunen und sieben Plagen und Dunkelheit und Finsternis und dem Kampf von Gut gegen Böse und von Böse gegen Gut? Gibt es den Teufel, Satan, das TIER?

Ein Engel kommt vom Himmel herab und ergreift den Drachen, die alte Schlange, und legt ihn für tausend Jahre in Fesseln und wirft ihn in die Unterwelt.

Oder ist das alles ein Konstrukt, ein Bild, eine Gedankenfigur, ein Disziplinierungsinstrument, ein Alptraum, eine ewige Horrorgestalt, geschaffen vor Urzeiten, um den Menschen zu ängstigen? Er weiss es nicht.

Nach tausend Jahren wird der Satan freigelassen werden und alle Völker für den Kampf gegen die Heiligen versammeln. Feuer fällt vom Himmel und verzehrt sie. Der Satan wird in den See von brennendem Schwefel geworfen, wo auch das Tier und der falsche Prophet sind. Sie werden in alle Ewigkeit gepeinigt. Erde und Himmel verschwinden. Das Buch des Lebens wird aufgeschlagen. Die übrigen Toten werden auferstehen und werden nach ihren Werken gerichtet. Wer nicht im Buch des Lebens verzeichnet ist, wird in den Feuersee geworfen. Der Tod und sein Reich werden in den Feuersee geworfen.

Hotandfilthy.ch ist eines der Zeichen des Tieres.

Vielleicht sind die tausend Jahre um, die das Böse eingesperrt war? Ist der Satan freigelassen? In der Gegenwart? In Altstetten? Heute?

Ihm geht es nicht gut. Er wird allmählich verrückt, das spürt Gaudenz Oberholzer. Er schafft es nicht mehr alleine. Die Kraft geht ihm aus.

FÜNFZEHN

Mittwoch, 12. April, 08:15 Uhr, Grosses Polizeihaus, Büro Ralph Vogt, Leiter Abteilung Gewaltverbrechen. Der Müller kündigt ihm an, er wolle Guggemos, Unternehmer/Anwalt/Investor/Netzwerker, erneut befragen. Dieses Mal im Zusammenhang mit der «Super Prime Property (Switzerland) AG». Welche Beziehungen sie zu Howard Owens mutmasslicher Tarnfirma «Astoria GmbH» hat und welches Interesse an deren Grundstück zwischen der Aargauer- und der Bernerstrasse.

«Bekomme ich wieder Ärger mit Moosberger? Der war gestern nicht auf der Staatsanwaltschaft», will der Müller vom Chef wissen. Er befürchtet wieder Komplikationen und Verzögerungen.

Vogt: «Nein, bestimmt nicht.»

Und grinst sogar, der Polizeihauptmann. Unüblich.

Der Müller (metaphorisch) stirnrunzelnd: «Nicht?»

Vogt so: «Genau.»

Der Chef räuspert sich. «Gegen Michael Moosberger läuft seit Montagmorgen eine Untersuchung, die einem externen Experten von der Luzerner Staatsanwaltschaft anvertraut wurde. Auftrag der Justizdirektion. Moosberger ist beurlaubt und darf sein ehemaliges Büro nicht betreten. Die Kollegen von der IT werten zurzeit den Inhalt seines Computers und die Metadaten seiner Telekommunikationsverbindungen aus.»

Was soll da der Müller sagen ausser sich innerlich freuen?

Vogt weiter: «Wie ich höre, plant er eine Laufbahn als juristischer Berater in der Privatwirtschaft.»

Der Chef Abteilung Gewaltverbrechen gluckst sogar, sagt dazu ein Wort wie «Vetterliwirtschaft». Nicht ganz sicher, ob richtig gehört, da draussen gerade der 14er vorbei und voll auf die Klingel, weil wieder einmal Amokvelofahrer mit Todesverachtung tollkühn das Gleis kreuzt. Vielleicht sagte Hptm Vogt in Wirklichkeit «Begünstigung» oder «Strafvereitelung». Wäre juristisch präziser.

«Danke», sagt der Müller und fügt an: «Ralph.»

Ralph Vogt, früher selbst bei der Staatsanwaltschaft, aber offensichtlich nicht bei der Moosberger-Fraktion. Die Schlangengrube, von der der Müller immer nur hörte, jetzt hat er einen Blick darauf erhascht. Er legt die gestreckten Finger zum Gruss militärisch rechts an die Schläfe und verlässt das Chefbüro.

Noch im Korridor hört er seinen Tischapparat. Tritel Flims, das Ding mit dem schweren Hörer, Telefon mit Kabel, aus Budgetgründen nicht ersetzt. Rosanna Vukic ruft den Müller zu sich ins Gemeinschaftsbüro 364. Sie ist allein mit den Dateien. Der Müller bringt ihr vom Automaten brühwarm den Kaffee, mit einem Rähmli und einem Zucker. Er selbst immer schwarz und ohne.

«Setz dich», sagt Vukic und zeigt auf den Stuhl neben ihrem, über dessen Lehne eine Jacke mit Aufschrift «Shaolin Kung Fu Martial Arts Leimbach» hängt. «Er ist heute beim Muskelpumpen», sagt sie, «Kostenstelle 0260 … Mauchle kompensiert.»

Schluck Kaffee beide. Der Müller erklärt, dass Haftbefehl gegen Treuhänder Bitterli mindestens wegen Verdachts auf Beihilfe zur Steuervermeidung, Verletzung der Sorgfaltspflicht als Finanzintermediär, vielleicht Geldwäscherei. «Sieht mir nach stümperhaftem Vorgehen aus», sagte Leo Baumgartner von der Wirtschaftskriminalität. Er und seine Kollegen kümmern sich darum.

«Also», sagt Vukic. Vier Augen auf den Bildschirm.

«Diverse Quellen», sagt Vukic. Öffentliche, offizielle und inoffizielle. Aus Vorratsdatenspeicherung und Kabelaufklärung. Ehrlich gesagt schon etwas Graubereich. Ergebnisse Recherche «Super Prime Property (Switzerland) AG»: ausser Kaufangebot «SPP» für Grundstückstreifen Aargauer-/Bernerstrasse kein Kontakt zwischen Treuhänder Reto Bitterli und der von Guggemos vertretenen Immobiliengesellschaft bekannt.

Vukic: «Eine Hausdurchsuchung bei der ‹SPP› … also bei Guggemos … die Festplatten … bekommen wir wohl nicht. Die Beweislage reicht nicht. Und auch um einen Trojaner einzuschleusen, fehlt die Dringlichkeit.»

«Hm», macht der Müller, sagt dann: «Brauchen wir alles nicht mehr. Die Dandys nehmen gerade die Computer der ‹Bitterli Treuhand AG› unter die Lupe.»

Sie weiter: «Die ‹SPP› beschäftigt sich laut unseren Quellen ausschliesslich mit Immobilienentwicklung und -handel. Ihr gehört eine Reihe von Grundstücken, die früher industriell genutzt wurden, die Liste siehst du hier …» Und ruft ein Dokument auf. Der Müller überfliegt es.

«Sie sind spezialisiert auf die Umnutzung, Entwicklung, Verwertung und Optimierung von urbanen Brachflächen. ‹Living, Shopping, Working› nennen sie ihr Konzept. Kennst du sicher, den Slogan.» Und klickt die Website einer Generalunternehmung an, die ein Projekt in Glattbrugg zeigt: Büro-, Laden- und Wohneinheiten im grossen Stil, 3-D-visualisiert, interaktiv, nicht schlecht gemacht, sogar animierte Menschen spazieren in der neuen Stadtlandschaft.

«Living, Shopping, Working», sagt der Müller. Und keine Silbe mehr.

«Genau», sagt Vukic, «21. Jahrhundert halt.»

Dann spricht sie weiter: «Baumgartner und Buljubasic sagen, sie kannten die ‹SPP› bisher nicht. Der Schweizer Ableger scheint laut ihren Ermittlungen bloss aus Guggemos zu bestehen. Er arbeitet fast immer mit demselben Architekturbüro, ‹Knecht + Knecht› –»

«Man mag es prestigereich … ‹super prime›», sagt der Müller.

«Scheint so, ja. Und er beauftragt offenbar jeweils einen Generalunternehmer, um die Projekte auszuführen. Laut den Dandys handelt die ‹Super Prime Property (Switzerland) AG› bisher im Rahmen der Rechtsordnung. Sie haben alle möglichen Quellen angezapft: nichts Ungewöhnliches, keine weiteren Verbindungen zur ‹Astoria GmbH›, und bei ihren Geschäften weist nichts auf dubiose Vorgänge hin. Weder Geldwäscherei noch allzu offensives Angehen von nicht handelswilligen Grundstückseigentümern, keine Konflikte mit der Gewerkschaft wegen Dumpinglöhnen auf Baustellen, keine Belästigung von Altmietern, die nicht ausziehen wollen, nichts.»

Immerhin mutmasslichen Steuer- und Wirtschaftsdelikten auf die Spur gekommen, den Unregelmässigkeiten bei der «Bitterli Treuhand AG» und möglicherweise bei den Steuern des Toten, denkt der Müller. Immerhin. Könnte das mit dem Mordfall Owen zu tun haben? Baumgartner und Buljubasic untersuchen zurzeit Bitterlis Geschäfte im Detail. Aber der Mordfall? Welche Fäden weiterverfolgen? Es ist wie verhext. Ewige Stille im Nebel. Der Müller wird unruhig. Auch die Intervention bei den Altstetten Basterds hat nichts ergeben. Die sollten sich doch umhören. Müller wählt die Nummer von MC Wetter.

«Hey, Mann, was gibt's», sagt der, hat die Nummer auf dem Display wohl nicht erkannt, weil als der Müller sagt «Müller, Polizei Zürich», wird er hochpulsig und still und, das ahnen wir, gibt wohl ein Zeichen, damit jemand die Musik leiser dreht. Mit der Polizei telefonierst du nicht mit raren Grooves in Clublautstärke.

«Ja?», fragt Wetter.

«Sie erinnern sich an unseren Besuch neulich?», fragt der Müller ganz bewusst voll und mit dem nicht zielgruppengerechten Sie der Höflichkeit von Behörde zu potenziell in eine Strafuntersuchung einbezogenem Bürger. MC Wetter sucht eine Antwort.

Müller hakt nach: «Die Drohbriefe … ich habe von Ihnen nichts gehört.»

«Ich habe Ihre Nummer verloren», sagt Wetter Wüthrich, «nicht wahr, Jungs?»

Im Hintergrund johlen welche Zustimmung.

Und der Müller, manchmal ist ihm der Kindergarten wirklich zu blöd, knurrt mit Satzzeichen dahinter: «Mehrwertsteuerabrechnung?»

Und Wetter: «Wir haben nichts herausgekriegt. Ehrlich! Wir kennen doch nicht jeden Psycho hier.»

Trotz der negativen Befunde der Abteilung Wirtschaftskriminalität und von Vukic will der Müller jetzt die «Super Prime Property (Switzerland) AG» überprüfen – aus einem Gefühl heraus, der Hippopotamus in seinem Hirn meldet sich nämlich.

Kann sich nicht vorstellen, dass dort alles sooo glattläuft, weil ist ihm zu aalglatt, das, und die Ampel steht ja laut Ralph auf Grün. Meldet sich telefonisch bei Guggemos an, um sich nicht umsonst auf den Weg zu dessen Büro im Turm beim Bahnhof Altstetten zu machen. RA Guggemos am Telefon handzahm. Hat wohl schon mitbekommen, dass sein Schutzpatron Moosberger ausser Betrieb ist.

Der Müller also die Jacke übergestreift, will los, sieht: Aus Verhörraum 419 kommt hinter Buess Patrick, der einen jungen Mann wegführt, Bucher Manfred. Den nimmt er mit.

«Was Besonderes?», fragt ihn der Müller und nickt zum Abgeführten hin.

Manfred: «Überfall auf Tankstellenshop.»

→ Bahnhof Altstetten, der bläuliche Turm. Mit dem Lift hoch. Zwölfter Stock. «Guggemos Law & Consulting». Der Empfang ist besetzt, wie überall bemannt mit dem Typus, den Sie immer sehen, wenn Sie in solch eine Firma kommen. Und weil der Müller und Bucher Manfred viele Firmen besuchen, haben sie in ihrem Berufsleben viele Exemplare dieses Typus gesehen. Sie sind immer betont professionell, und man sieht ihnen nie an, was sie denken. Hinter der freundlich-kalten und hochdekorativen Fassade verbirgt sich eine Mischung aus Frontsoldatin, Psychologin und kaufmännischer Spitzenkraft.

«Sie wünschen?», fragt diese hier. Stellen Sie sich James Bond als Frau vor. Kurzhaarfrisur, Deux-Pièces, Bluse, Figur sichtbar: pure Muskulatur. Einfach mit Wohnsitz Geroldswil und mit einem Škoda.

«Polizei Zürich, Müller», sagt Bucher Manfred und zeigt auf seinen Freund.

«Bucher», sagt der, zeigt auf diesen und nennt den Namen Guggemos.

Die Allroundempfangschefin: «Herr Guggemos erwartet Sie.» Und Müller meint, ein leichtes Stirnrunzeln wölbe ihr Make-up leicht auf. Aber vielleicht wünscht er sich das auch nur. Ein Namensschild trägt sie nicht, weil edles Ambiente, ist von der cleveren Sorte und sagt: «Nehmen Sie bitte dort drüben Platz. Einen Moment bitte.» Sie sagt auch nicht «kleinen

Moment» oder «kleines Momentli», weil das ist auch voll immer ein bisschen … der Müller und Bucher Manfred können nicht einfach hinein und durchstürmen, weil hinter der Frontkämpferin versperrt wie im Grossen Polizeihaus eine Personenvereinzelungsanlage den Weg.

Guggemos kommt höchstselbst, um sie abzuholen.

Begrüssungsformeln. Ausgesucht höflich und korrekt.

Guggemos scheint überhaupt nicht aufgebracht wegen Polizeibesuch. Im Gegenteil: wirkt recht positiv, ja kooperativ, staatsbürgerliche Gesinnung und so weiter, weil ja auch gewählter Volksvertreter kommunal ist er.

Sie nehmen Platz in der Besprechungsecke in seinem Büro. USM-Tisch, Vitra-Sessel, Glasfront bis zum Fussboden und hoch bis zur geräuschdämmenden Deckenverschalung. («Trotz gemeinsamer Muster ist jede Situation ein Unikat» (Sir Malcolm Doddle, KBE)). Schon imposant, hier zu sitzen: unten die Bahngeleise, die Aussicht. Nachvollziehbar, dass der Hausherr das Gefühl hat, ein bisschen Master of Altstetten plus The Universe zu sein.

Und nun, für Geschwindigkeit zusammengefasst: Guggemos versichert, mit operativen Belangen der «Super Prime Property (Switzerland) AG» nur in Ausnahmefällen und in Kontrollfunktion zu tun zu haben. Verweist auf Vertrauensverhältnis zu Generalunternehmer und Architekturbüro. «Man muss delegieren können», sagt er und freut sich über diesen Satz. Er selbst, sagt er, stellt vor allem Kontakte her, überwacht die Strategie und die Finanzen, ist Investor und Dividendenempfänger und über das Mutterhaus an den Gewinnen beteiligt.

«Ein erfolgsabhängiges Mandat, die ‹Super Prime Property (Switzerland) AG›», sagt Guggemos und blitzt mit den Zähnen.

Als ihn der Müller aber so anschaut, richtig fest so anschaut, räumt er ein: «Gut, für die Geschäftsführung und den Vorsitz im Verwaltungsrat bekomme ich natürlich auch ein Fixum. Das versteuere ich alles.»

Müller, wegwerfende Handbewegung, will wissen: «Welche

Pläne hat die ‹SPP› mit dem Grundstück Aargauer-/Bernerstrasse?»

«Living, Shopping, Working», sagt Guggemos.

Bucher: «Das heisst?»

«Eine gemischte Nutzung», erklärt der Investor, «aber das Projekt ist blockiert. Zwischen unseren beiden Parzellen liegt ein Grundstück, dessen Eigentümer nicht verkaufen will. Er hat wohl selbst etwas vor damit.»

Müller: «Und das ärgert Sie?»

Guggemos: «Ach, woher auch! Unsere Grundstücke dort sind seit etlichen Jahren ungenutzt. Ob es nun etwas länger dauert oder nicht, bis wir das Projekt realisieren können, spielt keine Rolle. Der Wert steigt auch ohne Nutzung jeden Tag.»

Und dann lacht er, um seine Sorglosigkeit zu unterstreichen.

Müller: «Kennen Sie einen Howard Owen?»

«Owen?» Auf Guggemos' Stirn Falten. «Owen?», sagt er langsam. «Owen?» Solche Momente kommen in fast jedem Kriminalroman vor: Wie einer die graue Matschmasse seines Gehirns durchforstet, um den Ahnungslosen zu mimen. Wenn dir die Polizei einen Namen nennt, herrscht Alarmstufe Rot. Jede Antwort kann fatal sein. Kann die Person, die auf diesen Namen hört, dich zu Fall bringen? Nach Regensdorf? In die Medien? Der Polizist ist auch nicht dumm. Er weiss mindestens zwei Dinge: a) Lügen ist eine unter Menschen beliebte Kulturtechnik; b) Die Fähigkeit, buchstäblich jedes Verbrechen begehen zu können, steckt in jedem Menschen, wenn auch mit unterschiedlichen Wahrscheinlichkeiten.

«Owen», sagt Guggemos nun, aber ohne das Satzzeichen dahinter, «Michael Owen war ein Fussballer, FC Liverpool, glaube ich, aber Howard Owen … das sagt mir nichts.»

Und Guggemos' Augen so ehrlich wie Heidi, wenn sie dem Grossvater «Gute Nacht» sagt.

Bucher: «Und ‹Astoria GmbH›?»

«Ja, natürlich, denen gehört das Grundstück zwischen unseren beiden Parzellen an der Aargauerstrasse. Sie wollten bisher nicht verkaufen. Aber vielleicht ändert sich das ja noch. Im Immobiliengeschäft muss man einen langen Atem haben, wenn man Grosses vorhat. Wie gesagt, die Bodenpreise arbeiten für uns.»

Jetzt sieht er ein wenig aus wie Onkel Dagobert.

Der Müller denkt: Konflikt mit Owen? Konflikt mit der «Astoria GmbH»? Ich meine Konflikt fett gedruckt mit doppeltem CK und garstig gutturalen Kratzlauten, dass es von den Alpen herunterkracht. Guggemos wirkt entspannt, der Herr des Universums von Altstetten lässt sich nicht aus der Ruhe bringen, übertreibt nicht mit Jovialität und eingestreuten «wissen Sie …», wirkt glaubhaft. Sieht hinterher auf der Rückfahrt ins Grosse Polizeihaus auch Bucher Manfred so.

Und im Hinterkopf der Müller die Vukic- und Baumgartner-Nachforschungen über die «Super Prime Property (Switzerland) AG»: Nachweisen lässt sich nichts.

SECHZEHN

Psychiatrische Universitätsklinik, Lenggstrasse 31, wir meinen das Burghölzli. 09:10 Uhr, Donnerstag, 13. April. Psychiater Dr. med. Raul Vollenweider im Gespräch mit Klient Gaudenz Oberholzer (37), kaufmännischer Angestellter. Dieser hat sich nach zwei schlaflosen Nächten und unentschuldigtem Fehlen am Arbeitsplatz aus eigenem Antrieb in die Klinik begeben.

Nein, keine Stimmen, nein, er sei doch nicht multipel, so als Persönlichkeit, er verspüre vielmehr einen Drang … ja, einen Drang, ein innerer Drang sei es, wie die Kraft der Gezeiten. Und wenn er Flut spüre, fühle er neuerdings den Befehl, unmoralische Menschen mit Früchten zu bewerfen. Auf die Frage, ob er das Vorhaben schon ausgeführt habe, verneint er. Weist aber darauf hin, dass dieser … Drang … dieser Drang immer stärker werde. Er fühle es als Auftrag, die Menschheit eines Besseren zu belehren. Ihnen die Wahrheit über die Zukunft zu sagen. Denn es sei schon fast zu spät. Sie warnen! Manchmal wisse er weder ein noch aus. Der Auftrag fülle ihn von Tag zu Tag mehr aus. Er nehme ihm allmählich die Luft. Er könne nicht mehr schlafen. Auf die Frage nach dem möglichen Auslöser dieses Zustands antwortete der Klient, er sei vor einer knappen Woche in einer Bank in Zürich-Wiedikon als Geisel genommen und mehrere Stunden festgehalten worden. Seiner Ansicht nach könne womöglich dieses Erlebnis, das ihm grossen Schrecken eingeflösst habe, ursächlich für die Entstehung oder Verstärkung, das treffe es wohl besser, Verstärkung dieses Dranges verantwortlich sein. Nach der sofortigen Durchführung und Auswertung des Borsch-Chappelle-Tests zur Früherkennung von Psychosen beschliesst Dr. med. Raul Vollenweider, den Klienten stationär aufzunehmen zwecks weiteren Abklärungen.

Bekommt ein Einzelzimmer. Beim ersten Therapiegespräch noch am selben Tag erzählt er Dinge, die Sie und mich im Alltag vermutlich weniger intensiv beschäftigen. «Niedergang der Kultur», «Verworfenheit» und «Blindheit der Menschheit» sind Schlagworte, alle mit a) moralischem und b) latent aggressiv geäussertem Unterton. Der Patient versucht, sein Weltbild zu erklären, bevor er danach gefragt worden wäre.

Stationsärztin Dr. med. Angela Gruber verabreicht ihm 10 Milligramm Diazepam, chemisch: $C_{16}H_{13}ClN_2O$, klingt grauslich, schmeckt scheusslich, macht bei längerem Gebrauch abhänglich, sie lässt ihn zurück in sein Zimmer bringen, einschliessen sogar. Und ruft den Sozialdienst an, weil du weisst nie, ob und was. Ein Sozialarbeiter ist frei, muss ohnehin persönliche Effekten des Erkrankten aus dessen Wohnung an der Calandastrasse abholen. Koordination Burghölzli ↔ Polizei, weil vielleicht liegt in seiner Wohnung etwas Gemeingefährliches herum, Sprengstoff, Explosiva oder ein Opfer. Die Polizei schickt Heather Brogli und Rocco Catanzaro mit, und sie sehen nach Aufschliessen der Wohnungstür die Wohnungseinrichtung zuerst nicht, weil gleich hinter der Tür links an der Wand eine Mauer von Kisten und Schachteln. Obendrauf Regenschirme unterschiedlicher Grössen, vier Regenmäntel, Zeitungen, geordnet nach Jahrgängen.

Fordern aufgrund der Situation umgehend Verstärkung an. Vier Mann Sicherheitspolizei. Das sind die Uniformierten. Sind in wenigen Minuten da. 14:35 Uhr.

Das Regal im Wohnzimmer bricht unter Kilogrammen und Aberkilogrammen von Büchern und anderen Lasten fast zusammen. Dieses Regal entdecken die Kollegen, als sie sich durch den Wall von Material gegraben haben, Bananenkisten mit Magazinen, Plastiksäcken, Küchengeräten, Elektrokabeln, alles Gebrauchtware (vermutlich kein Diebesgut), sauber gesammelt und sortiert, sauber beschriftet mit Etiketten, die den Inhalt der Kiste bezeichnen.

Und finden inmitten all der Dinge auch eine Drohne. Flugtüchtig, wird der WD feststellen: «Dacht ich's mir doch», wird der Müller sagen, denn wie die Lombriser in ihrer Wohnung beobachtet wurde, lässt sich nun beweisen.

Diese Haufen von Gegenständen, kommst du nur seitwärts durch, nur seitwärts überhaupt richtig in die Wohnung hinein, bekommst fast Vögel dabei, weil der Raum unerträglich durch

Waren verengt. Und dazu viel Staub. Aber ist Trockenvermüllung, ungefährlich für Haus und Nachbarn. Keine Ratten, kein Gewürm, kein Schimmel. Einfach kein Platz und alles vollgestellt.

Die einzigen halbwegs freien Bereiche: Bett, nicht in gesundheitsgefährdendem Zustand, und Wohnzimmertisch, belegt mit verhältnismässig wenig Papier, darunter die Zürcher Bibel, Auflage 1970, Neues Testament, aufgeschlagen auf Seite 333. Daneben handschriftliche Entwürfe für das, wo polizeiintern «Johannesbriefe» heisst: die sechste und die siebte Posaune der Apokalypse plus Textbruchstücke mit Hinweisen auf Mitbewohner des Quartiers, die dem Weltbild von Gaudenz Oberholzer zuwiderlaufen, der derweil in seinem Zimmer in der Psychiatrischen Klinik Burghölzli gerade den Schlaf der gerechten Benzodiazepine schläft.

«Bingo!», sagt Heather Brogli, zückt das Natel und ruft den Müller an.

Der sagt: «Bravo! Ich schicke euch den WD.»

Der Sozialarbeiter entnimmt dem Kleiderschrank frische Wäsche, Hemden und Hosen, Socken, eine Jacke und zwei Pyjamas für Gaudenz Oberholzer. Fährt zurück in die Klinik. Die Polizei bleibt da → genaue Durchsuchung Wohnung. Heather, Rocco, die vier Kollegen das Ganze aufmerksam durchgegangen, ob Explosiva oder Leichenteile, aber nichts ausser das Apokalypsenzeug. Dann kommt der Wissenschaftliche Dienst: Kuhn und Hofstetter fotografieren die sechste und die siebte Posaune auf Oberholzers Tisch, tüten alles ein, nehmen es mit.

***

Vor der Migros an der Altstetterstrasse ereignet sich an diesem Donnerstag um 19:17 Uhr ein Zusammenstoss. Nichts Schwerwiegendes, nur Sachschaden. Nicht einmal polizeirelevant. Ein Ungeschick, typisch für Feierabend, wenn alle müde sind, von acht Stunden Multitasken gehirngewaschen und schnell noch einkaufen, um nicht hungrig vor dem HD-Flachbildschirm einzuschlafen. Mit «Zusammenstoss mit Sachschaden» meine ich das hier: Im Kassenbereich reisst infolge Überlastung die Papiereinkaufstasche einer Frau. Der Inhalt fällt → Schwerkraft → zu Boden. Der Billardkugelmann, ebenfalls im Zustand abgewickelten Zahlungsvorgangs, bückt sich zu den herausgekullerten Waren, um zu helfen. Der Helm, der ihn auch hier schützt, rutscht ihm dabei vom Kopf und fällt auf die Ware der Frau, zerquetscht zwei Bananen und, obwohl einigermassen geschützt durch die Pappschachtel, drei Eier. Gleichzeitig bekommen zwei Aludeckel der Lieblingsjoghurts ihrer Kinder einen Hick ab.

Er lacht. Seit Wochen das erste Mal. Sie lacht. Sie lachen zusammen.

So hat sich die erste Begegnung von Meinrad Hächler und Manuela Wyss abgespielt, Mutter zweier Kinder, alleinerziehend. Die letzten Wochen waren knüppelhart, umso unerwarteter die Situation nun: mit einem komplett Fremden zu lachen. Zwar dunkelt es schon beinahe ein da um 19:17 Uhr, aber schau genau hin: Am Himmel ballt sich das Abendrot zu einer Form zusammen, die in Schokoladenreklamen besonders vor dem 14. Februar gehäuft vorkommt, ich will sagen: ein Herz, gekleidet in rot glänzende Folie, unter der sich pump pump pump die Herzschläge der Ereilten abzeichnen. Das dickliche römische Göttchen zwinkert mit dem Auge und greift zu seinem Bogen. Die Populärmusik hat unzählige Lieder zu diesem Zweck in ihre Statuten aufgenommen: «L.O.V.E.» (Gabler/Kaempfert). Immer ist L.O.V.E. da, wenn zwei oder drei versammelt sind, doch meist versteckt sie sich hinter dem Wust alltäglicher Verrichtungen, Tasklists und To-dos, privater und beruflicher Verpflichtungen, was weiss ich. Meinrad Hächler weiss nicht, was über ihn gekommen ist und seinen Helm weggesprengt hat, und Manuela Wyss hat ebenfalls keine Ahnung davon, welche Kombination ihren Panzerschrank namens Psyche geöffnet hat. Der Pfeil des Amor ist zielsicher durch die Luft der Altstetterstrasse gesirrt. Weder er noch sie, weder Hächler noch Wyss, beide wissen nicht, wer den Vorschlag gemacht hat, das Bananenpurée (geht noch gut für Früchtequark) und die ramponierten Eier (für Rührei alleweil noch in Ordnung, weil lagen nicht auf dem Boden, sondern nur in der Schachtel) miteinander zuzubereiten. Klar, war nur ein Scherz, ha ha, hm, he he, natürlich, dass jemand gesagt hat: «Oh, das wäre ja fast eine komplette Mahlzeit, das Manschzeug da», und der oder die andere: «Aber eine recht einseitige.» Während der Plänkelei rattert ihr durch den Kopf, ob nicht vielleicht äh ihre Schwester oder die Nachbarin, die freundliche alte Frau Büttikofer für eine, zwei Stunden auf die Kinder aufpassen könnte; und ihm, ob er zum Zeitpunkt, der in wenigen Sekundenbruchteilen zur Diskussion stehen wird, die Management-Ersetzungs-Software mal liegen lassen kann. Solche Rechenvorgänge leistet das Gehirn manchmal tausendfach in Sekundenschnelle, ohne Mühe, ohne Anstrengung. Es passiert einfach, und schon – haben sie sich verabredet für einen Kaffee morgen Abend um 17:00 Uhr, wollen ja nicht vollturbovollgas drauflos und gierig wirken, und zwar im Spirgarten (12 Google-Bewertungen zu durchschnittlich 4.0 von 5), weil das gleich um die Ecke liegt, beide immer daran vorbeigehen, aber noch nie drin waren. Es strahlt mit seinen Holztönen eine schlichte Eleganz aus und ist für seine Flammkuchen und seine «8048 Classics» bekannt. Etwas vielleicht Originelleres, sicher Cooleres, bestimmt mehr Romantisches fällt ihnen auf die Schnelle nicht ein. Weil vorbereitet auf das, was da mit ihnen passiert, sind sie nicht, planen kannst du das nicht. Und sie sind über sich selbst erstaunt, dass die Gelegenheit sie beim Schopf hat packen können, die Lücke in der Deckung gefunden hat, und gleich Verabredung und kein «Vielleicht sieht man sich mal wieder» oder «war schön, Sie kennenzulernen». Nein, ein handfestes Date gleich am nächsten Tag. Zurigo, ti amo! Città dove cose tante belle sono possibili!

Ja, so sind Manuela Wyss und Meinrad Hächler in Liebe geraten. Heftig. Es ging, ich greife vor, in den nächsten Tagen und Wochen zügig voran mit dieser Herzensangelegenheit. Wer genau hinhört, kann jetzt die Geigen und Violinen, die Violas, Bratschen und Celli hören, den Triangel und … ich schwöre es: sogar Dudelsäcke! Wie ein lebensspendendes Sommergewitter, das sich in der Jahreszeit geirrt hat, ist es über sie hereingebrochen, über die alleinerziehende Mutter am Existenzminimum und den schrulligen IT-Fachmann am psychischen Rand der Gesellschaft. Es entlädt sich in Sechzehntel-, Zweiunddreissigstel-, Vierundsechzigstel-, ja sogar Hundertachtundzwanzigstelnoten, als wär's eine dieser Sonaten von Beethoven mit ihren chromatischen und rhythmischen Teufeleien, dass dir vor lauter Tasten und Tempo und Hertzraffinesse die Finger abfallen. Aber, hey, hey, allegro con molto fuoco, was spielt das für eine Rolle? «I Was Made For Lovin' You» (Desmond Child, Paul Stanley, Vini Poncia).

***

Gaudenz Oberholzer ist nicht vernehmungsfähig. Die Ärzte der Psychiatrischen Universitätsklinik sind kategorisch. Der Müller weiss: Hat zwar Owen und den anderen die Apokalypsenbriefe geschickt, aber in der Wohnung des toten Ex-Stars keinerlei Hinweise auf persönlichen Kontakt. War nicht Spurengeber → Anwesenheit Oberholzer in der Badenerstrasse sechshundertsoundsiebzig weder zu vermuten, geschweige denn zu beweisen, weil vermutlich nichts war. Oberholzer war es nicht.

SIEBZEHN

Freitag, 14. April, 08:13 Uhr. Grosses Polizeihaus, Korridor fünfter Stock. Medienchef Gregor Meier trifft auf den Müller, gleicher Weg.

Weiss Gregor mehr als Müller? Er sagt nichts. Sie gehen hinein.

Besprechung im Büro von Hauptmann Ralph Vogt. Ausser diesem anwesend: Reinhard Hartmann von der Staatsanwaltschaft, Polizeikommandant Oberst Nägeli, Medienchef Gregor Meier, der Müller.

Gregor prescht vor, zu den höheren Polizeioffizieren: «Ich muss gleich weg, das grosse Interview mit der ‹Schweizer Illustrierten›, von dem ich», weil Mitteilung auch an Kommandant Nägeli → Höflichkeitsform: «Ihnen berichtet habe. Doppelseite Text plus Bildstrecke.» Er spielt sein dramatisches Talent voll aus, sprich: mehrere Sekunden Pause. «Darf ich kurz?»

Nägeli, Blick zu Ralph Vogt, Handbewegung zu Gregor.

Gregor: «Der Fall Owen ist ein perfektes Vehikel, um die Message zu platzieren: Die Polizei Zürich hat Erfolg: Wir klären den Mord an einem internationalen Star. Ich schlage der Redaktion vor: Interviews mit leitenden Beamten, Fotostrecken …»

Ralph Vogt → Blick zu Nägeli → Rundblick Nägeli – Vogt – Hartmann – Müller – Gregor Meier. Wärst du eine Eule, könntest du diese Blicke 360 Grad rundherum verfolgen, ohne dir das Genick auszurenken. Ist wie in einem Alpenpanorama, nur siehst du nicht die super Swiss Alps, sondern die schroffen Gebirge der Strafverfolgung.

Vogt nickt Hartmann zu. Hartmann sagt: «Gregor, leider nein. Es passt nicht.»

Und während sich Gregor Meier bemüht, den enttäuschten Gesichtsausdruck hinunterzuschlucken, denn die Gelegenheit wäre zu schön, wann hast du schon die Möglichkeit, internationales Licht auf die Polizei Zürich zu lenken, ausser wenn ein

Postraub oder wenn wieder einmal FIFA-Verhaftungen oder Steuerstreit mit den USA.

Hartmann fährt fort: «Unter Berücksichtigung der vorliegenden Ermittlungsergebnisse hat die Staatsanwaltschaft beschlossen, die Untersuchung im Fall des verstorbenen Howard John Frederick Arthur Owen, wohnhaft gewesen an der Badenerstrasse 67X in Altstetten, einzustellen. Die Hinweise auf ein Tötungsdelikt sind zu dünn. Mögliche Beweise wurden beim Abtransport des Toten durch die Kollision zwischen dem Transportfahrzeug, einem Tram und einem Tanklaster und die darauffolgende Explosion vernichtet. Die Leiche konnte pathologisch nicht mehr untersucht werden. Mangels Hinweisen schliessen wir auch nicht auf Suizid. Verdächtige konnten trotz umfangreichen Untersuchungen … danke, Müller … ebenfalls nicht ermittelt werden. Vielleicht war es ein normaler natürlicher Tod. Obwohl, erlauben Sie mir eine persönliche Meinungsäusserung: Ungewöhnlich ist an diesem Fall einiges.»

Diese Ambulanzexplosion, diese, denkt der Müller. Und die anderen wohl auch.

Die Hierarchie hinunter nicken Oberst Nägeli, Hauptmann Vogt und zuletzt der Müller. Medienchef Gregor Meier zwingt sich eine freundlichere Miene ins Gesicht. Ist Profi genug, um sich schnell eine neue Fassade zuzulegen. «Reculer pour mieux sauter» (La Rochefoucauld).

Dafür zieht der Müller nun ein Zwanzig-nach-acht-Gesicht, weil Misserfolg, nutzlose Arbeitsstunden, ergebnislos verschwendete Mannschaft, ungeklärter Todesfall → Frustration. Kommt vom lateinischen Adverb «frustra»: «vergebens».

«Wir alle wissen, dass du deine Arbeit auf Resultat machst», sagt Ralph zum Müller, «und das klappt ja immer gut …» Er findet keinen Schluss für diesen Satz, der den Müller aufmuntern sollte, aber jetzt ins Gegenteil kippt. Weil dem Müller Benedikt seine Aufklärungsquote sonst 1A. Den Fall Owen aber hat er erfolglos gemeistert. Soundtrack nun: dunkel, langsam. Seelenlage: Nordfinnland am 19. Dezember. Reinhard Hartmann klappt hart den Aktendeckel zu, Mann, dass es knallt, erhebt sich, schüttelt die Dienstgrade herunter die Hände. Zum

Müller sagt er: «Kopf hoch, Müller, du hast getan, was möglich war. Wenn es einen Täter gibt, hätte ich ihn auch gerne in Haft. Aber ob es einen gibt ...» Und dann sagt er: «Dafür bist du mutmasslichen Wirtschaftsdelikten und Steuervergehen auf die Spur gekommen, und der Drohbriefschreiber ist auch ausser Gefecht. Das ist doch was.»

Der Müller sagt nichts, erwidert Hartmanns Händedruck, nickt allen vieren zu und verlässt Ralphs Büro.

Eine Stunde später berichtet er im Sitzungszimmer 112 seinem Team, Vukic, Hossli, Brogli, Barmettler, Bucher, Weiermann, Catanzaro, Buess, Aspirant Mauchle – habe ich niemanden vergessen? «Unsere Arbeit am Fall Owen ist zu Ende. Die Staatsanwaltschaft geht von einem natürlichen Tod aus. Wir konnten ja keine Hinweise auf einen Mord erhärten.»

Die Kolleginnen und Kollegen schauen die Wand an. Sie müsste gestrichen werden. Janine Hossli entdeckt über dem Müller seiner linken Augenbraue ein Partikel, das sie irritiert, und starrt knapp an seinen Augen vorbei. Buess beschäftigt sich mit der Typografie des Pappbechers in seiner Hand: «Caution Hot Coffee» und fragt sich, ob da nicht ein Komma hinkäme, eigentlich. Rocco äh schnippt sich eine Fussel vom Hemdärmel. Brogli und Barmettler, deren Knie sich ums Haar berührt haben, rücken sich auf dem Stuhl gerade. Bucher Manfred überlegt, wie viele Karotten er sich heute Morgen schon einverleibt hat. Gustav Weiermann vergisst zu husten. Aspirant Mauchles Tagtraum von einem erfolgreichen Thaiboxkampf bricht jäh ab. Buess sitzt einfach da. Rosanna Vukic zwingt ihren rechten Fuss, endlich still zu halten.

Sie atmen kaum hörbar und sagen nichts.

Wie hat er gelebt, Owen, die letzten Jahre, Monate, Wochen, Tage, Stunden, Minuten, bevor er wie auch immer starb? Die Leere in seiner Wohnung sagt: fast gar nicht. Hat er dagesessen? Gelegen? Nachgedacht? Geträumt? Im Winter dem Knacken der Warmwasserleitung zu den Heizkörpern zugehört, wenn sie sich wegen des Heisswassers dehnt? Im Frühling durch die Doppelverglasung einen Fetzen Vogelgetriller aufgeschnappt?

Die Erschütterungen des Hauses durchs Tram gespürt? Dem Rhythmus seines eigenen Atems nachgespürt? Sich vorgestellt, er schwebe über sich und sehe sich unten auf dem Sofa liegen, während er sich vorstellt, er schwebe über sich und sehe sich unten auf dem Sofa liegen, während er sich vorstellt, er schwebe über sich und sehe sich unten auf dem Sofa liegen? Hat er dem Auf- und Zuklappen seiner Augenlider zugehört? Seinem Herzen? Das denkt der Müller in seinem Kopf.

«Vielleicht war er einfach ein einsamer Mann», sagt er zu seinen Kolleginnen und Kollegen, «einer, der mutterseelenallein gestorben ist.»

Und das Wort «Mutter», in diesem Zusammenhang, quetscht das Herz zusammen wie eine Schraubzwinge. Im Kino hörte man jetzt die Geigen schmelzen, und das Licht würde sich in einer Träne aus dem schön geformten Auge der männlichen und weiblichen Hauptprotagonisten brechen. Sich vielleicht sogar aufspalten in die Farben des Regenbogens.

Doch im Grossen Polizeihaus, Sitzungszimmer 112, Mineralwasser mit und ohne Gas, Kaffee schwarz, mit Rähmli und mit oder ohne Zucker, sagt Rosanna Vukic sachlich und ganz Prosa: «Aber Owens Handy? Und sein Computer?»

Bucher Manfred: «Vielleicht hat er die einfach entsorgt, wie Jessica Scetterini sagte? Weggeworfen oder ordnungsgemäss in einem Geschäft abgegeben, zum Recyclen?»

Der Müller zuckt die Schultern: «Wir werden's wohl nie erfahren.»

Und Janine Hossli: «Und die offene Tür von Owens Wohnung? Nicht unverschlossen, sondern weit offen ...»

Der Müller leise noch einmal den Satz von eben.

Einige Sekunden lang schwebt das Nie im Raum, bis Rocco Catanzaro die Gegenwart zurückholt und fragt: «Espresso adesso?»

Der Müller hebt die Hand – warte kurz!

«Vielleicht wirklich ein natürlicher Tod. Die Realität ist nicht so: ‹Reykjavik – Rotterdam: Tödliche Lieferung. Thriller›», sagt der Müller. «Aber was mich seit dem Anfang umtreibt: Warum schreibt einer, der Howard John Frederick Arthur – hab ich's in der Reihenfolge richtig? – Owen heisst, auf sein Klingelschild ‹F. Y.›?»

Ja. Warum? Schweigen.

Die Kolleginnen und Kollegen riskieren keine Hypotenuse, bis Dylan «Gucci» Barmettler, der ist viel näher dran an diesen ganzen Jugendcodes, sich räuspert und sagt: «Vielleicht ‹Fuck You›?»

Mich kann Howard Owen damit nicht gemeint haben, denkt der Müller.

Raphael Zehnder
MÜLLER UND DER MANN MIT SCHNAUZ
Broschur, 304 Seiten
ISBN 978-3-95451-580-6

Zürcher Krimipreis-Gewinner 2015

«Raphael Zehnders vierter Müller-Krimi ist aus verschiedenen Gründen aussergewöhnlich: Wie immer schreibt er grammatikalisch sehr eigensinnig, anspielungsreich und aus allen möglichen Perspektiven. Dazu ist er ein selten genauer Betrachter des gesamtgesellschaftlichen Irrsinns, seien es die hirnrissigen Rituale der sogenannten Kreativen oder die Unwägbarkeiten in Politik und persönlichen Beziehungen.» 20 Minuten Zürich

www.emons-verlag.de